Mutausbruch
– kein Plan, mein Leben & ich

Melanie Amélie Opalka

Mutausbruch

– kein Plan, mein Leben & ich

Melanie Amélie Opalka

Für Hybi

mao
AUTORIN

Impressum

Dieses Buch ist auch als eBook erschienen.

Cover: Laura Newman – design.lauranewman.de
Lektorat: Maike Mergler

Herausgeberin im Selfpublishing
Melanie Amélie Opalka
c/o Fakriro GbR
Bodenfeldstr. 9, 91438 Bad Windsheim

mao@melanieamelieopalka.de

Herstellung: booksfactory.de ein Service der Print Group Sp. z o.o. (Polen)
Bestellung und Vertrieb: Nova MD GmbH, Vachendorf

Bibliografische Information der Deutschen Nationalbibliothek:
Die Deutsche Nationalbibliothek verzeichnet diese Publikation in der Deutschen Nationalbibliografie; detaillierte bibliografische Daten sind im Internet über http://dnb.dnb.de abrufbar.

ISBN: 978-3-98595-306-6

„Mut ist Widerstand gegen die Angst,
Sieg über die Angst,
aber nicht Abwesenheit von Angst.“

(Mark Twain)

TAG 1 – UNFREIWILLIGER ABBAUTAG

Der Kaffeeduft war keine Einbildung gewesen. Oma Lotte saß bereits am Tisch und inspizierte nacheinander jedes Marmeladenglas, während Hannah gerade dabei war, den Kaffeefilter wegzuwerfen. Sie erwischte Oma Lotte mit der Aprikosenkonfitüre in der Hand.

»Mutter«, sagte sie in scharfem Ton.

»Was denn?« fragte diese mit Unschuldsmiene zurück, »ich guck doch bloß, ob eine verschimmelt ist.« Sie schmollte und verschloss das Glas wieder.

Hannah schüttelte den Kopf und bemerkte dann Val, die sich im Halbschatten des Türrahmens herumdrückte.

»Da ist ja mein Engelchen.«

Sie breitete beide Arme aus, als wollte sie eine Fünfjährige auffordern, Anlauf zu nehmen und ihr an den Hals zu springen.

Vals Augenbrauen zuckten in die Höhe.

»Nenn mich nicht so.« Hastig wollte sie hinüber zum Tisch gehen, doch ihre Mutter verstellte ihr den Weg.

»Liebling, du siehst ja furchtbar aus.«

Nervös strich sich Val eine der fettigen Strähnen hinter das rechte Ohr, die sich aus ihrem strubbeligen Pinsel am Hinterkopf gelöst hatten. Die Strähne rutschte ihr hartnäckig zurück ins Gesicht. Sie zog eine Schnute und den Bademantel, in dem sie seit ihrer Ankunft vor zwei Tagen gelebt und geschlafen hatte, fester um sich.

»Ich fühl mich auch nicht so doll«, murmelte sie als schwächliche Entschuldigung.

»Bist du etwa zu allem Überfluss auch noch krank?«

Val wich heftig kopfschüttelnd vor der ausgestreckten Hand zurück, die ihre Temperatur fühlen wollte.

»Nein …«, stammelte sie, »ich bin … nur völlig fertig.« Hannah blieb stehen und musterte sie aufmerksam.

»Und was ist das da an deiner Augenbraue …?«

»Nicht!«, stieß Val aus und hob schützend den Arm vor ihr Gesicht. Sie hatte das Gesichtsdebakel selbst erst beim Herunterkommen im Flurspiegel entdeckt. Nicht nur, dass sie verheult und verquollen aussah, ihre linke Augenbraue hatte außerdem ausgesehen, als wolle sie ein Ei legen. Sie war mindestens auf Taubeneigröße angeschwollen – na ja, vielleicht Wachteleigröße räumte ihr Verstand ein – wo eine Haarwurzel sich über Nacht entzündet hatte. Sie war vor Schmerz zusammengezuckt, als sie die Stelle prüfend mit der Fingerspitze betastet hatte. Auf keinen Fall wollte sie, dass ihre Mutter da mit ihren Fingern dranging.

»Vielleicht solltest du mal duschen und dich ein bisschen hübsch machen, dann würdest du dich sicher auch gleich viel besser fühlen.«

Val starrte sie an, unentschlossen, was sie dazu sagen sollte. Ihre Mutter hatte schon immer so eine Art gehabt, sie mit derartigen Kommentaren auf die Palme zu bringen. Aber ihr fehlte im Moment jegliche Energie für eine Auseinandersetzung. Also schob sie sich, entstellt wie sie war, und noch etwas schlechter gelaunt als sie aufgestanden war, an ihrer Großmutter vorbei und verkroch sich auf den Platz in der äußersten Ecke.

Ihr Blick fiel auf das vierte Gedeck.

»Erwartest du Besuch?« fragte Val und deutete mit dem Kinn auf den freien Platz.

»Laura kommt«, antwortete ihre Mutter als sei nichts gewesen, während sie allen Anwesenden Kaffee eingoss. Als hätte Laura nur auf ihren Einsatz gewartet, klingelte es an der Haustür. Hannah warf Val einen Blick zu, dann verwarf sie ihren Gedanken mit einer Handbewegung, stellt die Kaffeekanne auf die Wärmeplatte und ging selbst, um die Tür zu öffnen.

»Du hast ein Horn«, stellte ihre Großmutter fest. Val sah zu ihr hinunter. Anscheinend war heute ein guter Tag, denn ihr Blick war klar und Oma Lotte starrte ungeniert auf Vals geschwollene Augenbraue

»Ja«, sagte sie und zuckte wieder zusammen, als sie gedankenlos erneut mit der Fingerspitze über die entzündete Stelle fuhr, »ich weiß.«

»Mach Zink drauf«, erwiderte ihre Großmutter ungerührt und inspizierte schnell noch das letzte Marmeladeglas auf dem Tisch, ehe Hannah, eine jüngere Ausgabe von Val vor sich herschiebend, zurück in die Küche kam. Val musste wider Willen lächeln. Wenn der Alzheimer es zuließ, war ihre Großmutter noch immer genauso wie sie schon immer gewesen war: No bullshit und immer ihren eigenen Kopf.

Val wandte ihre Aufmerksamkeit dem Neuankömmling zu. Laura und ihre große Schwester glichen sich aufs Haar, mit dem einzigen Unterschied, dass die zwei Jahre jüngere der beiden Schwestern eine Nuance blonder und drei Zentimeter kleiner war als die ältere und eben erst 27.

Anstelle einer Begrüßung wiederholte Großmutter: »Valentina hat ein Horn.« Val rollte mit den Augen und griff nach ihrem Becher. Alle betrachteten einen angemessenen Augenblick lang schweigend ihre Braue.

Dann zwang Laura ihre Lippen zu lächeln. Ihre Finger spielten an den Knöpfen ihrer Bluse.

»Guten Morgen, Oma Lotte, Valentina …« Ihr Blick streifte ihre Schwester, anstatt sie wirklich anzusehen. Val nippte an ihrem Kaffee und hob zur Erwiderung nur die Hand zu einem knappen Gruß.

Laura setzte sich auf den Platz, auf dem sie schon als Kind immer gesessen hatte, und Hannah verteilte Brötchen, nur um sie sich dann einzeln zum Aufschneiden wieder anreichen zu lassen. Val winkte ab und blieb bei ihrem Kaffee. Ihr war irgendwie schlecht und das Koffein hatte ihre Lebensgeister noch nicht vollständig geweckt.

»Wann kommen denn die Handwerker nachher?« erkundigte sich Hannah als würde sie ein bereits begonnenes Gespräch fortsetzen, das Val verpasst hatte, während sie Laura ihre Brötchenhälften reichte.

»Zwischen zwölf und vierzehn Uhr hat der Installateur von Albrecht gesagt«, antwortete Laura, »ich hoffe nur, es dauert nicht so lange, einen Wasserkasten auszutauschen. Ich muss schließlich nachher noch los wegen der Gardinen.« Mit einem Seitenblick auf Val fügte sie hinzu: »Schließlich sind es nur noch anderthalb Monate, bis zu unserem Umzug.«

Val vermied es ebenfalls, ihre Schwester direkt anzusehen, und konzentrierte sich auf ihre Tasse.

»Jonas und Laura ziehen zusammen«, sagte Oma Lotte.

Kurz überlegte Val, ob Alzheimer nicht doch auch eine Gnade sein konnte. Stattdessen murmelte sie durch zusammengebissene Zähne: »Ich weiß, das planen sie bereits seit vor Weihnachten.« Sie flößte sich weiter winzige Schlucke brühheißen Kaffees ein als wäre es Baldrian.

»Das weiß sie doch«, sagte auch Hannah und langte über den Tisch, um Oma Lottes Arm zu tätscheln. Das Tischgespräch erstarb. Nach einer angemessenen Pause des Schweigens und Kauens, setzte Hannah mit einem Thema an, das Valentina gedanklich immer gern und unter ferner liefen führte: Mamas Freund.

»Dieter war Freitag beim EKG und der Arzt war sehr zufrieden mit ihm. Nun macht er nur nächstes Mal wieder routinemäßig den Ultraschall, aber das sieht ganz gut aus – jetzt mit dem zweiten Bypass.«

»Dieter ist ein Arschloch«, sagte Oma Lotte betonungslos und nuckelte weiter an ihrem Milchbrötchen.

»Mutter«, fuhr Hannah sie erneut scharf an.

»Dieter ist ein sehr … ähm … netter Mann.« Sie errötete. »Und mein … ähm … Lebensabschnittsgefährte.«

»Männer sind alle Arschlöcher«, entgegnete ihre Mutter unbeeindruckt, »und Dieter ist ein altes Arschloch.«

Dieses Mal wagte keine der Anwesenden zu widersprechen, denn mit seinen 78 Jahren stand Dieter Oma Lottes 81 tatsächlich sehr viel näher als den 57 Jahren von Hannah. Val hatte sich insgeheim auch schon mehr als einmal gefragt, was ihre Mutter an ihm fand, aber vielleicht vermisste sie auch einfach nur ihren eigenen Vater.

Oma Lotte mümmelte weiter an ihrem Milchbrötchen.

»Vielleicht können wir jetzt im Sommer doch eine Woche an die Ostsee fahren« plauderte Hannah weiter, bemüht ihren leichten Tonfall wieder zu finden.

Val begann auf ihrem Stuhl hin und her zu rutschen. Doch Laura kam einer Bemerkung von ihr zuvor: »Ist doch egal, wie alt er ist. Hauptsache, du bist glücklich.«

Wieder ein Seitenblick auf ihre Schwester, die tat, als habe sie nichts bemerkt.

»Jonas und ich wollen im Herbst nach Dänemark.«

»Alles Arschlöcher«, murmelte Oma.

Val kam nicht umhin sich zu fragen, was eher zur Neige gehen würde, ihr Kaffee oder ihre Geduld?

»Und, was hast du jetzt so vor?« fragte Laura unvermittelt. Zum wiederholten Mal klang es so, als würde sie in ein bereits begonnenes Gespräch wieder einsteigen. Val sah sich verstohlen um, doch alle blickten nun sie erwartungsvoll an, und sie konnte sich beim besten Willen nicht daran erinnern, Teil einer vorangegangenen Konversation gewesen zu sein. Ihre ohnehin nur mäßig erfolgreich gebändigten Haare sträubten sich. Ehe sie etwas Treffendes erwidern konnte, war ihre Mutter eingesprungen.

»Aber Spätzchen«, sagte Hannah an Laura gewandt erneut in diesem für Vals Ohren nervigsten aller fürsorglichen Mütter Tonfälle, »sie ist doch gerade erst seit zwei Tagen wieder hier.« Laura warf Val nur einen ganz kurzen Blick zu, während die noch nach einer schlagfertigen Antwort suchte – und sie schuldig bleiben musste

»Und?« fuhr Laura betont leichthin fort, »sie wird ja wohl nicht auf Dauer ihr Leben in ihrem alten Kinderzimmer fristen wollen, oder? Irgendwas hat sie sich ja sicher dabei gedacht, bei dir … «, sie suchte nach dem richtigen Wort, »… unterzukommen.« Sehr diplomatisch formuliert, musste Val zugeben, aber die unterschwellige Spitze hatte trotzdem gesessen.

Hannah wollte noch ein freundliches Wort dazu stellen, aber offenbar war auch sie am Ende ihrer Argumente und machte den Mund stumm auf und wieder zu. Val rang um Fassung und Haltung, was angesichts ihrer ungepflegten und entstellten Erscheinung komisch aussah.

Laura hingegen bestrich seelenruhig ihr Brötchen und blickte sie dabei jetzt auffordernd direkt an. In ihrer frisch gebügelten Bluse und ihrem dezenten Tages-Make-up sah sie aus wie das blühende Leben, frisch einem Hochglanzmagazin entstiegen.

Val schluckte, ihr Mund war plötzlich trocken. Sie nahm noch einen Schluck Kaffee, ehe sie unter dem Blick ihrer Schwester einknickte, wie eine Butterblume im Sommer und leise antwortete: »Ich weiß es nicht … Ich meine …«, sie überlegte, zögerte und zuckte schließlich mit den Schultern, »ich musste da einfach schnell weg und …« Ihr Blick wanderte hilfesuchend zu ihrer Mutter, die jedoch ausgerechnet jetzt so gar nichts beizutragen hatte. »… irgendwie hab ich noch keinen Plan.«

Sie senkte den Kopf und fühlte sich wie eine Idiotin.

»Na ja, als erstes brauchst du ja wohl wieder einen Job, oder?« Lauras Tonfall klang herablassend. Ärger wallte in Val auf. Für wen hielt ihre Schwester sich denn bitte? Die Inquisition?

»Sicher brauch ich wieder einen Job«, gab sie zurück und ihr Tonfall hatte sich deutlich verschärft, »aber im Moment hab ich echt andere Sorgen.« Ihre Augen blitzten. Völlig unbeeindruckt schmierte Laura Butter auf ihre zweite Brötchenhälfte. »Was? Na ja, du erwartest ja wohl hoffentlich nicht von mir, dass ich dir hier irgendwie seelischen Beistand leiste, oder?« bemerkte ihre Schwester, »ich hab echt genug um die Ohren im Moment.«

Vals Augen begannen zu brennen. Doch Laura setzte noch einen drauf: »Es tut mir ja auch leid, dass deine Lebenssituation im Augenblick etwas schwierig ist, aber es ist eben nicht jeder für eine glückliche Partnerschaft geschaffen.«

Schwang da sowas wie Triumph mit? Val biss mittlerweile die Zähne so fest zusammen, dass ihr Kiefer schmerzte.

»Ich hätte dir so sehr gewünscht, dass es dieses Mal klappt«, sagte ihre Mutter. Sicher war das mitfühlend gemeint, aber auf den zusätzlichen Stich hätte sie wirklich verzichten können. Hannah seufzte und strich ihre Konfitüre breit. Die Geduld hatte den Wettlauf gegen den Rest Kaffee gewonnen. Val knallte ihre Tasse so heftig auf den Tisch, dass die letzten Tropfen auf ihrem Ärmel landeten. Mit einem Satz sprang sie auf und stieß den Stuhl zurück. Er kippelte bedrohlich, fiel aber zurück auf die Füße.

»Tut mir auch leid, dass euch meine Lebenskrise gerade so zu überfordern scheint. Ich hatte mir das weiß Gott auch anders vorgestellt.« Sie war lauter geworden als sie beabsichtigt hatte. Die sitzen gebliebenen starrten mit offenen Mündern zu ihr hoch. Hannah verstört, Laura überrascht, nur Oma Lotte zwinkerte ihr zu und stopfte den letzten Bissen ihres Milchbrötchens in ihren Mund.

»Alles Arschlöcher«, mümmelte sie.

Tränen liefen über Vals Gesicht. Sie wischte sich mit dem Handrücken über die Augen und drängte sich an Oma Lotte vorbei. Rasch wandte sie sich vom Tisch ab.

»Ich hab keinen Appetit mehr«, sagte sie mit dem letzten bisschen Beherrschung, das sie aufbringen konnte, und ging hinaus.

Der Vormittag kroch beschwerlich langsam dahin. Val verließ ihr Zimmer nur noch im äußersten Notfall. Eine weitere Voraussetzung dafür war, dass sie mindestens zehn Minuten lang keinerlei Geräusch vom Flur vor ihrer Tür gehört hatte. Und selbst dann beeilte sie sich noch, wenn sie zur Toilette oder Getränke aus der Abstellkammer holen musste.

Aus Langeweile hatte sie sich ihr Handy gegriffen, scrolle nun durch diverse Apps und las einige Nachrichten. Dann surfte sie eine Weile, um sich von allen anderen Gedanken, die sich ohnehin nur um ihre aussichtslose Situation gedreht hätten, abzulenken. Sie stolperte in ihren Emails über verschiedene Werbemails – anscheinend war ihre Emailadresse mal wieder zum Spammen freigegeben worden. Klar, das war es, was ihr noch zu ihrem Glück fehlte: Viagra, Pornos oder Mittel zum Muskelaufbau. Eine Mail pries ein Fasten-Retreat in der Schweiz an. Val schnaubte, wollte schon »Löschen« drücken und hielt dann doch inne, um den Text zu überfliegen. Innere Reinigung und Klarheit, las sie und schnaubte erneut verächtlich. Neuanfang. Sie blieb an dem Wort hängen … »Naja, zumindest müsste ich mir dann nicht mehr diese blöden Sprüche am Tisch anhören«, sagte sie laut zu sich selbst und konnte das Teufelchen auf ihrer Schulter förmlich grinsen sehen. Vielleicht war die Idee gar nicht so schlecht, nur hatte sie keinerlei Erfahrung damit. Prompt meldete sich der Hunger und sie kaute an ihrer Unterlippe. Vielleicht wäre es aber auch zu kompliziert … oder zu anstrengend. Das Teufelchen setzte sich kopfschüttelnd wieder. Bescheuerte Eingebung. Auch sie schüttelte den Kopf. Aber die Vorstellung jetzt zu jeder Mahlzeit mit bohrenden Blicken oder noch schlimmeren Fragen traktiert zu werden, ließen ihr das Blut in den Adern abwechselnd gefrieren und kochen. Also nahm sie sich erneut ihr Smartphone vor und rief testweise im Browser den Begriff »Fasten« auf. Wie schwer kann es schon sein, nichts zu essen, dachte sie und begann entschlossen zu lesen.

Nach kurzer Zeit wurde sie eines Besseren belehrt: Es reichte eben nicht, nichts zu essen. Sie musste ihren Körper auf das Heilfasten, wie es korrekterweise hieß, mit einem sogenannten Abbautag vorbereiten, an dem sie nur Mahlzeiten in Form von Obst oder Reis zu sich nahm.

»Ah, zumindest das kriege ich hin.« Danach folgte eine Darmreinigung und erst dann begann die eigentliche Fastenzeit von drei bis sieben Tagen. Anschließend kamen die Aufbautage, an denen auch kontrolliert, nur wenig und auch wieder nur ganz bestimmte Dinge gegessen werden durften, um die Verdauung langsam wieder an ihre eigentliche Funktion zu erinnern.

»Boah, gehts bitte noch ein bisschen schwieriger?« Aber auch hier las sie über den Nutzen einer solchen Fastenzeit, über Dinge wie innere Ruhe und gesteigerte Konzentration und wie gesund das für den Körper wäre, wenn man es denn richtig macht. Die dazugehörigen Rezepte für die Gemüsebrühen nach der Buchinger-Methode, speicherte sie einer Intuition folgend ab.

Zehn Tage, das klang doch machbar. Val beendete ihre Recherche und schloss den Browser. Dann lehnte sie sich zurück und schloss die Augen.

Und idiotisch, fügte sie hinzu. Brauchte sie das jetzt wirklich? Aber es wäre ein unerwarteter Schachzug und in dieser komplett fremdbestimmten Situation, von Mike quasi vor die Tür gesetzt und bei ihrer Mutter nur notdürftig untergekommen, wäre es der Lichtstreif am Horizont in Sachen Selbstbestimmung. Wenigstens das könnte sie jetzt kontrollieren.

Entschlossen stand sie auf. Wieder knurrte ihr Magen und früher oder später würde sie zwangsweise doch noch einen weiteren Ausflug in die Küche wagen müssen. Und schon geriet ihr Entschluss wieder ins Wanken. Sie musste etwas essen – jetzt.

Mit dem Ohr an die Zimmertür gepresst, lauschte sie mit angehaltenem Atem. Sie konnte das Radio in Oma Lottes Zimmer hören und vermutete, dass ihre Mutter im Keller war, um die Wäsche zu machen.

Sie schlich die Treppe hinunter und um die Ecke in die Küche, wo sie prompt vor Schreck zurückprallte.

Ihre Mutter kreischte auf und ließ den Müllbeutel, den sie in der Hand gehabt hatte, fallen. Er riss. Eine undefinierbare bräunliche Flüssigkeit kroch zäh über die Fliesen.

»Kind, musst du mich denn so erschrecken?« Hannah hielt sich das Herz mit beiden Händen. Val, der der Schreck ebenfalls noch in den Knochen saß, blies die Wangen auf.

»Na, du schleichst hier doch so rum.«

Hannah runzelte die Stirn, wandte sich um und holte eine neue Abfalltüte und einen Lappen. Val war im Flur stehengeblieben und zwirbelte an einer Haarsträhne. Als ihre Mutter wiederkam, half sie ihr, den gerissenen Beutel in den neuen zu hieven und während diese den Müll raustrug, wischte sie mit dem Lappen den Boden auf. Ihre Mutter ließ die Haustür ins Schloss fallen und kam zurück in die Küche. Auf der Anrichte stand geschnittenes Gemüse in zwei Schüsseln.

»Es gibt Eintopf«, sagte sie, dem Blick ihrer Ältesten folgend.

»Hm«, machte Val und ergänzte einem spontanen Impuls nachgebend, »ich esse heute nur Obst – Entlastungstag, ich glaub, ich werd mal ein paar Tage … ähm … fasten.« Sie klang noch nicht ganz so selbstsicher, wie sie gern gewollt hätte. Aber, um jetzt auch ja keinen Rückzieher zu machen, belud sie demonstrativ ihre Arme mit Äpfeln, Orangen und einer Banane. Als sie ihre Mutter bei einem missbilligenden Kopfschütteln ertappte, fühlte sie sich nur bestätigt und verzog sie sich wieder in ihr Zimmer, ehe diese etwas sagen konnte.

Eine Weile hatte sie am Fenster gestanden und sich die Beine an der Heizung gewärmt. Der Himmel war stahlgrau und der mit Sicherheit kalte Wind zerrte an den Tannenzweigen. Wenn es regnen würde, könnte es vielleicht doch Schnee geben. Es war Val egal. Sie hatte nicht die Energie gehabt, das Rollo aufzuziehen, sondern hatte sich zum Hinausschauen nur darunter durchgeschoben. Um ein Haar wäre sie dabei an dem ollen Kaktus hängen geblieben, der mit seiner haarigen Blütenknospe aussah wie ein Alien mit einem einzelnen Tentakel. Das leichte Drücken auf der Wirbelsäule begann sie nun doch zu stören. Außerdem passierte draußen nichts und zu allem Überfluss zog es durch einen Spalt im Fensterrahmen. Der eisige Lufthauch ließ sie frösteln. Sie gab ihren Beobachtungsposten auf und zog sich nach drinnen unter dem Rollo hervor.

Es klopfte leise. Sie antwortete nicht, doch die Tür öffnete sich trotzdem einen Spaltbreit. Ihre Mutter schob den Kopf ins Zimmer und versuchte blinzelnd ihre Augen an das Halbdunkel zu gewöhnen.

»Was ist denn?« fragte Val. Auf dem Gesicht ihrer Mutter erschien ein mitleidiges Lächeln. Val verschränkte die Arme vor der Brust.

»Ich wollte nur mal sehen, was du machst. Es war so still hier oben …«

»Klar«, vollendete Val ihren Satz, »und weil ich ja erst drei bin und nicht schon fast dreißig, wolltest du nur mal eben nachschauen, ob ich nicht vielleicht gerade dabei bin, den Teppich in Brand zu stecken.« Ein verletzter Ausdruck trat in das Gesicht ihrer Mutter.

»Kein Grund unfreundlich zu werden«, sagte sie und zog ihren Kopf zurück, »ich mach mir ja bloß Sorgen.« Die Tür glitt zu.

Val hatte ein schlechtes Gewissen … und dann auch wieder nicht. Diese total nervige Art, sich ungefragt um alles Mögliche zu kümmern, hatte sie schon in ihrer Teenagerzeit wahnsinnig gemacht. Außerdem wollte sie einfach nur ihre Ruhe, sich ihrem Drama hingegeben, allein …

Sie ließ sich auf ihr Bett fallen und spielte mit einer Ecke des Kissenbezuges. Jeglicher Antrieb war ihr in den letzten Tagen abhandengekommen. Sie war sogar zu schwach, um auch nur über passende Worte der Entschuldigung nachzudenken. Aber sie wollte sich ja auch gar nicht entschuldigen. Eine Träne lief aus ihrem Augenwinkel und versickerte in ihrem Kopfkissen. Eine weitere ran aus ihrem linken Auge über ihren Nasenrücken in das rechte Auge. Sie musste heftig blinzeln. Mit der Faust rieb sich Val über beide Augen und drehte sich auf den Rücken. Ihr Blick wanderte über die Vertäfelung der Decke, doch sie nahm die Maserung nicht wahr. Sie bemerkte nicht einmal, dass sie sie nicht sah. In ihr war alles stumpf, dumpf und komplett taub. Sie lauschte ihrem Herzschlag und spürte ihren Puls im linken Arm von der Schulter bis zum kleinen Finger.

Von irgendwoher erklang der Dreiklang ihres Handys und signalisierte den Empfang einer Kurzmitteilung. Sie wandte den Kopf nach links und sah sich im Raum um. Wo hatte sie es vorhin fallen gelassen? Ihre Taschen standen offen und unausgepackt vor der ausgezogenen Schlafcouch, auf der sie lümmelte. Ihre Handtasche lag irgendwo unter ihren Kleidern begraben – zumindest vermutete sie das. Nachsehen? Nein – und sie hätte nicht einmal sagen können, welche Emotion sie davon abhielt. Dann fiel ihr siedend heiß ein, dass es ja Mike sein könnte, der versuchte sie zu erreichen. Sie sprang so schnell auf, dass sie der Prinzessin auf der Erbse Konkurrenz gemacht hätte, und sah zum Schreibtisch. Dort war das iPhone nicht mehr. Ohne nachzudenken, wühlte sie den Stapel Kleider durch, den sie vor zwei Tagen achtlos auf den Stuhl hatte fallen lassen. Der Shopper kam ins Blickfeld und fiel zu Boden, ehe sie ihn ergreifen konnte. Die Tasche leerte sich zu ihren Füßen. Ein frustrierter Laut drang aus Vals Mund, und sie fiel auf die Knie. Hektisch durchwühlte sie den Inhalt: Ladekabel für ihr Handy, Notizblock, Stifte, Taschentücher, ihr Schminktäschchen, diverse Schlüssel, ein geöffneter Briefumschlag, ihr Portemonnaie, Zopfgummis … Nur kein Handy. sie nahm die ganze Tasche und schüttelte sie über Kopf aus. Büroklammern, eine Fünfcentmünze und Staubflusen, mehr kam nicht zum Vorschein.

»Scheiße«, fluchte sie laut und ließ sich mitten in dem Chaos auf den Boden gleiten. Dabei nahm sie aus dem Augenwinkel ein Blitzen wahr. Unter der Jeans, die über dem Stuhl gehangen hatte und mittlerweile auch zu Boden gelitten war, lugte ihr iPhone hervor. Val ergriff die Jeans und pfefferte sie beiseite. Wie es auf den Boden gekommen war, konnte sie sich beim besten Willen nicht erklären.

Auf dem Display tauchte eine Pop-up-Mitteilung auf. Sie starrte auf den Absender. Für einen Moment war sie zu aufgeregt, um zu erkennen, wer ihr schrieb. Der Absender war jedoch nicht Mike, sondern eine ihrer älteren Freundinnen, Kerstin. Tränen schossen in Vals Augen und einige Minuten ließ sie sich von der Enttäuschung übermannen, die ihre Brust wie unter einem Eisenring zusammenpresste.

Nachdem die Tränen versiegt waren, öffnete sie die Nachricht.

»Hey, wo bist du, was treibst und wie geht es euch? Melde dich, Süße «, las sie. Sie zögerte. Was sollte sie antworten? Eigentlich wäre sie jetzt in Düsseldorf dabei gewesen, Bewerbungen für nach ihrem Praktikum zu schreiben – oder Kisten zu packen für Singapur. Wie sollte sie in einer SMS erklären, dass sie stattdessen wieder in ihrem Kinderzimmer in Hamburg saß? Ohne Praktikum in der tollen Kanzlei, in der Mike sie hatte unterbringen wollen, und noch dazu allein?

»Gar nicht gut«, schrieb sie zurück, »Michael hat sich vor zwei Tagen von mir getrennt. Bin völlig fertig und wieder in HH bei meiner Mutter. Weiß echt nicht mehr, was ich machen soll.« Es reichte noch für einen weinenden Smiley. Sie schickte die Nachricht ab und ließ sich rückwärts gegen ihr Schlafsofa sinken. Nichts passierte. Das Handy kreiste zwischen ihren Fingern und sie hing wieder leeren Gedanken nach. Es passierte immer noch nichts.

Minuten vergingen und es kam keine Antwort. Val drehte das Smartphone immer wieder zu sich, um das Display zu wecken, aber es kam einfach keine weitere Nachricht. Sie wollte es schon fallen lassen, da vibrierte und piepte es plötzlich doch.

»Scheiße«, las sie und musste wider Willen schmunzeln. Da hatte ihre eloquente Freundin den Nagel auf den Kopf getroffen. »Hab 72 Stunden Dienst, melde mich hinterher! Kopf hoch. Drück dich!«

Entmutigt ließ Val das Handy schließlich auf den Boden fallen und krabbelte zurück ins Bett. Niemand kümmerte sich um sie. Sie war mutterseelenallein. Ein Schluchzer kroch ihre Kehle hoch und sie presste ihren Kopf in das Kissen. Sie begann zu heulen und konnte sich gar nicht wieder einkriegen. Sie weinte so lang und heftig, dass sie schließlich vollkommen erschöpft einschlief.

»Und hast du dir nun schon einen Zeitplan überlegt?«

»Einen Zeitplan? Was meinst du?«

»Wie »Was meine ich?«? Ich meine natürlich, wann du endlich nach Düsseldorf ziehst, damit diese Pendelei aufhört, Valentina.«

»Nenn mich nicht so.«

»Val, Liebling, wann ziehst du endlich zu mir?«

»Ach, Mike, ich bin doch schon jedes Wochenende in Düsseldorf. Und bis zum Ende meines Referendariats, kann ich hier wirklich nicht weg.«

»Na toll, was soll das denn jetzt heißen?«

»Das soll heißen, dass ich an unserem Plan festhalte im Anschluss ans Referendariat das Praktikum bei dir in der Kanzlei zu machen. Liebster, das sind doch nicht einmal mehr drei Monate. Hast du da eigentlich schon eine Bestätigung für bekommen?«

»Noch ein Vierteljahr? Ich dachte, du wolltest so schnell wie möglich zu mir kommen?«

»Sei nicht ungerecht, bitte, das war doch unser Plan. Es geht nun mal nicht schneller. Ich kann doch hier nicht einfach alles stehen und liegen lassen.«

»Blödsinn, ich glaub du meinst das gar nicht richtig ernst mit uns.«

»Mike, jetzt wirst du unfair. Würde ich wohl jedes Wochenende pendeln und hätte bereits meine Wohnung aufgegeben, wenn mir das mit uns nicht ernst wäre? Meinst du es ist nett in Hamburg in so'nem Studentenzimmer zu hausen?«

»Ja, ich weiß, aber ein Vierteljahr ... Das ist noch eine Ewigkeit. Ich dachte, wir wollten eine Familie gründen?«

»Natürlich will ich eine Familie mit dir ...«

»Aber wieso willst du denn dann noch so viel Zeit in Hamburg verdaddeln? Ich verdiene doch genug für uns beide. Komm schon, komm zu mir nach Düsseldorf. Ich will endlich richtig mit dir zusammen sein und nicht immer diese Abschiede am Sonntagabend.«

»Ich finde es ja auch ganz schrecklich ...«

»Dann mach endlich Schluss damit, denn ich halt es echt nicht mehr aus. Ich meine, wenn du herkommst, wollen wir ja wohl auch noch ein bisschen Zeit nur für uns, ehe das Kindergeschrei losgeht, oder?«

»Mike, mir tut das doch auch weh, wenn wir immer getrennt sind, aber ich habe doch alle Schritte unternommen, was willst du denn noch?«

»Ich will, dass du endlich ganz bei mir bleibst.«

»Das werde ich doch, mach es uns doch nicht so furchtbar schwer, bitte, es sind nur noch 13 Wochen, komm schon, das schaffen wir doch. Ich kann doch jetzt nicht meine ganze Ausbildung hinschmeißen. Und wegen des Praktikums hast du …«

»Hm.«

»Mike?«

»Was?«

»Bitte, nun sei doch nicht so.«

»Hm.«

»Ich liebe dich.«

»Davon merk ich nichts.«

»Jetzt bist du gemein.«

»Weil ich deine Verzögerungstaktik nicht verstehe?«

»Warum sagst du das jetzt? Du wusstest doch, dass das nicht sofort losgehen wird.«

»Hm.«

»Mike, ich liebe dich doch.«

»Hm.«

»Bitte, komm schon, sei wieder gut.«

Als Val aufwachte, war der Himmel scheinbar aufgerissen, denn es fiel ein Sonnenstreifen auf den Teppich. Mittag war vorüber und der Geruch von Eintopf hing im Raum. Ihr Magen knurrte – obwohl sie Eintöpfe nicht leiden konnte, hätte sie jetzt zu einem Teller wohl nicht »Nein« gesagt. Sie rollte sich zusammen, angelte nach der Wasserflasche, die neben ihrem Bett stand und trank sie in gierigen Schlucken zur Hälfte leer.

Sie wühlte sich aus der zerknäulten Decke hoch und ging hinüber zum Schreibtisch, um sich eine Orange zu schälen.

Ihr Fuß streifte das am Boden liegende Handy. Sie sah hinab und gab ihm noch einen Stups. Das Display leuchtete auf. Immer noch kein Pop-up, das eine neue Nachricht angekündigt hätte. Trotzdem hob sie das Gerät auf und entsperrte den Bildschirm. Uhrzeit und Datum und die ganze Liste ihrer unsortierten Apps leuchteten ihr entgegen, der Empfang war gut bis sehr gut, aber keine kleinen Zahlen am Mailpostfach, dem Messanger oder der Nachrichten-App. Keine neue Mitteilung – nirgends.

Sie ließ das Gerät sinken und mit einem Seufzer in die Tasche ihres Morgenmantels gleiten.

Val stieg über ihren Wäscheberg und setzte sich auf den Rand des Schreibtisches. Sie zog ein Blatt aus dem Drucker und pellte ihre Orange mit den Fingern. Die Schalen ließ sie auf das Blatt fallen. Die Frucht war erstaunlich saftig, obwohl die Saison eigentlich längst vorüber war. Ein großes, tropfendes Stück, wanderte in ihren Mund. Enttäuscht rümpfte sie die Nase. So gut die Orange ausgesehen hatte, so wenig schmeckte sie. Gierig schlang sie sie dennoch hinunter, schließlich hatte sie sich vorgenommen, den Abbautag einzuhalten und keinerlei Lust, sich schon beim ersten Versuch eine Blöße zu geben.

Achtlos wischte sie die Hände an ihrem Bademantel ab, was beidseitig gelbliche Schlieren auf Hüfthöhe hinterließ. Dabei berührten ihre Finger das Handy und sie holte es wieder aus der Tasche. Überraschung: Immer noch weder Nachricht noch Anruf in Abwesenheit. Sie öffnete das Adressbuch und ging nacheinander die Namen durch. Einige Kollegen, Ärzte, Notrufnummern zum Sperren ihrer Kreditkarten, Familie und Freunde. Bei Jenny, einer Freundin, die sie seit ihrem Jura Studium kannte, blieb sie hängen. Jenny war im Mutterschutz mit ihren Zwillingen. Auch sie wusste nicht, dass Val wieder in Hamburg war. Sie scrollte weiter durch die Nummern. Fünf ihrer engeren Freundinnen wussten noch nicht Bescheid. Vielleicht würde ein wenig Trost ihr gut tun. Sie kopierte zwei Drittel der Nachricht an Kerstin in eine neue Mitteilung und gab alle fünf Nummern als Adressatinnen an. Der Ladebalken flimmerte über den oberen Displayrand des Messengers und zeigte den Versand an. Einige Minuten später steckte sie das Telefon wieder ein. Spontan keine Antwort. Sie kroch zurück in ihre zerwühlten Kissen.

Wenn nicht einmal ihre besten Freundinnen wussten, was sie dazu sagen sollten, dann konnte sie auch darauf verzichten, noch jemand anders Bescheid zu geben. Tränen stiegen ihr in die Augen. Im Grunde wollte sie ihr Mitleid auch gar nicht. Sie presste die Lippen zusammen und schluchzte leise. Das Handy erklang und Val riss es sofort wieder hoch.

Mays Name tauchte auf dem Display auf. Sie schluckte das Schluchzen hinunter und nahm wischend den Anruf an.

»Hallo?«

»Verdammt, Süße, was ist passiert?«, May hielt sich nicht mit einer überflüssigen Begrüßung auf und ihr Ton war eher geschäftig denn mitfühlend,

»Hi May«, sagte Val matt und strich ihre fettigen Haare hinters Ohr. »Wie geht's dir?«

»Mir? Ich hab zu viel Arbeit!« May lachte. »Aber um mich gehts nicht. Wieso hast du dich so lange nicht gemeldet?«

»Ja … ähm … ich weiß auch nicht, Referendariat, die Pendelei …«

»Na, hat sich ja wohl ausgependelt, oder?«

»Hm«, machte Val kleinlaut.

»Mike, ist das noch der Kerl, der dich zu meinem Geburtstag hängen lassen hat?«

Val gab einen unbestimmten Laut der Zustimmung von sich und zog den Kopf ein.

»Wow, hast es ja noch lange ausgehalten mit einem Kerl, der dich derart bescheiden behandelt hat.«

»So war das gar nicht«, widersprach sie schwach.

»Ach nein? Wenn ich mich recht entsinne, hat er dich ›vorfahren‹ lassen, um dich am Wochenende zu meiner Party zu begleiten und hat dann wann abgesagt? Nachdem du bei mir im Flur standest? Und dann durftest du auch noch allein mit der Bahn zurück nach Düsseldorf fahren. Echt ein feiner Herr. Ich wiederhole mich ungern, aber ich hab's dir ja gleich gesagt.«

Dieses Mal konnte Val nicht einmal antworten. Die Erinnerung an besagten Abend im November war ihr plötzlich wieder allzu präsent. Und sie fühlte sich gleich noch einmal jämmerlicher.

»Ja … ja, fünf Minuten …«, May hatte jemand anders geantwortet, ehe sie den Faden ihres Gespräches wieder aufnahm. »Sorry, Val, ich muss los. Hier rockt es grad, erzähl ich dir in Ruhe. Kaffee am Wochenende?«

Val wollte schon zusagen, da fiel es ihr wieder ein und sie fuhr sich mit der Hand über die Augen. »Ich faste im Moment.«

»Du tust was? Weißt du was, alles klar, dann meld dich, wenn du wieder für Kaffee zugänglich bist. Ich muss los, okay. Pass auf dich auf und lass den Kopf nicht hängen. Der Kerl ist es nicht wert.«

»Mach's gut«, brachte Val noch heraus, ehe May aufhängte. Tief in ihr regte sich der Gedanke, dass sie das verdient hatte. Sie war eine wirklich schlechte Freundin gewesen die letzten Monate. Wie konnte sie da jetzt Trost erwarten? Sie blickte auf ihr Handy und scrolle gedankenverloren durch ihre Kontaktliste.

Ihr Blick fiel auf Lauras Nummer. Eine Träne rollte über ihre Wange. Auch ihre Schwester war gnadenlos ehrlich gewesen. Sie hatte schon immer ein Problem mit Val gehabt, obwohl die sich stets nach Kräften bemüht hatte, die Jüngere zu unterstützen. Naja gut, vielleicht abgesehen von den Momenten, wo ihr die kleine Schwester die Show stahl und ihr tierisch damit auf die Nerven ging, ihr hinterher zu laufen. Schon als Kind hatte Laura immer alles haben wollen, was Val hatte und sich immer und mit allem an ihr gemessen. Dabei hatte sie als jüngere ohnehin immer alle Vorteile auf ihrer Seite gehabt. In letzter Zeit war das irgendwie noch schlimmer geworden. Der Fakt, dass sie selbst für Jura zugelassen worden war und Laura »nur« die Verwaltungsausbildung gemacht hatte, hatten die Kluft zwischen den Schwestern nur vergrößert. Seit Val jedoch mit Mike zusammengekommen war und sie so rasch eine innige Beziehung entwickelt hatten, schien Lauras und ihr Wettstreit irgendwie eine neue Dimension erreicht zu haben.

Nun steht sie ja endlich besser da, dachte Val bitter und eine weitere Träne quoll aus ihrem Auge. Und das hat sie mich auch deutlich spüren lassen. Nein, sie wollte von nichts und niemanden mehr hören oder lesen, sie wollte nur, dass es aufhörte weh zu tun. So ganz begriff sie noch nicht, was hier eigentlich passiert war. Wo hatte ihr Leben nur so plötzlich die falsche Abzweigung genommen? Denn ganz offensichtlich war sie hier doch im komplett verkehrten Film. Alles tat weh, so sehr weh. Weinend versteckte sie ihren Kopf im Kissen.

Erstickt schluchzte sie laut: »Selbst der Tod hat mehr Sinn als dieses Leben.« Ja, geliebtes Selbstmitleid, das war in diesem Moment ihr einziger Freund auf der Welt.

Sie vegetierte sich erfolgreich durch ihren Abbautag oder wie sie ihn nannte »einen weiteren Tag in ihrem persönlichen Vorhof zur Hölle«. Sie verfiel immer öfter in unruhige Schlafphasen und hätte am Ende doch nicht sagen können, wie sie die letzten zwölf Stunden hinter sich gebracht hatte. Der Hunger war ein ständiger Begleiter und weder Wasser noch Obst konnten ihn gebührend in Schach halten. Aber da musste sie jetzt durch. Wenigstens diesen Zügel gab sie um keinen Preis aus der Hand – denn etwas anderes zum daran festhalten war schlicht nicht in Sicht.

TAG 2 – ERSTER FASTENTAG

Der Kälteeinbruch war noch immer nicht vorüber. 7 °C Anfang Mai. Val schüttelte den Kopf und schaltete den Radiowecker, ebenfalls ein stummer Zeuge ihrer längst vergangenen Jugend, direkt wieder aus. Es war still im Haus, sie sah auf die Uhr, kaum sieben.

Heute hatte sie sich beim Aufwachen das erste Mal nicht verwundert gefragt, wo sie war. Sie lag im Bett in ihrem alten Kinderzimmer und starrte an die getäfelte Decke.

Im Zimmer war es kalt, denn sie hatte das Fenster über Nacht einen Spalt breit offengelassen, doch unter den zwei Decken war es mollig und sie rutschte noch ein bisschen tiefer in ihre warme, dunkle Höhle. Der Schlaf wollte nicht mehr zurückkommen. Es grenzte ohnehin schon an ein Wunder, dass sie überhaupt so lange hatte schlafen können, so früh wie sie gestern ins Bett gegangen war.

Antriebslos drehte sie sich wieder auf den Rücken, die Decke bis zur Nasenspitze gezogen und studierte die Vertäfelung. Im zweiten Brett über ihrem Kopf entdeckte sie ein Astloch. Gebannt starrte sie in die schwarze Vertiefung. War das Loch schon immer da gewesen? Konnte es sein, dass sie es in den fast 20 Jahren, die sie in diesem Zimmer geschlafen hatte, nie bemerkt hatte? Oder war im Laufe der Jahre ein Astansatz aus dem Loch herausgerutscht? Hatte das Holz so stark gearbeitet?

Schritte schlurften über den Teppich im Flur, dann fiel die Tür zum Bad ins Schloss. Eine Weile war es wieder still, dann ertönte die Toilettenspülung und das Rauschen des Wassers im Waschbecken.

Oma Lotte begann hinter der Wand zu husten. Val lauschte mit gerunzelter Stirn wie der Husten immer mehr zu einem röchelnden Würgen wurde. Sie wollte gerade aufspringen und ihrer Großmutter zu Hilfe eilen, als sie hörte wie diese geräuschvoll ausspuckte und das Wasser wieder abstellte. Die Tür wurde geöffnet und die schlurfenden Schritte entfernten sich über den Flur.

Die Luft entwich mit sanften Pfeifen zwischen ihren Lippen. Unbewusst hatte Val den Atem angehalten, doch Oma hatte offenbar doch nicht vorgehabt, ihre Lunge ins Waschbecken zu husten – oder schlimmer noch, in ihr Zimmer hereinzukommen.

Die Arme hinter dem Kopf verschränkt, überlegte sie: Heute war ihr erster Fastentag. Sie hatte noch nie in ihrem Leben gefastet, und versuchte, sich an die richtigen Schritte zu erinnern, die sie gestern auf einer Seite mit Anleitung für zehn Tage Heilfasten gelesen hatte. Es gelang ihr nicht, also rappelte sie sich widerwillig auf ihre Ellbogen und scannte das Chaos um sich herum. Sie ignorierte den Fakt, dass der Raum bis zu ihrer Ankunft ein picobello sauberer Schrein ihrer Jugend gewesen war. Mit ihrer überstürzten Ankunft am Samstag, war hier über Nacht die Art von Unordnung eingezogen, für die sie selbst als Teenager mindestens eine Woche gebraucht hätte. Anerkennend nickte sie – ja, wenigstens das hatte sie immer noch voll drauf. Sie ließ sich auf ihr Kissen zurückfallen. Was hatte sie gewollt? Ach ja. Ihr Kopf schoss wieder in die Höhe und suchte noch einmal gezielt nach ihrem Smartphone. Sie fand es schließlich in der Tasche des Bademantels, der seit gestern Abend achtlos neben dem Bett lag. Keine Nachrichten. Und schlimmer:

quasi kein messbarer Akkustand mehr. Stich in die Brust und Puls hoch. Schnell ablenken: Sie fand überdurchschnittlich schnell das Ladekabel und schloss das Gerät anstelle des nutzlosen Radioweckers neben dem Bett an die Steckdose an. Der Blitz erschien. Erst jetzt scrollte sie durch den Suchverlauf ihres Browsers von gestern und las den Artikel über das Heilfasten nochmal:

Richtig, am ersten Tag nach dem Abbau musste sie den Darm entleeren. Sie überflog die Details nur grob und wollte den Teil schon überspringen, als ihre Augen an dem Absatz darüber hängen blieben, wo stand, dass diese Entleerung unerlässlich sei für die Umstellung auf den Fastenstoffwechsel. Weiter hieß es, dass selbige außerdem maßgeblich dazu beitrage, den Hunger einzuschränken, der sonst früher oder später käme.

Kaum dass sie das Wort Hunger las, grummelte ihr Magen auch schon vernehmlich. Missmutig schwang sie die Beine über die Bettkante und erschauerte. Widerwillig stand sie auf, stakste zwischen ihrem umherliegenden Kram herum, wie ein Storch im Salat und schloss als erstes das Fenster.

Darmentleerung, dachte sie und schüttelte sich, Glaubersalz. Nicht, dass sie wüsste, wie das schmeckte, aber allein der Name klang irgendwie schon ziemlich widerlich. Zu solchen Mitteln hatte sie noch nie gegriffen. Sie überlegte und lehnte sich dabei gegen die Tür.

Oma Lotte hatte schon immer zu Verstopfungen geneigt und da sie nun im Alter weniger trank, hatten sie für sie in der Vergangenheit schon öfter Abführmittel und auch Glaubersalz besorgt. Mit ein bisschen Glück hatte ihre Mutter es immer noch vorrätig.

Val lauschte an der Tür und schlich dann durch das schlafende Haus. Zuerst durchsuchte sie den Spiegelschrank im Badezimmer und wurde im mittleren Fach fündig. Eine fast volle Dose, die laut Apothekenaufkleber noch drei Jahre haltbar war.

»Seit wann verdirbt Salz?« fragte sie sich kopfschüttelnd und ließ den Behälter in ihre Bademanteltasche gleiten. Dann schlich sie sich hinunter in die Küche, die ausnahmsweise menschenleer war und löste, wie im Artikel beschrieben, drei gehäufte Esslöffel in einem großen Glas lauwarmen Wasser auf. Natürlich wäre es klüger gewesen, dem Rat des Artikels zu folgen, das Salz bereits abends getrunken zu haben, denn dann hätte weit weniger genügt. Doch das ließ sich nun nicht mehr ändern. Dann eben die volle Dröhnung. Ihr Blick folgte den wirbelnden Kristallen im Glas, während das Wasser zunehmend dickflüssiger wurde. Ihr Magen knurrte erneut deutlich vernehmbar.

»Nur die Harten kommen in den Garten«, zitierte sie einen der Sprüche ihrer Großmutter, zuckte mit den Schultern und stürzte den Inhalt des Glases so schnell wie möglich hinunter.

Bereits nach den ersten Schlucken begann sie zu husten und zu würgen. In ihrem Mund sammelten sich schlagartig Unmengen von Speichel und sie hatte Mühe mit dem Schlucken hinterher zu kommen. Sie blickte auf den Rest im Glas vor sich, schloss die Augen, atmete durch den Mund aus und kippte auch ihn hinunter. Er kam fast postwendend wieder hoch. Sie konnte nicht verhindern, dass ein guter Schluck in der Spüle landete. Sie würgte erneut und röchelte. Kalter Schweiß lief ihr von der Stirn und ein feiner Film bildete sich auf ihren Unterarmen. Val konnte nur noch hecheln und schlucken. Der Speichel schmeckte widerlich bitter. Ein absurder Gedanke schoss ihr durch den Kopf: Konnte man an seinem eigenen Speichel ertrinken?

Noch einmal ließ sie das Glas volllaufen und trank es so schnell wie möglich leer. Ekel schüttelte sie. Krampfhaft umklammerte sie das Glas und wischte sich mit der anderen Hand das Gemisch aus Schweiß und Tränen aus dem Gesicht.

Wieder wurde sie am ganzen Körper von einem kalten Schauer geschüttelt. Sie schluckte noch ein paar Mal leer, dann hatte sich der übelschmeckende Salzbelag aus ihrem Mund auf ein überlebbares Maß reduziert.

Val fuhr sich mit der Zunge über die Lippen und zog sie sofort angewidert wieder zurück. Auch salzig. Sie spuckte in die Spüle und beobachtete das träge Rinnsal, wie es sich seinen Weg in den Abfluss bahnte.

Gerade wollte sie zurück nach oben gehen, als ihr Magen sich schmerzhaft zusammenzog.

Na toll, dachte sie, das nenn ich ja mal 'ne prompte Reaktion.

Val stellte das Glas auf die Spüle und beeilte sich nach oben zu kommen. Auf der obersten Stufe angelangt, krampfte sich ihr Bauch erneut zusammen. Vielleicht hatte sie es mit der Dosierung doch etwas übertrieben. Übelkeit wallte auf und sie kämpfte erneut gegen kalten Schweiß. Sie eilte hinüber ins Badezimmer. Halb über dem Waschbecken hängend putze sie hektisch die Zähne und wurde so zumindest den bitteren Geschmack aus dem Mund los. Was sie am Meisten fürchtete war, sich übergeben zu müssen, und dass das Salz sich durch alle Körperöffnungen gleichzeitig verabschieden würde oder … sie erschauerte.

So schnell sie konnte, schleppte sie sich ins Bett, zog sich die Decke bis über die Ohren und rollte sich mit angezogenen Knien auf der Seite zusammen.

In ihrem Bauch begann es zu grummeln und zu gurgeln. Es zog zuerst nur im Oberbauch und im Magen, weitete sich dann aber binnen einer halben Stunde auch auf den Unterbauch aus. Val hatte das Gefühl, dass das Glaubersalz munter von vorn nach hinten und wieder zurück durch ihre Gedärme tobte. Die Krämpfe wurden schlimmer, und sie begann den Druck der bevorstehenden Entleerung zu spüren. Ihr war schlecht. So schlecht. Schüttelfrost überfiel sie und trotz zweier Decken zitterte sie am ganzen Körper. Wieder krampften sich ihre Innereien zusammen und sie biss die Zähne zusammen. Mit geschlossenen Augen zählte sie die Sekunden und versuchte den Anfall weg zu atmen.

Der Schmerz ließ kurzzeitig nach, doch als habe er nur nach einem besseren Angriffspunkt gesucht, schnürte sich ihre Körpermitte zusammen, als würde sie wie ein nasses Handtuch ausgewrungen.

Ihr Telefon klingelte.

»Oh bitte nicht jetzt …«, wimmerte sie, doch dann obsiegte die Neugier. Ehe sie lesen konnte, wer der Anrufer war, krampfte es wieder. Sie schloss die Augen und hob das Telefon ans Ohr.

»Ja, hallo?«

»Val, hier ist Melli, wie geht es dir?« Val biss die Zähne zusammen.

»Lustig, dass du fragst, gerade nicht so super.«

»Das tut mir so leid. Aber sag mal, wo bist du jetzt?«

»Bei meiner Mutter …«, flüsterte sie während sie einen weiteren Krampf veratmete.

»Krass? Im Ernst. Oh mein Gott, das wäre ja die Hölle für mich. Stell dir vor, ich würde wieder bei meinen Eltern einziehen müssen … oh, mein Vater würde durchdrehen …« Melli lachte laut. Vals Bauch schien eine ganz eigene Meinung zu dem Thema zu haben.

»Ja, echt komisch …«, murmelte sie matt.

»Ach, das muss ja so scheiße sein und sag mal, was ist denn jetzt mit dem Praktikum? Wolltest du nicht in seiner Kanzlei anfangen?«

»Ja, wollte ich …«, Ein weiterer Krampf musste erst veratmet werden, ehe sie weitersprechen konnte, »ist geplatzt, er hat mich nie offiziell dort angemeldet …«

»Was? Das war alles nur heiße Luft? Boah der Typ ist ja unglaublich! Man, sowas gibts doch eigentlich nur in schlechten Filmen.« Sie musste Melli recht geben, auch wenn sie es vielleicht nicht so formuliert hätte. Auf sowas kam eben nur ihre älteste Freundin aus dem Kindergarten, die mittlerweile selbst als Erzieherin Schrägstrich Impro-Schauspielerin arbeitete. Kurz fragte sie sich, wer eher im Wahnsinn geendet wäre, im Falle von Melli Rückzug in ihr Elternhaus, sie oder ihr Vater.

»Hm«, machte sie schwach.

»Also ich fass mal kurz zusammen: Du bist pleite, weil du keinen Job hast, du hast keine Bude mehr, sonst wärst du ja nicht im Hotel Mama abgestiegen und dein Kerl ist jetzt wo? In Asien?«

»Singapur«, flüsterte Val fast tonlos, »aber noch nicht …«

»Das ist ja so heftig … echt, voll der Stoff für ne Soap oder so, och Süße, das ist so scheiße. Was machst du denn jetzt? Ich würd ja sagen, komm zu mir, aber du weißt ja, in der WG ist es eh schon eng und gerade haben wir Besuch von einer Truppe aus Darmstadt. Hab ich dir schon von dem neuen Projekt erzählt? Voll cool. Aber nein, das kannst du ja noch gar nicht wissen. Man, wir müssen echt mal wieder öfter sprechen. Aber wo du jetzt wieder in der Stadt bis, wird das ja besser, versprochen? Du, ich muss aber jetzt los, die Kinder warten. Ich drück dich und Kopf hoch. Meld dich!« Wieder lachte Melli.

»Okay«, brachte Val noch heraus, ehe ihr letztes bisschen Selbstbeherrschung und auch die Verbindung abriss. Tränen quollen unter ihren Wimpern hervor. Es war einfach alles zu viel und sie gab sich nur allzu bereitwillig einer Runde allgemeinen Weltschmerzes hin. Währenddessen verstoffwechselte sich der angestaute Abfall der letzten Wochen, Monate und Jahre in ihrem Körper, im chemisch unterstützten Schnelldurchlauf, zu Brei.

Nach weiteren fünfzehn Minuten gab es kein Halten mehr. Val warf das Handy, das sie noch immer umklammert hielt von sich, sprang auf und rannte hinüber ins Badezimmer. Es folgten noch zwei weitere Toilettengänge – also genau genommen eher Sprints – in der nächsten halben Stunde, dann schien sie im wahrsten Sinne des Wortes leer zu sein.

Verschwitzt, zerzaust und erschöpft lag sie keuchend auf ihrem Bett.

Wieder liefen Tränen über ihr Gesicht. Sie hatte zwar keine akuten Schmerzen mehr, doch traf sie jetzt die Erkenntnis in all ihrem Elend auch noch ganz allein zu sein.

Die anderen im Haus waren aufgestanden. Oma Lotte hatte sich schon im Flur über den Gestank beschwert, Hannah hatte ihr die Schuld gegeben, die Oma Lotte wiederum lautstark bestritt. Val zog sich die Decke über den Kopf und lauschte den beiden, während ihre Mutter hörbar mit einem Duftspray durch das Haus lief.

Dann klopfte es zaghaft und ihre Mutter steckte den Kopf ins Zimmer.

»Engelchen, alles okay bei dir? Geht es dir gut?« fragte sie.

»Nein«, ertönte es von unter der Bettdecke.

»Hast du Durchfall? Soll ich dir einen Tee kochen?« Hannahs Stimme war noch eine Nuance weicher und damit nerviger geworden.

Das Teufelchen auf der Schulter ließ sie die Bettdecke zurückschlagen und ihre Mutter anfauchen: »Nein, ich hab meine Darmentleerung hinter mir, okay, ich will jetzt gar nichts.«

Hannah wirkte verletzt, zog es aber vor, nichts mehr zu sagen. Stattdessen sprühte sie auch einen Stoß Raumerfrischer in das Zimmer und schlug dann die Tür geräuschvoll hinter sich zu. Val rollte mit den Augen und begrub sich wieder unter der Decke.

Durch den Raum waberte der Duft von Lavendel, sie hätte kotzen können – und das nicht nur wegen des Glaubersalzes.

Als sie das nächste Mal aufwachte, hatte sie erneut diesen bitteren Salzgeschmack im Mund und in ihren Gedärmen ging es immer noch rund. Zu allem Überfluss hatte sie trotz aller Anstrengung immer noch Hunger.

Missmutig wühlte sie sich aus ihrem Deckenhaufen und wischte sich das klebrige Haar aus der Stirn.

Sofort grollte es dumpf in den Tiefen ihrer Bauchhöhle. Matt setzte sie sich auf die Bettkante und starrte auf die Flusen des Teppichs. In ihrem Hals bildete sich ein Kloß und ausnahmsweise hatte dies nichts mehr mit ihrem Bauch zu tun. Auch ohne einen fassbaren Gedanken schlug eine Welle aus Schwärze über ihr zusammen. Val erschauerte und sämtliche Haare ihres Körpers sträubten sich. Angst überfiel sie. Was sollte nun werden? Ihr Bauch krampfte sofort wieder. Keuchend ließ sie sich vornüber sinken und flehte, dass der Schmerz schnell vorübergehen möge – der physische und der seelische.

Ihr war so unbeschreiblich elend und sie zitterte noch immer. Erneut hatte sich ein Film kalten Schweißes auf ihren Unterarmen gebildet und benetzte außerdem Stirn und Nacken. Sie fröstelt und hob den Kopf, um zu sehen, ob sie aus Versehen das Fenster offengelassen hatte. Diese minimale Anstrengung raubte ihr den letzten Funken Energie. Panik überfiel sie. Würde sie überhaupt noch die nötige Kraft haben, um aufzustehen, wenn es nochmal sein musste? Doch der nächste Krampfanfall ließ auch keinen Raum mehr für diese Angst. Val stöhnte und schloss die Augen. So furchtbar hatte sie sich die Wirkung des Glaubersalzes nun wirklich nicht vorgestellt. Wessen bescheuerte Idee war denn diese Aktion bloß gewesen? Mit zusammen gebissenen Zähnen schwor sie sich, dass sie, so sie dieses Mal überleben sollte, nie wieder in ihrem Leben freiwillig fasten würde. »Verdammt, Michael«, presste sie zwischen den Zähnen hervor, »das ist alles deine Schuld.« Michael.

Mike. Sofort zerrte es wieder an ihren Gedärmen. Es grummelte noch einmal laut und deutlich. Val sprang auf und stürzte ins Bad nebenan. Zumindest die Angst, nie mehr aufstehen zu können, war damit also unbegründet gewesen. Wäre ihr nicht so elend gewesen, hätte sie sicherlich aufgelacht über den Geniestreich dieser Beobachtung.

Zerschunden – wund – ausgelaugt – elend – allein – sie hätte die Liste beliebig fortsetzen können. Da sie sich aber eben genau so fürchterlich fühlte, verweigerte sogar ihr Hirn mittlerweile den Dienst. Gefühlt fiel ihr durchschnittlich ein Adjektiv pro Stunde ein, sodass sich die Vervollständigung ihrer Liste noch ewig hingezogen hätte. Genau genommen wäre sie Morgen noch nicht fertig gewesen mit der Beschreibung ihrer aktuellen Situation.

Zustand, korrigierte sie sich gedanklich selbst und nun überflog doch ein spöttisches Lächeln ihre Lippen. Nein, von einer Situation oder mit Leben hatte das hier nichts mehr gemein.

Auch 2 Std. n. GlS (zwei Stunden nach Glaubersalz) gurgelten ihre Gedärme noch fröhlich einen mehrstimmigen Kanon, und ihr graute vor dem nächsten Toilettengang.

Val ließ sich wieder in die Kissen sinken. Die Knie bis zur Brust gezogen rollte sie sich auf der Seite ein. Kälte kroch vom Ende der Wirbelsäule bis zur Brust hoch. Sie fror und angelte nach den am Fußende zusammengeknüllten Decken, die sie sich quer bis über den Kopf zog. Sie wollte nichts mehr fühlen, weder körperlich noch seelisch. Ja, ihr war schlecht und dieses Bauchweh war die Hölle, aber da war noch so viel mehr und diese extreme Erschöpfung, die sie spürte, musste eine andere Ursache haben. Wollte sie sie jetzt ergründen? Wohl kaum … sie schloss die Augen. In ihrer dunklen Höhle verfiel sie in einen unruhigen emotionalen Winterschlaf.

Doch nicht einmal der Fluchtschlaf wollte ihr gnädig sein. Bereits nach einer halben Stunde erwachte sie aus einem konfusen Alptraum. Dumpf erinnerte sie sich an die säureverbrannten Klauen eines Monsters, das sie gejagt hatte und dabei auf seinem Weg alles zerstört hatte, was Val lieb und teuer war.

Wieder hatte sie einen Kloß im Hals, der sich nicht herunterschlucken ließ. Da die Tränen versiegt waren, fing sie verzweifelt an zu husten. So heftig, dass ihr ein letzter Schluck Magensaft aufstieß. Sie setzte sich ruckartig auf. Salzige Galle verätzte ihre Zunge, ehe sie sie wieder herunterwürgen konnte. Sie keuchte und verzog angewidert den Mund. Schlagartig war ihr wieder übel geworden und ihr Bauch zog sich wie in einer Nachwehe der Zwangsentleerung zusammen. Sie umschlang die Knie mit beiden Armen.

»Nicht kotzen, bitte, nicht auch noch kotzen«, betete sie in einem Mantra und wiegte sich langsam vor und zurück. Die Übelkeit ließ allmählich nach.

Strähnige Haare waren Val ins Gesicht gefallen und als sie sie hinter die Ohren strich, bemerkte sie erstmals, wie fettig sie waren. Sie runzelte die Stirn. In derselben Bewegung war ihr ein säuerlicher Geruch aufgefallen und vorsichtig schnüffelte sie an ihrer Achsel.

»Oh man.« Sie fuhr zurück und rümpfte angewidert die Nase. Sie stank. Und nach nunmehr drei Tagen war es sogar so weit, dass nicht einmal sie selbst sich mehr riechen konnte. Dennoch zögerte sie. Aufzustehen war eine derzeit nicht vorstellbare Anstrengung. Und ganz nebenbei, wozu sollte sie diese Strapaze auf sich nehmen? Ihr Magen schien sich langsam wieder zu beruhigen. Val ließ sich rittlings in die Kissen fallen und verschränkte die Arme hinter dem Kopf. Wieder drang ihr der Geruch von kaltem Schweiß in die Nase. Ekel ließ sie erschauern. Irgendwie war ihr Geruchssinn unangenehm auf Zack heute. Nein, es half nichts, es führte kein Weg an einer Dusche vorbei.

Widerwillig erhob sie sich. Ihr Fuß verhedderte sich in einem losen Stapel T-Shirts, den sie achtlos auf dem Boden abgelegt hatte. Sie strauchelte, geriet mit dem anderen Fuß in ihre offene Reisetasche und landete prompt auf dem Po. Leise fluchend befreite sie sich und blickte auf das Chaos um sich herum. Es war so überwältigend, dass sie spontan um ein Haar den winzigen Funken gerade erst aufkeimender Motivation eingebüßt und wieder kehrt gemacht hätte. Doch dann überfiel sie ein Gedanke: Was, wenn Mike plötzlich vor der Tür stünde, um sie nach Hause zu holen? Ihr Weggang war über drei Tage her, mittlerweile würde er sie furchtbar vermissen. Vielleicht war er sogar schon auf dem Weg hierher? Und wie würde sie ihn empfangen? Wie das Ehrenmitglied der Olchis. Ihre Lebensgeister erwachten schlagartig. Mit neuem Elan sprang sie auf … und verlor prompt das Gleichgewicht, weil ihr beim plötzlichen Aufstehen schwindelig geworden war. Sie schaffte es auf die Bettkante und atmete kurz tief durch, bis sich ihr Körper wirklich an die Senkrechte gewöhnt hatte. Dann stand sie ebenso behutsam auf und wartete auch hier wieder einen Moment.

Die Zeit reichte, um festzustellen, dass der vormals weiße Bademantel nicht nur stank, sondern auch diverse Flecken aufwies, deren Herkunft sie nicht zur Gänze erklären konnte. Noch einmal holte sie tief Luft und versuchte damit ihre n Schweinehund endgültig an die Kette zu legen, dann ergriff sie ihren Kulturbeutel und machte sich auf die Suche nach einem Satz sauberer Handtücher.

Auch wenn sie es sich nicht eingestehen wollte, hatte die Dusche nicht nur ihren Mitmenschen einen wahren Dienst erwiesen. Mit einem sauberen T-Shirt und Jeans bekleidet, stand sie mitten in ihrem Zimmer und rubbelte sich die Haare trocken. Sie hatte das Rollo hochgezogen und sah sich den Raum das erste Mal seit Tagen bei Licht an. Zugegebenermaßen war sie über sich selbst und die von ihr in so kurzer Zeit verursachte Unordnung entsetzt. Das war nun wirklich völlig untypisch für sie. Also zumindest für die aufgeräumte und massiv strukturierte Valentina, die sie seit ihrer Begegnung mit Mike so mühsam kultiviert hatte. Val musste widerwillig grinsen. Ihr Teenager-Ich hätte sie sicher mit einem High-Five beglückwünscht.

Val hängte das Handtuch zum Trocknen über die Heizung und hob dann die Bettdecken auf, die halb auf dem Boden hingen, um sie aufzuschütteln. Auch das Bettlaken strich sie glatt und klopfte die Kissen zurecht. Stück für Stück sammelte sie zunächst den Bademantel und die schmutzige Unter- und Nachtwäsche der letzten Tage auf und warf sie geballt in den Wäschekorb. Waschmaschine anwerfen, machte sie eine mentale Notiz. Dann begann sie auch die restlichen am Boden liegende Sachen aufzuheben.

Doch sie konnte sich beim besten Willen nicht dazu durchringen, ihre Kleidung in den Schrank zu räumen. Unentschlossen blieb sie mit einem Stapel im Arm mitten im Raum stehen.

»Ich bleibe ja nicht lange hier«, redete sie sich ein, stapelte Wäsche und T-Shirts in die Reisetasche und legte Hosen und Pullis säuberlich gefaltet in den Koffer zurück. Die Socken verstaute sie in einem Seitenfach. Auch ihren entrümpelten Shopper räumte sie wieder ordentlich ein. Mit einem bedauernden Blick und einem kleinen Seufzer ließ sie auch das in der Zwischenzeit wieder fast vollständig geladene Handy in die hintere Hosentasche gleiten. Keine Nachrichten in irgendeiner Form.

Sie pustete sich ihren mittlerweile trockenen und mal wieder zu langen Pony aus der Stirn. Zufrieden blickte sie sich zum Schluss in dem kleinen Raum um, der nun wieder erkennbare Ähnlichkeit mit ihrem aktuell als Gästezimmer entfremdeten, ehemaligen Jugendzimmer hatte.

Ihr Magen knurrte. Sie verzog den Mund. Das hatte sie ja schon fast vergessen. Sie musste dringend etwas zu sich nehmen. Mit einer Hand auf der Klinke sah sie noch einmal über ihre Schulter und ein kleines Lächeln schlich sich auf ihre Lippen – das erste Mal seit Tagen.

Die Küche war leer. Val setzte Wasser auf und machte sich in den Schränken auf die Suche nach Kamillentee. Selbst die paar Treppenstufen aus dem ersten Stock hatten ihre Knie weich werden lassen. Sie goss sich ein halbes Glas Orangensaft ein, füllte es mit warmem Wasser auf und trank es langsam. Sie erwärmte jeden Schluck im Mund, indem sie ihn mit der Zunge von einer Wange in die andere bewegte, ehe sie ihn schließlich schluckte. Der Vorgang glich einer Weinverkostung.

Der Wasserkocher schaltete sich ab und sie goss ihren Tee auf. Mit der dampfenden Tasse stellte sie sich ans Fenster und sah nach draußen. Die Straße und die gegenüberliegende Grünfläche waren in ein freundliches Hellgrau getaucht und schienen ihr Innenleben zu spiegeln. Die Trostlosigkeit zwang sie, hart zu schlucken. Die Knospen und grünen Zweigspitzen verschwammen vor ihrem Blick.

»Hast du genug Platz im Bad?«

Sie fuhr zusammen und ein Schluck Tee schwappte über den Rand ihres Bechers.

»Verdammt.« Sie wechselte ihn von der rechten in die linke Hand und griff nach dem auf dem Heizkörper hängenden Geschirrtuch. Dann drehte sie sich um. Ihre Mutter stand keinen Meter hinter ihr. Val erschrak gleich zum zweiten Mal und stieß im Zurückweichen gegen die Heizung.

»Mama!« Hannah lächelte sie an. Aufmerksam musterte sie ihre Älteste von oben bis unten.

»Du hast geduscht.« Ihrem Scharfsinn entging nichts, und sie nickte zufrieden. In Val regte sich sofort wieder Ärger. Sie schob sich an ihrer Mutter vorbei und stellten ihren Becher auf der Spüle ab, um sich betont sorgfältig die Finger abzutrocknen.

»Ja«, entgegnete sie, »sowas machen zivilisierte Menschen von Zeit zu Zeit.«

Ihre Mutter ignorierte den Unterton. Stattdessen wiederholte sie ihre Frage.

»Hast du genug Platz im Badezimmer? Sonst kann ich

dir ein Fach im Spiegelschrank frei machen.«

»Nein … Danke … ich hab meinen Kulturbeutel auf den Wannenrand gestellt.« Ihre Mutter hob eine Augenbraue, fuhr aber ohne zu zögern fort.

»Oder brauchst du mehr Bügel? Viel ist es ja nicht, was du mitgebracht hast. Aber das willst du ja wohl mal schön auspacken, oder?«

Ihre Worte hingen einen Moment lang zwischen Mutter und Tochter im Raum und waberten unsichtbar zwischen ihnen vor und zurück. Sie brauchten eine schiere Ewigkeit, bis sie Zugang zu Vals Gehörgang gefunden hatten und dann noch einmal so lange, bis sie auf eine reaktionsfähige Hirnwindung trafen. Zwischenzeitlich hatte sie die Tasse erneut an die Lippen gehoben, ließ sie nun allerdings wieder sinken, ohne davon getrunken zu haben.

»Warum soll ich denn auspacken?« fragte sie. Nun war es an ihrer Mutter, sie verständnislos anzusehen.

»Wieso?« fragte sie zurück, »willst du lieber weiter aus deinem Koffer leben?« Sie hob den Zeigefinger. »Du kleine Zigeunerin, du musst doch deine Sachen mal aufräumen.« Vals Schultern verkrampften sich.

»Danke«, sagte sie und hielt sich für mehr Stabilität an ihrer Tasse fest. »Ich hab gerade aufgeräumt und angesichts der Tatsache, dass ich ja bald wieder nach Hause fahre, lohnt sich auspacken wohl kaum.« Hannah sah sie so erstaunt an, dass Val sich umdrehen musste und mit brennenden Augen an die Wand starrte. Ende der Diskussion. Sie wollte nichts hören. Sie wusste, was ihre Mutter dachte, sie wusste, was sie sagen wollte. Doch wenn sie etwas jetzt nicht ertragen konnte, dann war es, dass sie es laut aussprach. Sie wollte und konnte es sich nicht anhören. Nicht von ihr. Auch wenn ihre Mutter sich dessen kaum bewusst war, so hatte sie gerade eine nahezu göttliche Macht über ihr Universum, das einer fragilen Seifenblase glich. Und diese letzte Hoffnung, an die sich ihre verbleibende Existenz zu klammern schien – nein, sie durfte nicht sterben … wäre die Lage nicht so entsetzlich ernst gewesen hätte Val sicher an ihrer eigenen Melodramatik Spaß gehabt. So starrte sie nur ohne zu blinzeln geradeaus. Ihre Augen fühlten sich an, als seien sie kurz davor, in Flammen aufzugehen. Hannah trat von der Seite an sie heran und legte ihr eine Hand auf die Schulter.

»Liebling.« Die Sanftheit ging durch ihren Geduldsfaden wie ein warmes Messer durch Butter. Sie wirbelte herum und schüttelte mit der gleichen Bewegung die Hand ihrer Mutter ab.

»Was?« Ohne es zu merken, hatte sie die Stimme erhoben. »Er wird sich melden. Mein Gott, wir haben eine kleine Krise. Man wirft doch nicht einfach bei der erstbesten Gelegenheit eine Beziehung weg …« Wütend funkelte sie ihre Mutter an, die instinktiv zurückgewichen war. Val suchte nach einem Hauch Hoffnung oder Zuversicht im Gesicht ihrer Mutter, doch dort mischte sich nur Irritation mit Unglaube. In ihrer Verzweiflung wurde sie noch zorniger.

»Er wird sich melden! Bald! Und dann werden wir das klären!« Sie knallte ihren Becher so heftig auf die Spüle, dass der noch immer heiße Tee durch die Küche spritzte und stürmte an ihrer Mutter vorbei, die Treppe hoch und in ihr Zimmer. Die Tür schlug hinter ihr zu. Hannah schüttelte den Kopf und wischte den Tresen mit dem Geschirrtuch ab, das ihre Tochter achtlos hatte fallen lassen.

»Ach Kind…«, der Rest war ein tiefer Seufzer.

Sie lag angezogen auf ihrem Bett und starrte ins Leere.

In der letzten halben Stunde hatte sie vierzehn Mal das Handy hervorgeholt, um zu kontrollieren, ob sie eine Nachricht erhalten hatte. Jedes Mal umsonst. Vorsichtshalber hatte sie es sogar wieder ans Ladekabel gehängt, nur um wirklich auf alle Eventualitäten vorbereitet zu sein.

Es war zwölf Uhr und der Tag schlich dahin. Ein Dreiklang ertönte. Im ersten Moment war Val so überrascht, dass das Telefon nun tatsächlich einen Mucks machte, dass sie gar nicht reagieren konnte. Dann zerrte sie hektisch das Handy vom Stecker und brauchte drei Anläufe, um das Display zu entsperren. Ihre Finger zitterten als sie die Nachricht aufrief. Sie überflog die Zeilen, doch ihr Kopf blockierte. Sie schloss die Augen und atmete tief aus. Dann las sie noch einmal:

»Süße, tut mir so leid. Beide Hände voll zu tun. Ruf dich die Tage an. Kussi.«

Das klang nicht nach Mike. In ihrer Verwirrung hatte sie nicht erkannt, wer den Text geschickt hatte. Ihr Blick wanderte nach oben links auf das Display und sie las: Jenny.

Die Enttäuschung schlang ihre Finger um ihre Kehle und drückte zu. Zitternd ließ sie sich wieder auf das Bett sinken. Tränen rannen über ihre Wangen. Jenny. Jenny, nicht Mike. Die Gewissheit sickerte langsam und doch unaufhaltsam in ihr Bewusstsein. Er meldete sich nicht.

Sie konnte den Schluchzer nicht unterdrücken, der sich binnen Sekunden zu einem ausgewachsenen Heulkrampf auswuchs.

Es klopfte zaghaft an der Tür. Sie hob den Kopf und rieb sich mit dem Handrücken über die verquollenen Augen.

»Ja?« Nichts passierte. Sie setzte sich auf und sah zur Tür.

»Ja?« rief sie nochmal laut und deutlich. Es geschah immer noch nichts. Gerade wollte sie sich wieder fallen lassen, als es erneut klopfte, diesmal etwas kräftiger.

»Ja doch!« Dieses Mal wurde die Tür geöffnet und ihre Großmutter trat ein. Sie entspannte sich.

»Oma.« Sie schwang sich aus dem Bett. »Was gibt es?« Oma Lotte kaute an ihrer Unterlippe.

»Oma?« fragend trat Val auf die kleine Frau zu, »was willst du denn?« Die Angesprochene runzelte anstelle einer Antwort ihre Stirn so stark, dass sie aussah wie die Zeitung von letzter Woche. Sie wollte gerade ungeduldig werden, als plötzlich Klarheit in Oma Lottes Blick trat.

»Hast du mein Glaubersalz gesehen?« fragte sie.

Val musste einen Augenblick überlegen, doch dann fiel ihr wieder ein, dass sie die kleine Dose auf den Schreibtisch gestellt und vergessen hatte, sie wieder ins Bad zu räumen. Sie sprang auf, griff nach dem Salz und reichte es ihr.

»Bitte.« Oma Lotte nahm es, ohne ihren Blick von dem geöffneten Koffer und der Taschen am Boden zu nehmen.

»Willst du nicht auspacken?«

»Nein, Oma«, entgegnete sie mit hängenden Schultern, »ich bleib doch nicht lange.«

Oma Lotte blickte weiter auf das Gepäck und dachte offensichtlich über ihre Antwort nach. Dann sah sie zu ihrer Enkelin hoch.

»Wieso, wo gehst du denn hin?«

»Oma«, antwortete sie hörbar genervt; das Gespräch hatte ihr schon mit ihrer Mutter gelangt, das brauchte sie nicht auch noch mit ihr, »nach Hause, nach Düsseldorf natürlich.« Unbewusst hatte sie die Fäuste geballt und ihre Fingernägel drückten in ihre Handflächen.

Oma Lotte ließ diese Information in einem Tempo sacken, dass Vals verkrampfte Finger in der Zwischenzeit drohten abzusterben.

»Ach, er hat angerufen?« erkundigte sie sich schließlich und ihr Gesicht erhellte sich. Vals Anspannung verpuffte, ihre Schultern sackten nach vorn.

»Nein, aber das wird er.« Die Zuversicht klang bockig. Großmutters Gesicht zeigte keinerlei Reaktion.

»Arschlöcher. Alles Arschlöcher.« Die Nüchternheit ihrer Aussage war umso schneidender. »Der ruft nicht an. Hak's ab, Kindchen.« Schlagartig hatten sich Vals Augen wieder mit Tränen gefüllt.

»Doch, er … er wird sich melden.« Oma Lotte krauste die Nase und schwieg eine Weile. In ihren Augen blitzte es.

»Wenn du meinst«, sie zuckte mit den Schultern, »dann heul ruhig weiter. Ihr neumodischen Frauen und eure … wie nennt ihr das? … Depressionen!« Sie machte eine wegwerfende Handbewegung. »Den Luxus hatten wir damals nach dem Krieg nicht. Rumheulen und uns selbst leidtun.« Mit einem abschätzenden Seitenblick fügte sie im Gehen hinzu: »Reiß dich gefälligst zusammen. Du bist hier, er ist weg, das Leben geht weiter. Sind eh alles Arschlöcher.« Die Tür schloss sich hinter ihr. Einen Moment starrte Val fassungslos die Tür an. Wie konnte ihre Großmutter nur so gemein sein. Und schlimmer noch, wie konnte das Leben so grausam sein und zulassen, dass sie in einem ihrer selten werdenderen klaren Momente ausgerechnet sowas von sich gab? Vals Unterlippe begann unkontrolliert zu beben, und schon weinte sie wieder.

»Deine Eltern sind echt nett.«

»Hm.«

»Nein, ehrlich.«

»Sie machen immer so viel Wind.«

»Ach was, gar nicht.«

»Und dann das ganze Essen …«

»Ich fand es ganz reizend.«

»Du hast ja einen Knall.«

»Ja, aber einen netten.«

»Ja.«

»Ein bisschen spießig sind sie aber schon.«

»Wer?«

»Na deine Eltern.«

»Wieso?«

»Ich mein ja nur so, ihre Einstellung zum Heiraten und so.«

»Ich weiß auch nicht, was das soll. Aber genau genommen hat meine Mutter das jede meiner Freundinnen gefragt, seitdem ich 17 bin.«

»Echt?«

»Ja. Im Ernst, das hat gar nichts zu bedeuten.«

»Ach so, und ich dachte schon …«

»Deswegen stelle ich meistens meine Freundinnen auch nicht zu Hause vor.«

»Wow, das klingt jetzt aber nach einer Menge Frauen. Wie viele Freundinnen hattest du denn so?«

»Wofür ist das denn jetzt wichtig? Keine Ahnung, eine Menge.

Allein dieses Jahr war ich mit mindestens fünf Frauen zusammen. Aber hey, das hat doch überhaupt keine Bedeutung, denn du bist doch ganz anders.«

»Aha …«

»Nun guck nicht so, du hast doch gefragt, und ich bin sicher, du hast auch eine Vergangenheit.«

»Schon, nur nicht ganz so … schillernd.«

»Dann frag einfach nächstes Mal nicht.«

»Liebling?« Ihre Mutter hatte schon während des Klopfens den Kopf durch die Tür gesteckt und riss Val aus ihren Gedanken. Sie drehte sich halb zu ihr um und blickte sie von unten an.

»Alles okay bei dir?« fragte Hannah und klang ehrlich besorgt. Val war erschöpft und schloss zur Antwort nur kurz die Augen.

»Ich geh jetzt mit Oma zum Einkaufen. Brauchst du irgendwas? Hast du auf irgendwas Appetit?« Als sie sah, dass es in den Augen ihrer Tochter sofort wieder zu funkeln begann, fügte sie rasch hinzu: »Einen Saft oder so?«

Val schüttelte kaum merklich den Kopf. Dann antwortete sie aber doch: »Schlaftabletten?«

»Liebling, über so etwas macht man keine Scherze.«

Sie antwortete nicht, sondern drehte sich nur wieder zur Wand um. Hannah schüttelte den Kopf und zog die Tür leise hinter sich zu.

Mutter hatte Oma unter Gezeter und Murren gezwungen, sich anzuziehen und mit ihr einkaufen zu fahren. Im Haus war es mucksmäuschenstill.

Val lauschte angestrengt und hörte nichts, als das Knurren ihres Magens. Sie setzte sich auf und leerte eine weitere Flasche Wasser zur Hälfte in einem Zug. Als sie sie absetzte, gab ihr Magen auf. Was blieb war ein flirrendes Geräusch.

Sie ließ sich fallen und presste den Kopf ins Kissen. Obwohl es kaum zu hören war, ging es ihr dennoch gewaltig auf die Nerven. Das Sirren war so unangenehm, dass es ihr körperliches Unwohlsein verursachte. Sie rollte sich zum Fötus zusammen und presste die Handflächen auf die Ohren, doch es blieb.

Val überlegte, ob es sich vielleicht um ein Stresssymptom handelte oder ob sie zu allem Überfluss auch noch einen Tinnitus bekam. Sie legte den Kopf in den Nacken, gab beide Ohren frei und das Surren wurde ein wenig lauter. Nein, das Geräusch war definitiv keine Einbildung. Sie presste den Kopf noch einmal in das Kissen und hielt sich jetzt sogar beide Ohren damit zu. Das Summen wurde zwar schwächer, dennoch hatte sie das Gefühl, dass ihr Körper es immer noch »hörte«. Ihre Unruhe verwandelte sich schlagartig in Genervtheit.

Sie stemmte sich auf die Ellenbogen hoch und blickte sich suchend im Raum um. Das Fenster war geschlossen, die Tür ebenfalls. Es gab keinen Fernseher oder Radio, ihr Laptop war noch in Düsseldorf.

Das Surren zerrte erbarmungslos an ihrem Geduldsfaden.

Sie suchte weiter, konnte aber keine mögliche Geräuschquelle ausmachen. Die Frustration darüber steigerte ihre Genervtheit in Wut.

Val rappelt sich von der Schlafcouch hoch und begann im Raum herumzustampfen und ihr Ohr überall hin zu halten.

Zunächst an Fenster und Heizung, nichts, dann an die Tür, sie öffnete sie sogar, um zu sehen, ob es vielleicht von draußen käme, aber auch hier Fehlanzeige. Sie schlich auf Zehenspitzen lauschend weiter durch den Raum, bis sie bei der Ladestation des Festnetztelefons ankam. Es summte.

Val zog die Augenbrauen zusammen und horchte noch einmal. Ja, es war definitiv das Telefon bzw. der Strom, der durch das Gerät floss. Vor Aufregung standen Vals Haare zu Berge, als sie dichter an die Quelle trat. Sie nahm das kabellose Mobilteil und lauschte daran. Nein, das war es nicht. Sie lehnte sich vor. Ihr Ohr berührte beinahe die Basisstation. Das Geräusch war deutlich zu hören. Es sirrte, wie ein ganzer Mückenschwarm auf einer so störenden Frequenz, dass es Val in den Wahnsinn trieb. Sie hob die Basis an und schüttelte sie. Keine Veränderung. Sie stöpselte die Kabel neu ein, immer noch dieses flirrende Spannungsgeräusch. Zum Schluss wackelte sie vehement am Stecker, doch der elektronische Mückenschwarm verschwand nicht. Val platzte der Kragen. Mit einem heftigen Ruck riss sie die Basis hoch, sodass die Kabel aus dem Gerät sprangen und warf selbige mitsamt des Mobilteils an die gegenüberliegende Wand. Das Telefon ging hinter der Schlafcouch zu Boden.

Technisches K.O. Die Siegerin nach Punkten sah jedoch keinesfalls wie eine Gewinnerin aus.

Doch es war zum ersten Mal komplett still im Raum und wäre er nicht mit Teppich ausgelegt gewesen, hätte man jetzt sicher eine Stecknadel fallen hören können.

Mit einem diabolischen kleinen Lächeln auf den Lippen legte sie sich wieder hin.

Sie überstand den Tag, obwohl sie im Nachhinein nicht mehr wusste wie. Eigentlich hätte sie heute anfangen sollen, Brühen zu kochen und zu essen. Stattdessen hatte sie es aus purer Faulheit abends mit einer Fertigbrühe versucht. Die wiederum war so überaromatisiert für ihre gequälten Geschmacksknospen, dass sie bereits nach wenigen Löffeln lieber auf einen Kamillentee umgeschwenkt war. Diesen dankte ihr wenigstens ihr Bauch, indem sich auch die letzten Krämpfe des Tages zur Nacht endlich verflüchtigten.

Val machte ein gedankliches Kreuz im Kalender: Erster Fastentag ihres Lebens geschafft. Hätte sie feiern können – aber danach war ihr beim besten Willen nicht. Noch einmal fragte sie sich, was sie sich bei der Aktion nur gedacht hatte – doch ihr Ego gestattete einfach keinen Rückzieher mehr.

TAG 3 – ZWEITER FASTENTAG

Beim Aufwachen war noch alles in Ordnung gewesen, zumindest hatte sie das gedacht. Als sie wenig später aus dem Bad kam, war sie jedoch eines Besseren belehrt worden.

Val blieb im Türrahmen stehen und musste sich festhalten. Ihr wurde unerwartet schwarz vor Augen und ihre Knie gaben nach. Mit letzter Anstrengung schaffte sie es zurück ins Zimmer. Übelkeit wallte aus der Leere ihres Magens hoch und sie ging vor dem Schlafsofa in die Knie. Sie ließ sich auf den Rücken rollen und schob mit letzter Kraft die Beine auf die Bettkante.

»Mach langsam«, hörte sie eine Stimme in ihrem Kopf. »Am zweiten Fastentag macht der Kreislauf schonmal schlapp.« Aus welchen Tiefen ihres Erinnerungsvermögens war denn diese Binsenweisheit aufgetaucht? Na, das ging ja fantastisch los. Nein, weiter, korrigierte sie sich selbst in Gedanken.

Sie lag auf dem Boden und wartete darauf, dass ihr Herzschlag sich wieder beruhigte. Mit fest geschlossenen Augen hechelte sie, bis ihr Mund ausgetrocknet war. In der Hand hielt sie immer noch ihre Schmutzwäsche und klammerte sich daran fest, als würden diese Kleidungsstücke sie davon abhalten, ohnmächtig zu werden.

Die Erschöpfung schien ihr gesamtes Sein zu umfassen. Vielleicht war es doch nicht ihre brillanteste Idee gewesen, ausgerechnet jetzt zu fasten. Kaputt und wund hatte sie sich doch schon gefühlt, als sie Samstag früh Hals über Kopf in die Bahn gestiegen war. Seither war es eigentlich nur bergab gegangen.

Hinter ihren geschlossenen Lidern sammelten sich schon wieder die Tränen.

»Dumme Kuh«, schalt sie sich laut, »was gibt es da denn eigentlich zu heulen? Mein Gott, wir haben uns gestritten, das kommt vor. Da sagt man halt Sachen, die man nicht so meint.« Ohne es zu merken, hatte sie innerlich schon wieder das Thema gewechselt. Ein entschlossener Ausdruck trat in ihren Blick. »Ich werde ihn einfach anrufen.«

Die Idee beflügelte sie. Sie erhob sich, schwankte kurz und fing sich dann. Genau, einer von ihnen musste diesem albernen Streit doch ein Ende bereiten. Sie würde diesmal die Vernünftigere sein und den ersten Schritt machen. Dieses Mal … war sie das nicht eigentlich jedes Mal gewesen? Wenn sie es sich so recht überlegte, dann war es in der Tat immer so, dass er sich darauf verließ, dass sie wieder ankam … egal, ob der Streit ihre Schuld gewesen war oder nicht.

Val runzelte die Stirn. Wohin bitte sollte sie diese Gedankenspirale bringen? Einer musste doch dafür sorgen, dass sich alles wieder einrenkte, nach allem, was sie für diese Beziehung bereits getan und geopfert hatte … was machte da noch ein kleines Bisschen mehr … so oder so, sich hängen zu lassen würde jedenfalls nichts helfen. Das hatten die letzten Tage eindrucksvoll bewiesen. Ihre Gedanken wirbelten noch ein bisschen weiter. Sie würde das hier beenden … aber erstmal musste sie etwas zu sich nehmen.

Mit einem zufriedenen Lächeln warf sie die Wäsche von gestern in den Korb im Flur. Der Himmel war blau, die Vögel zwitscherten, das Leben war schön. Um ein Haar hätte sie angefangen zu pfeifen, als sie die Treppen Stufe für Stufe hinunter hüpfte.

Ihre Euphorie sollte nicht lange anhalten. Kaum in der Küche angekommen, hätte sie am liebsten sofort wieder kehrt gemacht. Am Tisch saß neben ihrer Mutter und Großmutter auch Dieter.

Val zwang sich zu einem Nicken und einem zwanglosen Gruß. Hannah sah wie das personifizierte schlechte Gewissen aus und begann zu stottern:

»Liebling, ich wusste ja nicht … ich hatte nicht gedacht… du bist aber früh auf … unten … möchtest du dich zu uns setzen?« Oma Lotte hatte aufgehört, Butter von ihrem Messer zu lecken und ihre wässrig blauen Äuglein wanderten aufmerksam von einer zur anderen. Dieter hob den Arm zur Begrüßung.

»Guten Morgen, Valentina. Verzeih bitte, wenn ich nicht aufstehe, aber mein Ischias … das nasskalte Wetter dieses Frühjahr, das macht mir echt zu schaffen. Tja, man ist halt nicht mehr der Jüngste.« Er lachte dröhnend und wandte sich dann wieder der Pyramide aus Pillenpackungen zu, die vor ihm auf dem Tisch aufgebaut war.

Val zögerte. Mit einer Mischung aus Neugier und innerer Ablehnung sah sie seinen kurzen Wurstfingern dabei zu, wie er Tabletten aus den Blistern löste. Als sie schließlich aus ihrer Trance erwachte, hatte sie den Moment für einen höflichen taktischen Rückzug eindeutig verpasst.

Ihre Mutter hatte bereits begonnen, den Tisch umzuräumen und ihr einen Stuhl zurecht zu schieben. Sie biss also die Zähne zusammen, goss sich eine lauwarme Orangensaftschorle ein und schlenderte hinüber zum Tisch. Oma Lotte nuckelte mittlerweile wieder mit leerem Blick an ihrem Toast.

»Schöner Zufall, dass du heute da bist. Wir haben uns ja schon eine Weile nicht mehr gesehen. So oft bist du ja nicht mehr in Hamburg«, sagte Dieter und sah zu Hannah hinüber, »und deine Mami freut sich sicher auch, wenn sie ihr Töchterlein mal wieder bei sich hat, nicht Mausi?«

Val hatte Mühe sich ein hysterisches Kichern zu verkneifen. Dieter hatte weder Kinder noch Enkel und je nach persönlicher Form fand sie diese Babysprache belustigend bis nervtötend. Heute jedoch war er der letzte, über den sie sich auch noch aufregen wollte. Betont ernst antwortete sie:

»Ja, ich bin auch froh, meine *Mami* und *Omi* zu sehen.«

Hannah lief puterrot an. Im Gegensatz zu Dieter war ihr die Betonung nicht entgangen. Dieter fuhr ungerührt fort:

»Und was macht Düsseldorf? Deine Mami hat mir erzählt, ihr wollt bauen? Also ich will dir da mal einen guten Rat geben: Wenn man zusammen Schulden macht, sollte man sich vorher gegenseitig absichern.« Er stopfte sich die letzten zwei Tabletten in den Mund und spülte sie mit einem Schluck Kaffee hinunter, ehe er fortfuhr:

»Heiraten werdet ihr dann ja eh, aber ihr solltet auf jeden Fall jeder eine Lebensversicherung abschließen.« Vals Kinnlade gab unkontrolliert der Schwerkraft nach.

»Zu Gunsten des anderen«, fügte er hinzu, »denn für den Fall, dass Michael etwas zustößt, was euch ja Gott bewahre niemand wünscht, aber wenn so ein Fall doch eintritt, dann willst du ja schließlich neben dem Kummer nicht auch noch den finanziellen Ärger haben.« Er hob das Messer in ihre Richtung und dirigierte seine Worte.

»Und umgekehrt natürlich genauso und denk nur, wenn erst die Kinder da sind.« Dieter lehnte sich zurück und ließ seine Rede zufrieden wirken. Einmal Versicherungsvertreter, immer Versicherungsvertreter, konstatierte das Teufelchen auf Vals Schulter. Um ihn herum stand Entgeisterung in den Gesichtern. Er missdeutete ihr Schweigen und schob sofort einen erläuternden Vortrag nach.

Hannah versuchte umsonst, ihm Einhalt zu gebieten, indem sie ihre Hand auf seinen Unterarm legte. Zehn Minuten später psalmodierte er immer noch über die Vorteile der richtigen Absicherung der Hinterbliebenen im Todesfall eines Versorgers.

Oma Lotte hatte den Rest ihres Toastes sinken lassen und der Honig lief mit geschmolzener Butter gemischt über ihre Finger auf den Teller. Hannah umklammerte indes Dieters Arm und schwankte sichtlich zwischen Ergebenheit und sorgenvoller Vorahnung.

Val hatte sich anfangs noch bemüht, sich nicht aus der Ruhe bringen zu lassen, doch je länger Dieter auf dem Thema herumritt, umso fassungsloser starrte sie ihn an. Hatte der Typ den Verstand verloren? Mitten in seiner zweiten Verlängerung fiel ihr jedoch ein, dass er vermutlich noch gar nicht den Grund kannte, weshalb sie hier war. Sie entspannte also ihre Finger, die sie unter dem Tisch zur Faust geballt hatte. Hannahs Nägel hingegen gruben sich weiter in Dieters Hemdsärmel. Als Antwort tätschelte er ihren Handrücken.

»Schon gut«, meinte er und strich ihr mit seinem dicken Zeigefinger über die Wange, »dich habe ich natürlich längst abgesichert, mein Kätzchen.«

Das »Kätzchen« sah verschreckt aus. Val entspannte sich etwas, in dem Glauben, dass sie es nun hinter sich hätte.

Doch sie hatte sich zu früh gefreut, Dieter ließ noch nicht von ihr ab.

»Wie läuft es denn in der Staatsanwaltschaft?«

»Da bin ich schon raus.«

»Ist die Station schon beendet?« Sie nickte wortlos und nippte an ihrem Saft.

»Diese jungen Frauen heutzutage. Ich weiß gar nicht, wozu du so viel Zeit mit diesem Referendariat vergeudest. Du hast doch einen Mann, der genug Geld verdient. Konzentrier du dich doch lieber auf deine weiblichen Pflichten.« Dieter schüttelte den Kopf. Seine Lippen hatten sich in Missbilligung gekräuselt. »Diese jungen Frauen« wiederholte er, »denken immer nur an sich, was das für Folgen für die Kinder haben kann und jünger wirst du ja auch nicht … tz.« Er schnaubte und blies die Backen auf. Dann wandte er sich wieder an Val.

»Und wirst du nun in die Privatwirtschaft wechseln oder bleibst du beim Staat? Vielleicht sollte Michael eine eigene Kanzlei eröffnen, dann könntest du ihn etwas unterstützen …« Ihr Kiefer tat schon weh vom Herunterhängen. Es bedurfte ihrer gesamten verbleibenden Willenskraft, ihren offenen Mund zu schließen und nur mit einem Kopfschütteln zu antworten. Dieter redete genug für sie beide, befand sie.

»Er ist doch als Anwalt ziemlich erfolgreich, Valentina, da ist es doch nicht notwendig, dass du ihm da Konkurrenz machst. Was für ein alberner Gedanke; deine Talente sind doch in der Unterstützung viel besser eingesetzt.« Er nickte bekräftigend. »Hinter jedem erfolgreichen Mann steht eine starke Frau. So war es schon immer.« Sichtlich zufrieden mit seinem Schlussplädoyer nickte er, als ihm noch etwas einfiel:

»Und was macht denn eigentlich das Eigenheim?« Einen Moment zögerte sie, denn ihr wollte nicht sofort die knappste Replik einfallen, dann sagte sie:

»Ruht.« Er horchte auf und sah sie direkt an. Hinter seiner Stirn arbeitete es.

»Was ist denn da los? Sollte das nicht absolute Priorität haben für eure Familie?« Sie seufzte. Es blieb ihr nichts anderes übrig, als Farbe zu bekennen, er würde sonst nie Ruhe geben.

»Michael hat einen Posten in Singapur angenommen – für drei Jahre.« Entrüstet ließ Dieter das Messer auf seinen Teller fallen.

»Was?« explodierte er und sein Gesicht lief krebsrot an, »du willst doch nicht deine Kinder in Asien kriegen? Weißt du, was da für hygienische Zustände herrschen und dann dieses subtropische Klima …« Ein verspannter Muskel zwischen Vals Schulterblättern begann unkontrolliert zu zucken.

»Ich geh ja gar nicht mit.« Dieter war offensichtlich kurz davor, einen weiteren Herzanfall zu bekommen. Er schnappt nach Luft.

»Was zur Hölle soll denn das heißen? Er in Singapur, du in Düsseldorf, ganz allein mit den Kindern?« polterte er los, »also wirklich, Valentina, nicht alles was modern ist, ist auch schön. Diese Art Beziehung … Distanzbeziehung … das ist doch – Scheiße. Wann wollt ihr euch denn da mal sehen?«

In diesem Augenblick platze ihr der Kragen.

»Gar nicht, okay?« fauchte sie und ihre Mutter krallte sich an Dieter fest.

»Zumindest erstmal nicht …«, sie ruderte zurück, »er geht allein … vorübergehend … wir, wir haben Probleme

… ein kleines Problem …« Dieter holte Luft, aber Val schnitt ihm das Wort ab.

»Und nur fürs Protokoll: Asien ist nicht Afrika und ich bin nicht schwanger, kein bisschen und geheiratet wird auch nicht, hast du gehört?« Sie verlor schon wieder die Kontrolle über sich und sofort waren ihr auch wieder Tränen in die Augen geschossen. Um ein letztes bisschen Haltung ringend sprang sie auf. Sie musste hier raus. Sofort.

»Ich geh einkaufen. Obst und Suppengemüse. Tschüss.« Bevor jemand etwas erwidern oder auf den gut gefüllten Obstkorb hinweisen konnte, stürzte sie aus der Küche.

Hannah hatte angesetzt etwas zu sagen, war dann aber mit offenem Mund sitzen geblieben. Auch Dieter starrte Val nach. Er schüttelte wieder den Kopf.

»Diese jungen Leute. Dass sie nicht begreifen können, dass eine Beziehung nun einmal Arbeit ist. Von nichts kommt halt nichts. Aber nein, da wird einfach alles hingeworfen und weggelaufen. Also ich kannte da mal jemanden in meiner Jugend …« und schon begann sein nächster Vortrag.

Oma Lotte kratzte kopfschüttelnd das Butterhoniggemisch von ihrem Teller wieder auf ihren Toast.

»Alles Arschlöcher.«

Oben an der Treppe angekommen waren ihre Tränen zwar schon wieder getrocknet, ihr Atem jedoch ging stoßartig wie nach einem 100m-Sprint und sie musste sich am Treppengeländer festhalten, bis der Schwindel sich gelegt hatte.

Sie schlich hinüber in ihr Zimmer. Mit hängenden Schultern schloss sie die Tür hinter sich und lehnte sich matt dagegen.

Hatte sich denn wirklich jeder gegen sie verschworen? Konnte nicht wenigstens Dieter sich da raushalten? Der gehörte nicht einmal richtig zur Familie. Was ging ihn an, ob und warum sie da war oder nicht oder was sie sonst tat – und überhaupt. Sie trat wütend in die Luft. Scheiß drauf. Scheiß auf sie alle. Sie brauchte frische Luft.

Sie griff sich Jacke, Schal und Handschuhe und weil sie die Mütze nicht auf Anhieb finden konnte, verzichtete sie einfach auf sie. In ihrem Portemonnaie herrschte ziemliche Ebbe. Den letzten 50er hatte sie dem Taxifahrer gegeben, der sie vom Hauptbahnhof hergefahren hatte, weil sie sich außer Stande gesehen hatte, mit ihrem verheulten Gesicht die S-Bahn zu nehmen. Jetzt bereute sie das, aber es half nichts. Sie schüttelte das Kleingeld aus und zählte etwas über sieben Euro. Das musste reichen. Sie strich die Münzen auf dem Tisch zusammen und steckte sie lose in ihre Jeans.

Es war immer noch kalt. Saukalt. Val musste widerwillig lächeln. Sie stopfte die Hände tief in die Taschen und zog den Kopf zwischen die Schultern. So gewappnet machte sie sich auf zum Markt.

Die anderthalb Kilometer durch Wind und vereinzelt tanzende Schneeflocken wurden auf der ersten Hälfte von finsteren inneren Monologen begleitet. Später wurden sie abgelöst von stumpfen Grübeleien. Es dauerte fast die ganze Strecke, ehe ihre Gedanken etwas zur Ruhe kamen.

Ihre Ohren taten von der Kälte weh und sie blieb einen Moment auf der Straße stehen, um sie zu reiben. Wo sollte sie einkaufen? Ihre Mutter kaufte nichts bei Aldi ein, also ließ sie den Discounter rechts liegen und ging weiter um den Marktplatz herum. Bachmanns Edeka kam in Sicht und erschien ihr eine gute Lösung. Doch als sie sich näherte, wurde ihr der Weg von zwei Kinderwagen versperrt, deren Lenkerinnen in ein angeregtes Gespräch vertieft waren. Val wollte schon etwas sagen, doch dann fiel ihr Blick auf die lange Schlange zum Bäcker im Vorraum und die dahinter von Menschen wimmelnde Obst- und Gemüseabteilung. Ihre Lust, sich in dieses fröhliche Getümmel zu stürzen sank spontan auf den Nullpunkt.

Heute war kein Markttag, also blieben ihr genau zwei Optionen. Der Biosupermarkt auf der gegenüberliegenden Ecke des Platzes oder – sie drehte sich um die eigene Achse nach rechts – Früchte Herbst.

Frühe Jugenderinnerungen tauchten vor ihrem inneren Auge auf. Als Oma Lotte noch hier ausgeholfen hatte. Donnerstags und samstags, immer an den Markttagen, hatte sie – damals noch für Herrn Herbst Senior – im Sommer auf dem Marktstand und im Winter im Laden hinter der Theke gearbeitet und ihre Witwenrente aufgebessert.

Wenn Val dann Donnerstag Mittag aus der Schule kam, war sie immer statt direkt nach Hause, erst zum Markt gelaufen und hatte Oma abgeholt. Jedes Mal bekam sie dann vom Senior einen Apfel geschenkt, der den Anblick liebte, wenn sie mit Genuss hineinbiss. Sein Enkel aß nämlich keine Äpfel.

Sie hatte den Senior mit seinem dicken weißen Schnauzer sehr gern gehabt. Insgeheim hatte die kleine Val immer gehofft, dass Oma Lotte und er irgendwann ein Paar würden, und sie dann Opa zu ihm hätte sagen können, aber dazu war es nie gekommen. Der liebenswerte Herr verstarb überraschend kurz bevor Oma in Rente ging an einem Schlaganfall. Das traf sie beide sehr hart. Oma Lotte vielleicht sogar noch etwas härter. Kurz darauf hörte sie jedenfalls auf, am Markt zu arbeiten. Denn zu allem Überfluss hatte Herr Herbst Junior auch noch eine neue moderne Registrierkasse angeschafft und dazu zwei adrette, junge Verkäuferinnen eingestellt. Oma hatte sich nicht ein einziges Mal beklagt, aber irgendetwas hatte dieser Verlust in ihrem Leben bewirkt. Jedenfalls war sie von diesem Zeitpunkt an, langsam immer wunderlicher im Kopf geworden.

Erst ein »Darf ich mal«, an dem ein vollgepackter Kinderwagen hing, riss sie aus ihrem Tagtraum.

»Klar.« Val setzte sich automatisch in Richtung Früchte Herbst in Bewegung und ging, ohne noch einmal darüber nachzudenken, in den Laden. Es war angenehm warm und sie zog die kalten Hände aus den Taschen, um die Finger zu bewegen. Von der Kälte draußen waren die Scheiben beschlagen und es roch nach frischen Orangen, Zimt und Muskatnüssen. Gierig sog sie den Duft auf. Prompt knurrte ihr Magen, aber für einen Moment schwelgte sie einfach in glücklichen Erinnerungen und ließ sich davon gar nicht stören.

Außer Val befand sich nur noch eine Dame im Geschäft, die ihr beim Hereinkommen kurz zugelächelt hatte. Hinter dem Tresen war niemand. Sie sah sich unverhohlen im Laden um. Er hatte sich kaum verändert. Hinten an der Wand standen oben auf den Regalen Saftflaschen aus eigener Herstellung. Sie glaubte sich zu erinnern, dass ein Onkel oder so einen Obstgarten im alten Land hatte und von dort viele Äpfel kamen, die hier in der Auslage zu bewundern waren.

Darunter standen die saisonalen Gemüsesorten und in der Ecke die Säcke mit Kartoffeln. Von der Decke hingen Knoblauch und getrocknete Kräuter und vor dem Fenster zu ihrer Rechten, reihte sich eine reiche Auswahl Nüsse. Der Großteil des Raumes wurde jedoch durch die Auslage von Früchten eingenommen, die sich direkt vor ihr ergoss. Von oben optimal beleuchtet und durch den Spiegel hinter der Kasse noch besser in Szene gesetzt, fühlte man sich hier spontan wie im obstigen Schlaraffenland.

Sie ließ ihre hungrigen Augen über die Vielfalt gleiten. Ihr lief das Wasser im Mund zusammen.

»So, da habe ich sie. Ich wusste doch, dass ich zwei Kisten Granatäpfel geholt hatte.«

Val war instinktiv einen Schritt zurückgewichen, als sie den großen, kräftigen Mann entdeckte, der von hinten mit den besagten Kisten den Laden betrat. Er bemerkte sie, zwinkerte ihr zu und packte dann mit seinen bemerkenswert großen Händen mehrere Früchte in eine braune Papiertüte.

»Was darf es außerdem noch sein, Frau Jakobs?«

»Nur noch ein paar Trauben, bitte, von den blauen, Herr Herbst«, antwortete diese und Val entging nicht, dass sie dabei etwas kindisch kicherte. Der Hüne, der wieder hinter den Tresen getreten war, riss eine weitere Papiertüte ab und fischte eine saftige, rote Traubenrebe aus der Auslage. Er präsentierte sie der Kundin und packte sie dann nebenbei ein.

»Wie oft muss ich es Ihnen noch sagen, Frau Jakobs, ich heiße Marc, einfach nur Marc. Wenn Sie Herr Herbst sagen, dann denke ich immer, mein Vater stünde hinter mir.« Wieder zwinkerte er und fügte hinzu: »Und der ist schließlich schon seit fünf Jahren im Ruhestand.«

Val beobachtete das Geplänkel und bemerkte nur am Rande, dass die Dame leicht errötete. Eigentlich war sie die ganze Zeit dabei, mit offenem Mund den Kerl anzustarren. Marc? Ernsthaft? Das sollte Marc-Alexander Herbst sein? Aber der Austausch der beiden war dennoch amüsant.

»Na also gut, dann aber Marc-Alexander. Es muss ja alles seine Ordnung haben. Was macht das dann – Marc-Alexander?«

Er zuckte kurz mit seinen breiten Schultern, packte ihr die braunen Tüten in ihren Korb, tippte etwas in die Kasse und reichte ihr dann den Korb über die Auslage.

»Genau 8,50.«

Sie zählte ihm das Geld in die Hand und verabschiedete sich mit einem koketten Augenaufschlag.

»Und was kann ich für Sie tun, junge Dame?« Der Hüne hatte sich Val zugewandt, die der Dame nachgesehen hatte und nun von der Intensität seiner blauen Augen noch zusätzlich aus der Bahn geworfen wurde.

»Ich … ähm … ich wollte nur ein bisschen Obst und Suppengemüse kaufen …«, stammelte sie und kam sich zu Recht dämlich vor.

»Perfekt«, strahlte ihr Gegenüber, »Schuhe sind nämlich gerade aus.« Während sie noch nach einer geistig nicht ganz so umnachteten Antwort suchte, kniff der Mann die Augen zusammen und betrachtete sie aufmerksam. Er strich sich mit einer Hand erst durch das dunkelblonde Haar und dann um den Drei-Tage-Bart, ehe ein breites Grinsen in sein Gesicht trat.

»Walli? Bist du das etwa?« Sie fühlte sich ertappt, trat von einem Fuß auf den anderen und räusperte sich.

»Ähm, ja … hallo Marc.«

»Hey, Mensch das gibt's ja gar nicht.« Mit zwei langen Schritten hatte er den Tresen umrundet und ehe Val sich versah, hatte er sie vom Boden gehoben und presste sie an seine Brust. Verwirrt stellte sie fest, dass er nach Orangen duftete und das perfekt mit seiner sonst eher herben Grundnote harmonierte. Alter Schwede, was war denn mit ihrem Geruchssinn los? Unvermittelt begann ihr Herz zu klopfen und sie beeilte sich, sich aus seiner Umarmung freizustrampeln. Er setzte sie noch immer strahlend ab.

»Ja, auch schön, dich zu sehen«, antwortete sie bemüht lässig.

»Man, das ist ja ein Ding, besuchst du deine Mutter, oder was? Wohnt die noch da hinten am Park? Ist ja cool. Mensch, das ist ja eine Ewigkeit her. Jetzt weiß ich's«, er schnipste und zeigte mit dem Finger auf sie, »meine Abi Feier, da hab ich dich das letzte Mal gesehen.« Er schüttelte den Kopf und lachte laut. »Was waren wir da noch für Kinder und nun schau dich an.« Er nahm ihre Hände, breitete gegen ihren schwachen Widerstand ihre Arme aus und betrachtete sie von oben bis unten. Plötzlich veränderte sich sein Gesichtsausdruck.

»Wow, Mädchen, du siehst scheiße aus. Total blass.« Er runzelte die Stirn und sein Redestrom versiegte zum ersten Mal. Val entzog ihm ihre Hände und wich noch einen Schritt zurück.

»Ja, schwierige Phase … und ich faste gerade. So zur Reinigung und für mehr Klarheit und so …«

»Wow, echt? Respekt.« Er pfiff durch die Zähne. »Na dann! Und was willst du dann hier?« Er grinste sie schon wieder an. Val fiel der abgebrochene linke Schneidezahn auf und die Erinnerung an einen 10-jährigen mit verschwitztem blonden Haar tauchte auf, der neben ihrem 8-jährigen Ich auf einem Schlitten saß und sich einen Schneeball an die blutende Lippe hielt, während sie seine Eishockeyklippe umklammerte und hoffte, dass er nicht starb. Widerstrebend riss sie sich von dem Bild los.

»Wie gesagt, ich brauche … ähm, Obst … also ein paar Äpfel und Orangen und vielleicht noch Karotten – für meine Mutter.« Er zwinkerte ihr zu.

»Sie mag die Golden Delicious, oder?« fragte er und begann, ihr Äpfel in eine Tüte zu packen. Als er bei ungefähr 20 war, riss Val sich aus dem nächsten Tagtraum.

»Nicht, das sind doch viel zu viel.« Er grinste schon wieder – lachte er sie etwa aus?

»Und wie viele dürfen es dann sein. *Walli*?«

»Nenn mich nicht so«, schmollte sie, »fünf.«

Er packte ihr fünf Äpfel ein. »Und Orangen, *Walli*?« Er betonte den von ihm gewählten Spitznamen noch einmal extra deutlich.

»Drei. *Marc-Alexander*.« Er zuckte kaum merklich zusammen und drehte sich zu ihr um. Mit einem Augenzwinkern entgegnete er:

»Na wenigstens immer noch nicht auf den Mund gefallen.« Sie zog eine Grimasse.

»Was macht das?«

»Wolltest du nicht noch Karotten? Immer noch genauso zerstreut wie früher, was?« Sie hätte sich am liebsten selbst geohrfeigt, ihm immer wieder Steilvorlagen zu bieten. Stattdessen biss sie die Zähne zusammen und nickte nur.

Er präsentierte ihr ein Bund Karotten elegant über den Ärmel seines Unterarms gelegt, als wolle er sie auf eine Weinverkostung einladen.

»Spinner«, grummelte sie und fügte etwas lauter, »nehm ich« hinzu.

Er lächelte ihr zu und wog alles ab.

»7,75.«

Val zählte das Kleingeld aus ihrer Tasche und durchsuchte dann hektisch alle Taschen, die sie am Körper hatte, aber es kamen keine weiteren Münzen zum Vorschein. Sie stöhnte innerlich auf.

»Ich hab nur 7,60.« Sofort trat wieder der Schalk in seine Augen.

»Tja, dann wird das wohl nichts mit dem Obst.« Unfähig diese Information zur Gänze zu verarbeiten, stopfte Val nur resigniert das Kleingeld wieder in die Tasche.

»Weißt du was, dann eben nicht…«, murmelte sie mehr zu sich als zu ihm und stieß die Fäuste in die Taschen. Sie hatte sich gerade zum Gehen gewandt, als er schon wieder um den Tresen geschossen war und ihr den Weg verstellte.

»He, das war doch nur ein Spaß.«

Sie sah ihn nur mit zusammengebissenen Zähnen an. Er musterte ihr Gesicht und lange blickten sie sich einfach nur in die Augen. Dann lächelte er plötzlich sehr weich, schob ihr die braunen Tüten in den Arm und öffnete die Tür für sie. Vals Augen hatten sich unter seinem direkten Blick schon wieder mit Tränen gefüllt. Dankbar, nicht auch noch darauf angesprochen zu werden, holte sie ihr Kleingeld wieder hervor und drückte es ihm in die Hand. Sie schob sich an ihm vorbei.

»Hey, Val?« Sie blieb stehen und zwang sich, sich noch einmal umzuwenden.

»Hm.«

»War schön, dich gesehen zu haben.« Sie blinzelte mühsam.

»Hm.« Und dann floh sie über den Marktplatz und aus seinem Blickfeld.

Val saß in ihrem Zimmer und wischte sich die Tränen aus dem Gesicht. Ihr war schon wieder übel vor Hunger. Wie zur lautlichen Untermalung, knurrte ihr Magen. Leise fluchend strich sie sich das von ihrem Ausflug in die Außenwelt noch feuchte Haar hinter die Ohren und begab sich auf die Suche nach einer Wasserflasche. Unter dem Bett wurde sie fündig. Jeder Schluck tat gut und hauchte ihr neues Leben ein. Der Himmel hatte sich in der kurzen Zeit seit ihrer Rückkehr schon wieder komplett zugezogen und sie fröstelte, was allerdings mehr mit ausbleibender Nahrung zu tun haben mochte als mit den Temperaturen. Erschöpft ließ sie sich auf das Bett sinken. Auch das letzte bisschen Elan war verblasst wie eine entfernte Erinnerung. Sie rollte sich zusammen und döste ein.

Als sie die Augen aufschlug, war es immer noch nicht heller geworden, was ihre Laune nicht eben besserte. Sie lag auf der Seite und starrte die Wand an. Was machte sie denn bloß hier? Mit einem Seufzer ließ sie sich auf den Rücken rollen. Auch an der Decke fand sie keine Antwort. Sie malte sich in Gedanken das nächste Gespräch mit Mike aus.

Dieses besondere, wichtige Gespräch, das erste nach ihrem blöden Streit. Sie malte sich aus, wie süß er versuchen würde, sie zum Lachen zu bringen – und vor allem, wie er sie um Verzeihung bitten und anflehen würde, ihn nach Singapur zu begleiten … er sei ja ein solcher Idiot gewesen. Als ihre Träume allerdings schon wieder zu hoffnungsvoll wurden, setzte sie sich auf. Nein, so ging das nicht. Sie sollte sich eine Liste machen von Punkten, die sie ihm sagen wollte. Nein, sie brauchte eine Pro- und Contra-Liste für ihre Argumentation. Quatsch. Er brauchte nur die Bestätigung, dass er seine Meinung ändern durfte und dass sie nicht böse war. Genau. Sie musste ihm auf jeden Fall sagen, dass sie ihm verzieh und seine Ängste verstand. Dass er weder um das eine gebeten noch das andere gesagt hatte, befand sie für nebensächlich. Gedanken tanzten Ringelreigen in ihrem Kopf.

»Okay«, sagte sie laut zu sich selbst und ihre Stimme klang befremdlich in ihren Ohren, »ich brauche einen klaren Kopf bevor ich mit Mike spreche.«

Gedanken ordnen, das war gut. Schriftlich war noch besser. Sie brauchte ihr Tagebuch.

Sie stand auf und ging zögern von einer Tasche zur anderen. Sie erinnerte sich nicht, das kleine Büchlein mit dem seidenen Einband bei ihrer Um- und Aufräumaktion in den Händen gehabt zu haben. Was aber natürlich noch nichts zu sagen hatte. Zuerst der Shopper – doch in ihrer übergroßen Handtasche fand sich nach wie vor zwar alles Notwendige für den Bau einer Splitterbombe, nicht aber ihr Tagebuch. Auch sie ein zweites Mal komplett auszuschütten, förderte es nicht zu Tage. Ihr Herz fühlte sich an, als würde es in den Schwitzkasten genommen und Ihre Bewegungen wurden fahriger. Wo war es? Val begann ihre Reisetasche zu durchwühlen und brachte dabei kopflos ihre frisch geschaffene Ordnung wieder komplett durcheinander. Das Büchlein war in keine der Seitentaschen gerutscht und selbst unter der Bodenpappe fand sie es nicht. Ungehalten schüttete sie auch den Inhalt dieser Tasche wieder auf den Boden. Laut fluchend stürzte sie sich wie ein Raubtier auf ihren Koffer.

Seit sie zu ihrem elften Geburtstag das erste Tagebuch, damals noch mit glitzerndem Einhorn, geschenkt bekommen hatte, waren selten mehr als zwei Tage vergangen, an denen sich nicht ihre Träume, Wünsche und Ängste einem kleinen Buch anvertraut hätte.

Mit jedem Stück, das sie aus dem Koffer riss, fiel ihr eine weitere Gelegenheit ein, bei der das Niederschreiben ihrer Gefühle Ordnung in ihre Gedanken gebracht hatte. So aufgewühlt war sie einfach keine gute Gesprächspartnerin.

Doch auch als die letzte Hose aus dem Koffer war, blieb es unauffindbar. Ihre Unterlippe begann zu beben. Es war nicht da!

Val kämpfte gegen die aufwallende Panik. Ihr Tagebuch war weg. Sie konnte ohne das Buch nicht denken! Wo war es? Hektisch rannte sie durch all die leeren Zimmer in ihrem Kopf, bis die Erkenntnis sie schlagartig einholte. Es war … in ihrem Rucksack! Sie blickte sich ein letztes Mal um, doch die Erkenntnis sickerte bereits durch: und der stand noch in Düsseldorf.

Sie warf den Kopf in den Nacken und heulte auf wie ein verwundetes Tier. Sie sollte in Düsseldorf sein. Bei ihrem Tagebuch, bei Mike, nicht hier. Nicht in Hamburg.

Nicht bei ihrer Mutter und Großmutter. Tränen liefen unkontrolliert über ihr Gesicht. Dreimal stampfte sie auf.

»Verdammt, verdammt, verdammt!« Es lief alles total falsch. So hatte sie das nicht geplant. Sie musste mit Mike reden. Sie hielt es keine Sekunde länger ohne ihn aus, so weit weg, ohne ihn zu hören. Er musste das klären, er musste das richtig stellen, er musste … »Mich hier rausholen.« Ihre Stimme überschlug sich und ihr ganzer Körper wurde von einem stummen Schluchzer geschüttelt. Panik drückte ihr den Hals zu und es kam nur noch ein röchelndes Wimmern über ihre Lippen.

Tränenblind tastete sie nach ihrem Handy und brauchte eine Ewigkeit, um es zu entsperren. Um ein Haar hätte sie wieder die Beherrschung verloren und wie das Festnetz auch das Smartphone an die Wand geworfen, doch sie konnte sich gerade noch zusammenreißen. Mit zittrigen Fingern tippte sie auf das Display und suchte unter den Kontaktfavoriten Mikes Handynummer heraus. Er war immer noch unter „Lieblingsmensch" abgespeichert. Ihr Finger schwebte über dem Display, doch sie konnte sich nicht dazu durchringen auf den kleinen Telefonhörer zu drücken.

Tränen quollen aus ihren Augen und zu allem Überfluss bekam sie auch noch Schluckauf. Schließlich drückte sie ihn doch … nur um im nächsten Augenblick ebenso schnell wieder aufzulegen. Selbst wenn sie gewollt hätte, sie hätte jetzt mit niemandem sprechen können und schon gar nicht mit Mike. Sie ließ das Handy sinken und den letzten Rest Selbstbeherrschung fahren. Mitten in dem neuerlichen Chaos in ihrem Zimmer sank sie in sich zusammen und gab sich ihrem Heulkrampf hin.

Sie musste erneut eingenickt sein. Als sie auf dem Boden zu sich kam, drückte ihr einer der Riemen ihrer Reisetasche auf die Schläfe. Sie betastete die Stelle, na super, die Augenbraue mit dem Ei war wieder einigermaßen normal, dafür hatte sie jetzt eine Einkerbung auf der Stirn wie von einem Schwerthieb. Sie seufzte und erhob sich mühsam.

Und noch etwas trug nicht unbedingt zur Verbesserung der Gesamtsituation bei: Ein kleiner Hammer bearbeitete mit regelmäßigen Hieben ihre linke Hirnhälfte. Mühsam kroch sie über den Rand ins Bett. Da sie dank der vom Heulen zugeschwollenen Augen eh nichts sehen konnte, schloss sie sie wieder, doch der Schlaf stellte sich kein weiteres Mal ein. Ihr Geist war hellwach und sofort begann die Gedankenspirale, die sie seit Tagen nicht richtig zur Ruhe kommen ließ, von neuem.

Sie war in Hamburg. Sie wollte nicht hier sein. Sie wollte nach Hause. Aber was, wenn das nicht ginge? Was wäre dann? Der Gedanke ließ sie erschauern. Sie hatte nicht die Kraft, sich ihm jetzt zu stellen.

»Bitte nicht, nicht jetzt, bitte nicht«, flehte ihr Herz, doch ihr Verstand arbeitete gnadenlos weiter: Ihr Tagebuch war nicht da. Fakt – nicht weiter drüber nachdenken. Ihr Laptop? Auch in dem verfluchten Rucksack. Der Kindle? Ebenfalls. Die Liste der Dinge, die sie in der Hektik ihres Aufbruchs zwar eingepackt, aber nicht mitgenommen hatte, wurde zügig länger. Ihre Verzweiflung wuchs proportional. Sie presste das Gesicht in das Kissen. Den Schrei konnte sie so ersticken. Ehe sie selbst keine Luft mehr bekam, hatte sie auch ihre drückenden Tränen niedergerungen und konnte den Kopf wenigstens ein bisschen heben.

Wie eine Ertrinkende, die im letzten Moment die Wasseroberfläche durchbrach, schnappte sie nach Luft.

Der kleine Thor tobte mit Mjöllnir immer noch durch ihren Schädel. Val rieb sich über die wunden Lider. Eine Weile massierte sie mit allen zehn Fingern ihre Kopfhaut. Dann unternahm sie einen neuen Versuch, ihre Augen zu öffnen. Selbst das gedämpfte Licht reizte ihre strapazierten Hornhäute. Mit der rechten Hand beschattete sie die Augen und blinzelte. Der Schmerz wurde wenigstens nicht schlimmer. Sie stützte sich auf den linken Ellenbogen, immer noch die Augen vor zu viel Lichteinfall schützend. Fasziniert sah sie sich in dem verwüsteten Zimmer um. Einen Moment lang konnte sie nicht daran erinnern, wie die neuerliche Unordnung hatte entstehen können. Dann dämmerte es ihr und die Erinnerung kehrte zurück. Auf der Seite liegend robbte sie zur Kante des Bettes und tastete nach der Wasserflasche. Doch es war nur noch eine kleine Pfütze darin.

Sie seufzte. Sie trank das kümmerliche Restchen Wasser und war schon wieder erschöpft. Obwohl es nun wirklich nicht mehr angehen konnte bei dem Pensum, das sie die letzten Tage geschlafen hatte, war sie schon wieder unendlich müde. Gerädert. Fix und fertig. Völlig am Arsch. Wider Willen stahl sich ein Lächeln auf ihr Gesicht. Was für ein Drama. Und wenn sie ehrlich war, wohl zu gleichen Teilen dem emotionalen Schmerz geschuldet wie ihrer hirnrissigen Idee, zu fasten.

Plötzlich erklang Mozarts »Kleine Nachtmusik«.

Val war noch ganz in Gedanken versunken und realisierte nicht sofort, dass die Musik nicht nur in ihrem Kopf war. Dann jedoch sprang sie wie von der Tarantel gestochen auf und durchsuchte ihre Hosentaschen – aber sie waren leer. Schwindel zwang sie in die Knie. In einer entfernten Ecke ihres Verstandes blinkte die Information, dass sie dem Geräusch so näher kam. Ihre Augen verweigerten noch immer den Dienst und sie tastete sich blind durch das Klamottenchaos auf dem Fußboden.

Sie fand das Handy in dem Moment, als es verstummte. Val fluchte und tippte auf das Display. Sie kniff die Augen zusammen. Ein Anruf in Abwesenheit.

»Ja, ja.« Ungeduldig tippte sie die Pop-up Nachricht und wartet darauf, dass das Display sich entsperrte.

»Mike Handy«, las sie. Wie elektrisiert stellten sich die Härchen auf ihrem Unterarm auf. Sofort brach auch das letzte bisschen zivilisierte Ordnung in ihrem Hirn zusammen und von neuem wurde sie von Panik ergriffen.

»Ich muss … Ich sollte … Wo … ?« stammelte sie. Ihre Stimme klang belegt. Sie räusperte sich, verschluckte sich vor lauter Aufregung und hustete. Jetzt war sie hellwach.

»Ruf ihn zurück.« Der Gedanke versuchte mit allen Mitteln die Oberhand zu gewinnen. Sie rieb sich das Gesicht, blinzelte ein paar Mal, bis sie wenigstens durch den Schlitz, den sie ihre Augen eh nur öffnen konnte, klar sah. Dann atmete sie tief durch und hob das Handy wieder hoch. Kein Zweifel, er hatte angerufen.

»Ruf ihn zurück.« Dem Gedanken folgend, und ohne eine weitere Sekunde darüber nachzudenken, wählte sie seine Nummer und lauschte angestrengt. Freizeichen. Es klingelte. Einmal, zweimal, nach dem vierten Mal würde die Mailbox anspringen. Ihre innere Anspannung wuchs ins Unerträgliche. Dreimal.

»Ja?«

»Mike?« Sie war viel zu laut und ihre Stimme schrill.

»Val«, sagte Michael und klang besorgt als er weitersprach, »alles okay bei dir?« Ihm war ihre Hysterie nicht verborgen geblieben. Sie zwang sich zur Ruhe. Ihr Herz hämmerte aber weiter.

»Ja klar, und bei dir?« gab sie betont gelassen zurück.

»Ja, danke.« Er räusperte sich. »Du hattest angerufen?« Ihre Gehirnwindungen arbeiteten auf Hochtouren, aber er hatte sie schon mit dieser einfachen Frage abgehängt.

»Du hast doch mich gerade angerufen?« Das kurze Schweigen in der Leitung signalisierte seine Irritation.

»Ja, aber nur, weil du mich zuerst angerufen hattest.«

»Hab ich nicht.«

»Doch natürlich, deine Nummer steht hier auf meiner Anrufliste.« Er war ruhig geblieben, aber langsam schwang auch Ungeduld mit. Sie überlegte fieberhaft und dann fiel es ihr wie Schuppen von den Augen: er konnte nur ihren abgebrochenen Anruf von vorhin meinen. Sie hatte gehofft, die Verbindung wäre gar nicht zustande gekommen, und sie verfluchte die moderne Technik innerlich. Äußerlich brachte sie nur ein wenig eloquentes »Oh« zustande. Was hätte sie sonst sagen sollen. Wieder schwiegen sie für eine Weile.

»Wie geht es dir?« fragte er schließlich. Aus Höflichkeit oder aus echtem Interesse?

»Gut«, log sie und kaute an ihrer Unterlippe.

»Bist du noch bei deiner Mutter?«

»Ja.« Wieder Schweigen. Vals Anspannung wuchs. Sie wartete, nein, sie lauerte. Noch hatte er nichts gesagt, worauf sie hätte einsteigen können und ihr fiel auch nichts

Unverfängliches ein, was das Gespräch auf das richtige Thema gebracht hätte. Sie zwirbelte an einer Haarsträhne und riss sie fast aus vor Schreck, als er plötzlich weitersprach.

»Du hast deinen Laptop noch hier.«

»Ja, ich weiß, mein Tagebuch auch.«

»Soll ich es dir schicken? Ich weiß doch, dass du aufgeschmissen bist ohne deine Schreiberei.« Sofort ging Val das Herz auf. Da war es das eindeutige Zeichen, er dachte an sie. Und er konnte so süß sein, wenn er nur wollte

Ehe die entstandene Pause ihm wieder hätte auf die Nerven gehen können, hörte sie sich antworten: »Nein, im Augenblick brauche ich es nicht so dringend.« Schon wieder eine Lüge. Sogar eine faustdicke. Er ging nicht weiter darauf ein.

»Brauchst du sonst irgendwas?« Sie schmolz dahin, ihre Anspannung senkte die Deckung.

»Nein, alles okay, für ein paar Tage wird es schon noch gehen.«

Wieder ging er nicht darauf ein. Schweigen. Hätte er jetzt nicht reagieren sollen … müssen … nicht abschweifen, ermahnte sie sich, das hasste er.

»Wie geht es dir?« fragte sie schließlich, um das Gespräch nicht wieder absterben zu lassen, sondern es endlich in die richtige Richtung zu lenken.

»Och ganz gut.« Sie sah ihn vor ihrem inneren Auge, wie er sich in seinem Chefsessel zurücklehnte und streckte.

»In der Kanzlei ist Stress wie immer, na ja, vielleicht sogar noch etwas mehr als sonst, aber eigentlich ist alles Routine.« Das war nicht ganz die Antwort, die sie hatte hören wollen.

»Aha«, machte ihr Mund automatisch. Sie hörte ihm aufmerksam zu, aber das Schlüsselwort für ihren Einsatz war noch immer nicht gefallen.

»Heute Abend kommt ein Umzugsunternehmen, um mir einen Kostenvoranschlag zu machen.« Er wartete einen Moment, um die Information bei ihr sacken zu lassen. Val öffnete und schloss stumm den Mund. Ihr Verdacht erhärtete sich, dass das Telefonat sich nicht nur nicht entwickelte, sondern auch ganz sicher nicht in die von ihr gewünschte Richtung verlief. Michael fuhr unbeirrt fort.

»Ich habe hier einen externen Lagerraum angemietet und werde die Möbel für's erste einlagern … « Er wartete, sie schwieg. »… bis wir uns entschieden haben, welche du behalten möchtest.« Immer noch keine Reaktion an ihrem Ende der Leitung. Sie konzentrierte sich weiter auf den Teil, der gleich kommen müsste, wo er ihr sagte, wie leid ihm alles täte, wie sehr er sie vermisste …

»Val, bist du noch da?« zerriss seine Stimme ihre Gedanken.

»Ähm … ja.« Sie hatte das Telefon zwar noch am Ohr, allerdings hatte ihr Wunschdenken ihren Fokus von seinen Worten weg hin zu ihrer letzten verzweifelten Hoffnung gelenkt, den Worten, die sie sich so sehnlich wünschte zu hören … Deshalb traf sie seine nächste Frage unvorbereitet mit der Wucht eines Dampfhammers.

»Was soll ich mit deinen Sachen machen?«

»Wie bitte?« Er atmete hörbar aus.

»Hörst du mir eigentlich zu, oder träumst du schon wieder vor dich hin?«

»Nein, nein, ich hör dir zu, die Leitung war nur kurz weg.«

Eine kleine Notlüge zur Ehrenrettung spielte an dieser Stelle nun auch keine Rolle mehr. Er wiederholte seine Frage.

Langsam dämmerte ihr, dass das hier nicht auf eine schnelle Versöhnung hinauslief. Plötzlich hatte sie einen Kloß im Hals.

»Val?« Michael klang endgültig genervt.

»Mach wie du denkst …« Ihr Kopf war wie leergefegt.

»Dann lagere ich deine Möbel also mit ein?«

»Ja.«

»Und deine persönlichen Sachen schicke ich dir nach Hamburg zu deiner Mutter?«

»Ja.«

»Das kann ein paar Tage dauern …«

»Ja.« Sie hätte zu allem »ja« gesagt, was er jetzt abfragte, denn ihre Gedanken waren schon wieder abgeschweift. Er bereitet Singapur vor – ohne sie. Getrennt. Die Finalität des eben Gehörten traf sie wie ein Blitzschlag. So mussten sich die Dinos gefühlt haben, als der verdammte Komet auf der Erde einschlug, dachte sie. Plötzlich rang sie schon wieder mit den Tränen. Sie wollte nur noch weg. Auflegen.

»Okay, dann machen wir das so.«

»Ja.« Ihre Stimme war kaum mehr als ein Flüstern.

»Sehr schön.« Michael hingegen klang plötzlich gelöst.

»Lass mich wissen, wenn du irgendwas vorab brauchst. Du weißt ja, ich unterstütze dich gern, auch finanziell, bis du Fuß gefasst hast.«

»Hm.« Val presste die Lippen aufeinander, Tränen liefen ihr in Bächen über die Wangen.

»Gut«, er zögerte, »dann bis bald mal. Tschüss.« Sie legte ohne Abschiedsgruß auf. Das Handy glitt ihr aus der Hand.

»Du bist doch nicht so hitzeempfindlich, oder?«

»Nein, wieso? Planst du Urlaub in Afrika?«

»Ich dachte da eher an Singapur.«

»Singapur.«

»Ja.«

»Singapur?«

»Jaha.«

»Ist das in Singapur, wo es diese tollen Strände gibt, oder war das in Indonesien und Singapur hat nur Urwald und Rebellen?«

»Du bist doof.«

»Wieso denn?«

»Ich red gar nicht von Urlaub.«

»Wovon denn dann?«

»Von der AHK, der deutschen Industrie und Handelskammer in Singapur.«

»Was hast du denn mit der zu tun?«

»Der Referendar, den wir in der Kanzlei hatten, Jens, du erinnerst dich …«

»Hm, der große Blonde mit der Brille?«

»Genau der.«

»Ihr hattet euch ganz gut verstanden, oder?«

»Ja, und wir mailen hin und wieder noch mal.«

»Hmhm.«

»Der ist auf jeden Fall für seine Verwaltungsstation dort sechs Monate gewesen.«

»Und?«

»Und nun hat er mal durchblicken lassen, dass da eventuell demnächst eine Stelle frei wird.«

»Und was hat das mit dir zu tun?«

»Na, er hat halt gefragt, ob ich interessiert wäre.«

»Wieso, ich denke, du bist gern bei Westermann und Partner?«

»Ja, schon …«

»Ich mein, wenn es dir in der Kanzlei nicht mehr gefällt, dann bewirb dich doch erstmal hier woanders.«

»Du verstehst das nicht.«

»Ach nein?«

»Na, Singapur wär ja wohl schon was anderes, als sich bloß 'nen neuen Job zu suchen, oder?«

»Aber was ist denn aus deinem Plan geworden, möglichst schnell Partner zu werden?«

»Das kann ich ja rein theoretisch hinterher auch immer noch …«

»Aber dann ist das doch eine völlig unnötige Zeitverschwendung und von dem Risiko, dass die Rückkehr dann nicht so reibungslos klappt mal ganz zu schweigen.«

»Was soll das denn heißen? Seit wann ist denn eine zusätzliche Qualifikation wie ein Auslandseinsatz ein Risiko?«

»Ich mein ja bloß … Und was wäre dann mit unserer Zukunft?«

»Unsere was … Ach weißt du was, ist auch egal, war ja nur'ne Idee.«

»Mike, komm, nun sei doch nicht gleich sauer.«

»Bin ich gar nicht.«

»Für wie lange wär das denn überhaupt? Und wann?«

»Lass einfach, vergiss es, war eh alles noch gar nicht spruchreif.«

»Du bist böse.«

»Nein.«

»Doch.«

»Val, lass gut sein, ok?«

»Tut mir leid.«

»Ja, ja.«

»Nein, ehrlich, das war nur etwas überraschend für mich …«

»Schon okay, wie gesagt, war ja nur so eine Idee …«

»Ja, und im Prinzip fände ich die ja auch ganz toll, ich war nur etwas …«

»Überrascht?«

»Ja.«

»Genau.«

»Du kannst dir deinen Spott ruhig sparen. Erzähl mir lieber mal ordentlich, worum es dir eigentlich ging bei der Idee.«

»Das verstehst du offensichtlich nicht.«

»Dann erklär es mir doch …«

»Lass einfach, ich hab jetzt keine Lust mehr, darüber zu reden.«

Sie betrachtete versonnen den unregelmäßigen Fleck, den ihre Tränen auf ihrer Jeans hinterlassen hatten. Der rechte Oberschenkel war durchnässt. Sie ließ den Blick auf ihren zweiten Oberschenkel wandern, der keinerlei Tränenspuren aufzuweisen schien.

Alle Tränen waren nur auf das eine Bein gefallen. Vielleicht waren aber auch welche auf ihrem T-Shirt oder auf dem Boden gelandet. Sie musterte die etwa handtellergroße Stelle auf ihrer Hose noch einmal. Der Fleck erschien ihr zu klein für all die Tränen, die sie in der letzten Stunde vergossen hatte. Sie presste die Handfläche darauf und betrachtete dann einige Augenblicke andächtig die Feuchtigkeit auf ihrer Hand. Mit dem Zeigefinger zeichnete sie ihre Lebens- und Schicksalslinie nach. Dann wischte sie die Hand am Hosenbein ab. Wie schön wäre es, wenn sie so einfach auch ihren Schmerz abstreifen könnte.

Val seufzte, rutschte auf dem Boden in Position, um sich am Bett anlehnen zu können, und starrte zur Decke. Ihre

Blicklinie malte ein wirres Zickzackmuster zwischen den Astlöchern und braunen Einschlüssen in der Kiefernholzvertäfelung. Träge versuchten ihre Gedanken eine Theorie über deren Anzahl und Zusammenhang aufzustellen oder ein geheimes Muster zu erkennen. So musste sich Albert Einstein kurz vor der Entdeckung der Relativitätstheorie gefühlt haben – am Rande des Wahnsinns.

Das Gespräch mit Mike hallte in ihrem Kopf nach. Nicht einmal in ihrer Erinnerung konnte sie es ertragen … seine Art einfach zur Tagesordnung überzugehen. Die Realität dessen, was ihr „kleiner Streit" wirklich bedeutete … die Tragweite … die Endgültigkeit … ihr Gehirn signalisierte mit stechendem Schmerz den Wunsch nach einer Auszeit und sie presste die Lider zusammen, in dem hoffnungslosen Versuch alle Gedanken und Ängste auszusperren.

Wann hatte er eigentlich angefangen, alle Entscheidungen allein und ohne sie zu treffen, materialisierte sich plötzlich aus dem Nichts eine kleine, bohrende Nachfrage. Eine Antwort wollte sich formen, doch schnell presste sie die Handballen auf die geschlossenen Augen und stieß einen unterdrückten Schrei aus. Sie konnte sich jetzt nicht damit auseinander setzen … nicht mit dieser Art Realität … nicht mehr denken … bitte, flehte sie.

Plötzlich vibrierte ihr Bein und dumpf erklang erneut Mozart. Sie schwankte zwischen der zweifelhaften Hoffnung, dass sie unbemerkt in einer Folge von „Die versteckte Kamera" gelandet war – gab es das eigentlich noch, außer bei YouTube? –, dass alles ein schlechter Scherz gewesen war und dass Mike sie jetzt bitten würde, nach Hause zu kommen. Auf der anderen Seite stand die kalte nackte und wenig aussichtsreiche Realität … aber wer zum Geier rief sie dann an?

Mühsam zog sie ihr Telefon unter ihrem Bein heraus.

Jenny. Val zögerte kurz und nahm dann doch an.

»Hallo?«

»Hey Süße, ich bin's.« Jenny klang furchtbar leise und Val nahm das iPhone vom Ohr, um es lauter zu stellen.

»Hörst du mich?«, fragte Jenny gerade als sie das Telefon wieder ans Ohr gehoben hatte.

»Ja, aber warum flüsterst du?«, fragte Val zurück.

»Max ist gerade eingeschlafen und Mina liegt hier an meiner Brust und ist auch gleich weg.«

Val massierte ihre Schläfe. Bei dem Gedanken an die Zwillinge hatte sich ihr Hals schon wieder zugeschnürt. Zeitgleich traf sie die Erkenntnis, wie unpraktisch es sein musste, ausgerechnet zwischen dem Stillen von zwei Säuglingen zu versuchen zu telefonieren. Sie schob diese Überlegung von sich, um sich auf das Gespräch zu konzentrieren, wenn ihre Freundin schon die Mühe auf sich genommen hatte, sie anzurufen. »Wie geht es dir?«

»Ganz ehrlich? Total beschissen«, entgegnete Val.

»Kannst du ein bisschen lauter sprechen?« Sie hatte unbewusst ebenfalls leiser gesprochen als nötig.

»Oh«, sie räusperte sich, »mir gehts echt bescheiden.«

»Das kann ich mir vorstellen. Geht es denn bei deiner Mama?«

»Naja, du kennst sie ja. Sie bemuttert mich einfach immer viel zu viel, was mir voll auf den Senkel geht.«

»Ja, natürlich … Und was ist jetzt mit deinem Praktikum?«

Jenny hatte die Stimme so weit gesenkt, dass Val das Telefon mit aller Macht gegen ihre Ohrmuschel pressen musste, um überhaupt etwas zu verstehen. Obwohl wollte sie darüber jetzt sprechen? Sie schluckte und biss die Zähne zusammen. Denn sie war wirklich froh, dass ihr überhaupt mal eine ihrer Freundinnen zuhörte. Also versuchte sie ruhig zu bleiben und antwortete wahrheitsgemäß.

»Gar nichts ist mit dem Praktikum, er hat mich gar nicht angemeldet in der Kanzlei. Irgendwie stand da wohl Singapur schon im Raum … und dann …« Ihre Stimme brach.

»Oh«, machte Jenny und beide schwiegen.

»Und wie ist das insgesamt nun passiert?« Val rieb sich über die Augen.

»Wenn ich das wüsste … irgendwie ist alles so total schief gelaufen …«

Sie ließ den Kopf auf die Schulter sinken und konnte so unter dem Rollo hindurch nach draußen blinzeln. Abschnitte von blau und Wolken wechselten sich ab, die wie von unsichtbaren Mächten gezogen oder geschoben in und aus ihrem Blickfeld krochen. Kurz schloss sie die Augen. Hinter ihren Lidern pulsierte noch der Widerhall der Helligkeit. In ihrer Schläfe meldete sich der kleine Thor mit seinem Hammer erneut zum Dienst. Sie seufzte ein weiteres Mal, rutschte noch tiefer und lümmelte jetzt so vor der Couch, dass sie ihren Kopf auf der Bettdecke ablegen konnte.

»Es war alles so schön … und dann kam aus dem Nichts plötzlich die Sache mit Singapur und jetzt bin ich auf einmal … allein.« Ihre Gedanken attackierten das Wort wie hungrige Mücken ein Nachtlicht. Er ging nach Singapur – allein. Er kam sie nicht holen. Sie war in Hamburg – allein. Sie zerkaute das Wort in den Mühlen ihrer Hirnwindungen, bis nichts mehr davon übrig war als sinnlose Silben und Vokale: All – e – in.

»O Süße, das ist so furchtbar. Aber ganz ehrlich, er hatte schon so komische Tendenzen …«, flüsterte Jenny immer noch kaum hörbar.

»Er ist halt kein ganz einfacher Mensch, aber ich liebe ihn … das hier ist so falsch « Wieder verstummte sie. Entfernt hörte sie Mutter und Oma in der Küche streiten und schloss ein weiteres Mal kurz die Augen. Augenrollen ging schließlich auch hinter geschlossenen Lidern. Hier war sie definitiv sowas von falsch.

»Bist du noch da?«, drang ein Flüstern an ihr Ohr.

»Ja.« Val rappelte sich mühsam auf. Sie musste sich zusammenreißen, sonst wäre sie selbst Jenny gleich los und die war nun wirklich die treueste und verständnisvollste Person, die sie kannte. »Habt ihr nochmal gesprochen?«

»Ja … also nein, nicht so richtig …«, stammelte sie und plötzlich durchzuckte sie ein Gedankenblitz: Es war noch nicht lang genug! Er stand noch unter Schock und war jetzt zu abgelenkt, um über sie nachzudenken oder sie zu vermissen. Mit aufgerissenem Mund und Nase saß sie da und verfolgte gebannt die sich in ihrem Kopf tummelnden Gedanken, die immer schneller zu kreisen begannen, als mutierten sie zu Papierfliegern auf Ecstasy. Natürlich! Dass sie da nicht viel früher drauf gekommen war. »Er brauchte jetzt etwas Zeit für sich«, hörte sie sich laut sagen.

»Was meinst du?«, hakte Jenny leise nach.

Val fühlte sich auf einmal wie das Duracell Häschen mit frischen Batterien.

»Natürlich, er konnte doch noch nie sehr schnell Entscheidungen treffen und schon gar nicht, wenn es um Herzensangelegenheiten geht. Er ist so ein überlegter Mensch.« Ihre Wangen röteten sich und ihre Stimme gewann an Tempo: »Weißt du noch unsere erste Begegnung und die schwierige Zeit zwischen dem ersten und dem zweiten Date? Man, wenn ich da nicht geduldig gewesen wäre, hätte es nie dieses magische dritte gegeben … was ja eigentlich eher unser erstes richtiges gewesen ist … ach egal. Verstehst du? Nein, Mike ist noch nie besonders spontan gewesen. Wie sollte er jetzt in der Lage sein, mich so spontan zu verlassen? Das geht doch gar nicht.«

»Meinst du wirklich, ich finde …« Aber Val hörte Jenny gar nicht mehr zu. Ihr Puls beschleunigte sich, ihre Pupillen weiteten sich. Euphorie durchflutete sie.

»Kann er nicht«, wiederholte sie laut. Ihre Gedanken galoppierten weiter. »Nein, er zieht das jetzt zwar durch, weil er nun mal in die Richtung losgelaufen ist. Aber weißt du, was er eben am Telefon gesagt hat? Er will meine Sachen mit einlagern! Das ist doch eindeutig ein Zeichen. Er will sie bei sich behalten. Er ist nur noch nicht so weit, das zuzugeben. Und wie süß er sich vorhin um mich gesorgt hat … man kümmert sich doch nicht so lieb um jemanden, der einem egal ist.«

Sie lachte auf und es klang ein wenig hysterisch.

»Val, ich weiß echt nicht …«

»Nein, kein Zweifel, da war noch so viel zwischen uns. Oh Jenny, du bist so ein Schatz es tut so gut, mit dir zu sprechen … Ich komm mir so dumm vor, mich hier so gehen zu lassen. Es ist doch alles halb so wild. Wir nehmen eine kleine Auszeit, Ferien und wenn er erstmal den Stress hinter sich hat, wird ihm schon auffallen, dass er das Wichtigste in Europa gelassen hat.« Um ein Haar hätte sie in die Hände geklatscht.

Am anderen Ende der Leitung wimmerte es, was allerdings nicht nach Jenny klang. Doch das konnte ihre Gedanken- und den Redefluss nicht unterbrechen. Sie plapperte einfach weiter. »Wie klug von ihm, nur meine persönlichen Sachen zu schicken, dann bin ich ruckzuck Abflug bereit, wenn er zur Besinnung kommt und mir ein Ticket schickt.«

»Wenn du meinst … du Max ist wach, ich muss …«, war das letzte was sie hörte. Von der Begeisterung über ihre eigene Entdeckung übermannt war sie aufgesprungen. Augenblicklich schlug eine Welle Übelkeit über ihr zusammen, sie spürte noch, wie ihr Kopf leer und ihre Knie weich wurden, dann ging das Licht aus.

Als Val wieder zu sich kam, lag sie halb auf dem Bett und konnte sich nicht erinnern, wie sie dahin gekommen war. Ihr war immer noch schlecht und sie hatte kalten Schweiß auf Stirn und Nasenrücken. Vorsichtig setzte sie sich auf.

Das Telefon lag neben ihr. Der Anruf war offensichtlich beendet. Sie fand neben einer Nachricht von Jenny, die sich erkundigte, ob alles okay sei, noch zwei Wasserreste in den Flaschen unter ihrem Bett und trank sie aus. Jetzt gluckerte ihr Magen zwar, aber zumindest schwand die Übelkeit. Sie hatte sich vorsichtig aufgerichtet und wartete, dass der Schwindel nachließ. Das Gespräch mit Jenny zog noch einmal durch ihren Kopf und ihre galaktische Erkenntnis zauberte ihr ein Lächeln auf die Lippen. Rasch tippte sie eine Antwort: »Alles gut, schön, dich gehört zu haben.«

Sie hatte sie gerade abgesandt, als etwas anderes in ihrem Hinterkopf zu nagen begann.

»Wenn er mir ein Ticket schickt«, hallte es in ihrem Kopf nach. Val lächelte tapfer und hängte das Handy zurück ans Ladekabel. Wenn … und das Lächeln erlosch.

Auch der Rest dieses Tages kroch dahin. Irgendwann nachmittags hatte sie es nicht mehr ausgehalten und sich mit Hilfe von viel kaltem Wasser wieder halbwegs in einen Menschen verwandelt, ehe sie sich in die Küche getraut hatte. Hannah war gerade los, um Oma Lotte aus der Tagesbetreuung abzuholen und so hatte sie sich viel Zeit lassen können.

Zunächst war sie um ihr Gemüse herumgeschlichen und hatte sich nochmal durch die Rezepte gescrollt. Beim Lesen sabberte sie wie ein junger Boxer und so entschied sie sich entgegen ihrer Lethargie, sich mit ihren Fastenbrühen zu befassen. Sorgfältig wählte sie die einzelnen Zutaten in den angegebenen Mengen aus, schälte und zerteilte sie und genoss dabei diesen Akt der Vorbereitung mehr als sie sich hatte vorstellen können.

So etwas wie Vorfreude regte sich in ihr bei dem Gedanken daran, gleich etwas anderes als Wasser und vor allem etwas Warmes in den Bauch zu bekommen.

Die einzelnen Aromen der Zutaten stiegen ihr mit solcher Intensität in die Nase, als hätte man sie kopfüber hineingestoßen. Sie war positiv überrascht über diese Veränderung ihrer Sinne. Val kochte das Gemüse, seihte es ab und trank wie vorgeschrieben nur die Brühe.

Die festen Teile fror sie wie empfohlen in einem Beutel für die Aufbautage ein, daraus würde sie dann nochmal eine gehaltvollere Gemüsesuppe kochen können. Die angenehmen Gerüche und die warme Flüssigkeit hatten ihr gut getan. Ebenso wie die Ablenkung durch das Kochen.

Sie wollte es sich nicht eingestehen, aber als sie der Gedanke beschlich, dass sie nun schon fast zwei Tage durchgehalten hatte, war sie doch ein bisschen stolz auf sich. Sie gestattete sich ein kleines Lächeln.

Nur gesellschaftstauglich war sie nach wie vor nicht. Als sie Oma Lotte und Hannah wenig später fröhlich plaudernd durch die Haustür kommen hörte, war sie doch froh, mit einer frischen Teetasse und zwei neuen Flaschen stillem Mineralwasser bewaffnet nach oben verschwinden zu können.

Ihr entging weder der mitleidig-besorgte Blick ihrer Mutter, der wirkte, als würde sie ein Katzenbaby ansehen, das in die Regentonne gefallen war, noch die gerunzelte Stirn ihrer Großmutter, die den Eindruck machte, als wolle sie sie in selbiger ersäufen. Sie zwang sich trotzdem zu einem Lächeln und ging schnell rauf.

Später am Abend, als sie sich leise auf die Toilette geschlichen hatte, hörte sie ihre Mutter unten mit gedämpfter Stimme sprechen. Sie blieb auf dem oberen Treppenabsatz stehen, um zu erfahren, ob sie Besuch verpasst hatte, aber da Hannah ein recht einseitiges Gespräch führte, telefonierte sie wohl.

»Natürlich, Liebster«, flüsterte sie gerade, »sicher wollen wir immer noch an die Ostsee, aber die Betreuung …« Aha, sie sprach also mit Dieter. Mucksmäuschenstill setzte Val sich auf die oberste Treppenstufe und lauschte, wie sie es früher als kleines Kind schon immer getan hatte, wenn ihre Eltern sich stritten.

»Aber du weißt doch, ich muss auf die Zusage der Krankenkasse …« Er war ihr anscheinend ins Wort gefallen, denn das Ende ihres Satzes blieb in der Luft hängen.

Wenig später hörte sie nur ein flehentliches: »Bitte lass uns doch deshalb nicht streiten, ich möchte doch auch wirklich gern mit dir …« Und auch diesen Satz durfte sie nicht beenden. Val wurde von einer regelrechten Flut Gefühle übermannt. Nicht etwa Mitleid oder gar ein Wiedererkennen, sondern schlicht Zorn. Wie ging der Kerl eigentlich mit ihrer Mutter um? In ihr regte sich ein Beschützerinstinkt.

So redete niemand mit ihrer Mutter … wenn sich jemand im Ton vergriff, dann höchstens ihre Töchter … Tochter, korrigierte ihr Verstand direkt. Egal, jedenfalls nicht ein x-beliebig dahergelaufener Heini wie Dieter.

Sie war kurz davor, aufzustehen, hinunterzugehen und ihr den Telefonhörer aus der Hand zu nehmen, um ihm die Meinung zu geigen, als sie plötzlich gewahr wurde, dass sie nicht allein war.

Aus dem Augenwinkel nahm sie eine Bewegung wahr und als sie sich umdrehte, war ihre Großmutter an die Treppe getreten.

»Oma«, stieß Val leise hervor und legte sich theatralisch die Hand aufs Herz. »Willst du mich zu Tode erschrecken?« Doch die ging nicht auf sie ein. Angestrengt lauschte auch sie nach unten. Verhaltenes Schluchzen erklang aus dem Wohnzimmer. Oma Lottes Stirn krauste sich, dann blickte sie Val an und sagte leise aber mit fester Stimme:

»Arschlöcher, alles Arschlöcher.« Ohne eine Antwort oder anderweitige Reaktion abzuwarten, machte sie auf dem Absatz kehrt und verschwand wieder lautlos in ihr Zimmer.

Stumm blickte sie ihr hinterher und dachte darüber nach, was sie tun sollte. Hinuntergehen und ihre Mutter trösten – und damit zugeben, dass sie gelauscht hatte? Sie kaute auf ihrer Unterlippe und machte dann einen Rückzieher. Nein, das ging sie schlicht nichts an. Lautlos stand sie auf und ging ebenfalls zurück in ihr Zimmer.

Der bittere Nachgeschmack, der blieb, hatte ausnahmsweise nichts mit ihrem schon wieder leeren Magen zu tun. Und eine nagende Frage hatte sich wie eine Zecke an ihr Gefühlszentrum geheftet: Wenn ihre Mutter es schon nicht verdient hatte, dass man so mit ihr umging nach allem, was sie für ihre Familie getan hatte, warum musste sie selbst sich das eigentlich gefallen lassen?

Obwohl sie sich hartnäckig nicht abschütteln ließ, stand die Ausredenabteilung sofort Gewehr bei Fuß: bei ihr und Mike war das schließlich etwas ganz anderes …

TAG 4 – DRITTER FASTENTAG

Der Morgen wirkte vielversprechend und der Himmel aufgeräumt. Val hatte die Jalousie etwas geöffnet und saß nun wieder unter ihrer Decke im Bett. Sie hatte das Kinn auf die angezogenen Beine gestützt und beobachtete Schäfchenwolken, die am Himmel Fangen spielten.
Ihr innerer Arzt ging von Patient zu Patient und erkundigte sich nach dem werten Befinden. Kopf? Schmerzfrei. Kreislauf? Auf der Höhe. Magen? Keine Übelkeit – und was noch viel besser war: Sie hatte auch keinen Hunger.

Bei dieser Erkenntnis überkam sie Euphorie und sie genoss einen Moment das Gefühl, dass es ihr einfach nur gut ging. Dann bemerkte sie jedoch die Unordnung im Zimmer und sofort fiel ihr wieder ein, wo sie war – und warum. Ihre gute Laune verpuffte. Sie stand dennoch auf und beschloss dem Chaos eine Weile zu entfliehen und sich zu Mutter und Großmutter zu gesellen, die sie in der Küche rumoren hörte.

Beim Anziehen sah sie zwar, dass die kleine Wölbung ihres Bauches verschwunden war, aber sie schenkte dieser Tatsache keine weitere Beachtung. Unten in der Küche saßen Hannah und Oma Lotte und stritten über den richtigen Härtegrad eines Frühstückseis.

»Ich will aber morgens kein hart gekochtes Ei«, hörte sie Oma Lotte, die ihr Lamento fortsetzte, »hart gekochte Eier sind was für ein Picknick. Machen wir etwa ein Picknick?«

»Mutter, nur weil das Eiweiß fest ist und vielleicht auch das Gelb am Rand, ist das Ei noch nicht hart gekocht«, erwiderte Hannah.

Val trat an den Tisch und stellte amüsiert fest, dass es gar keine Eier gab.

»Guten Morgen«, sagte sie. Ihre Mutter warf ihr einen entnervten Blick zu, zwang sich dann aber zu einem Lächeln.

»Schätzchen, schön, dass du uns Gesellschaft leistest. Hast du gut geschlafen?«

Sie nickte und schenkte sich Orangensaft ein. Oma Lotte zwinkerte ihr zu und tunkte ihren Buttertoast in ihren Kaffeebecher. Was dabei herauskam, war eine schlaffe Masse, die nicht einmal genug Halt hatte, um die kurze Distanz zwischen Tassenrand und Omas ausgestreckter Zunge unfallfrei zu überwinden. Zwei dicke Tropfen eines fettigen Butter-Kaffee-Gemisches landeten auf dem Tisch, ehe Oma Lotte den mittlerweile Quasi-Brei geräuschvoll einsaugen konnte.

»Mutter«, sagte Hannah und sah sie vorwurfsvoll an, »musst du denn immer den ganzen Tisch vollkleckern?«

»Ich hab schon wieder eine Stelle unter dem Gebiss«, verteidigte sich diese und um ihren Worten mehr Nachdruck zu verleihen, holte sie mit einem schmatzenden Geräusch das untere Gebiss aus dem Mund und zog mit der anderen Hand ihre Unterlippe bis zum Kinn herunter. Der Kieferkamm, der zum Vorschein kam, war zurückgegangen, aber an einer Stelle vorne rechts war er durch eine Druckstelle stark gerötet. Val biss sich auf die Zunge, um nicht laut loszulachen. Hannah kapitulierte.

»Ja, ja, schon gut, aber dann nimm dir doch um Gottes Willen wenigstens den Becher weiter ran.«

Oma Lotte zwinkerte ihrer Enkelin zu, diesmal lag Triumph in ihrem Blick. Val lächelte kaum merklich zurück.

Hannah setzte sich. »Und, was hast du heute so vor?« fragte sie an ihre Tochter gewandt. Doch kaum hatte sie die Frage ausgesprochen, trat der Schreck in ihren Blick. Sie fing an zu stottern. »Also ich meine… was ich sagen wollte…«

Doch Vals gnädige Stimmung ließ sie ihre Mutter beruhigend anlächeln.

»Schon okay, Mama, ich weiß noch nicht, vielleicht gehe ich nachher ein bisschen spazieren oder so, um frische Luft zu schnappen.«

»Gute Idee«, pflichtete die ihr bei, sie hatte angefangen einen Toast mit Mettwurst zu belegen. Mit einem Seitenblick auf Val fragte sie:

»Stört dich der Geruch gar nicht?« Val atmete tief durch die Nase ein, ließ den Duft von warmem Toast und frischem Kaffee ihren Gaumen umspielen, genoss den Gedanken, dass sie dabei keinen Hunger und nicht einmal sonderlichen Appetit verspürte und schüttelte den Kopf.

»Nein, ist völlig okay.«

Die Anspannung wich aus Hannahs Zügen und Schultern, und sie biss genüsslich in ihren Toast. Val nippte an ihrem Saft und ließ den Blick aus dem Fenster schweifen. Das schöne Wetter täuschte, es musste immer noch recht kühl draußen sein.

»Das ist ganz schön tapfer«, sagte ihre Mutter und lächelte sie an.

»Was meinst du?«, entgegnete sie ehrlich überrascht.

»Das mit dem Fasten. Hast du das überhaupt schon mal gemacht?«

An einem beliebig anderen Tag wäre ihr erster Reflex gewesen, sich aufzuregen und zu protestieren. Heute jedoch war da so ein wattiger Abstandshalter in ihrem Kopf. Eine unbeschreibliche Ruhe. Sie genoss das neue Gefühl, das Gespräch wie aus sicherer Entfernung beobachten und gleichzeitig aktiv führen zu können.

»Noch nie«, gab sie also unumwunden zu, »aber irgendwie fühlt es sich gerade total richtig an. Richtig gut, sogar.« Sie lächelte und lehnte sich zurück.

»Dann könntest du ja vielleicht auch Joggen gehen«, schlug ihre Mutter vor, »das hast du doch früher gern gemacht.«

»Als Teenager«, grinste Val schräg. Doch die Idee waberte noch weiter durch ihre tiefenentspannten Gehirnwindungen. Sie dachte nach: Sportsachen? Düsseldorf. Fast schon mit Bedauern schüttelte sie den Kopf.

»Nein, leider Fehlanzeige, ich hab weder Laufschuhe noch Sportzeug hier.«

»Na, deine alten Schuhe stehen noch im Flur unten im Schuhschrank und eine Jogginghose kannst du dir von mir leihen.« Sie dachte genüsslich wieder einen Moment nach. Ihre Hirnanhangsdrüse gewährte ihr einen Vorschuss an Endorphinen und sie rang sich zu einem Hauch Begeisterung durch. Das klang doch in der Tat nicht schlecht.

»Okay«, stimmte sie zu, »klingt gut.« Sie wartete noch, bis die beiden älteren Frauen fertig gegessen hatten, dann suchte sie gemeinsam mit ihrer Mutter Schuhe und Sportzeug zusammen. Sie war gerade wieder in ihr Zimmer zurückgekehrt und stand buchstäblich mit heruntergelassenen Hosen da, als ihr Telefon zu klingeln begann. Wie immer folgte ein Moment der Hektik, weil sie anhand des Klingelns erst das Telefon lokalisieren musste, und zum wiederholten

Male fragte sie sich, ob das eventuell schon erste Anzeichen für eine Demenz waren. Wie immer hing es am Kabel – war doch nicht so schwer zu merken, oder? Sie streckte sich über das Bett und zog es ab.

»Ja, hallo?«

»Frau Bernard?«

»Ja.«

»Valentina Bernard?«

»Ja, mit wem spreche ich bitte?«

»Hier ist Frau Wiese von der Agentur für Arbeit.«

»Oh … ähm, ja … hallo.«

»Frau Bernard, wir haben ja einen Termin Morgen, den ich leider absagen muss. Sie werden dann schriftlich eine neue Einladung bekommen.« Ihr wurde abwechselnd heiß und kalt, da sie in all dem Chaos den Termin beim Arbeitsamt natürlich völlig vergessen hatte.

»Aha … ähm … gut, dass Sie gerade anrufen, ich bin nämlich sowieso nicht in Düsseldorf.«

»Wieso das denn?«

»Ähm … tja … also aus persönlichen Gründen.«

»Und wo sind Sie?«

»Ähm … in Hamburg.«

»Sie wissen schon, dass Sie eine Abwesenheit im Vorweg anmelden müssen, denn das muss vom Amt bewilligt werden.«

»Ja, … ähm … ja, natürlich … es war … naja, es handelt sich so zu sagen um einen familiären Notfall … meine Großmutter.«

Die Sachbearbeiterin schnaubte, als glaube sie ihr kein Wort, gab sich aber fürs Erste geschlagen.

»Verstehe, und wie lange wird dieser »Notfall mit ihrer Großmutter« noch andauern? Wir können nämlich auf keinen Fall eine Abwesenheit von länger als zwei Wochen bewilligen.«

An dieser Stelle hätte Val eine weitere kleine Notlüge gebraucht, aber aus mangelnder Geistesgegenwart sagte sie die Wahrheit.

»Ich weiß es nicht.«

»Hah«, machte Frau Wiese und es klang als habe sie Val beim Klau der Kronjuwelen auf frischer Tat ertappt, »das geht aber gar nicht, dann müssen Sie sich entweder ummelden oder wir müssen Ihre Bezüge streichen.«

Val schluckte. Genau genommen hatte sie noch gar keine Bezüge, die man ihr streichen konnte. Die eben noch als so angenehm empfundene Distanz in ihrem Kopf ließ sie jetzt mal hübsch im Nebel stehen. Spontanität war aus. Ihr Kopf hatte das Schild »vorübergehend geschlossen« aufgehängt und sie brachte nur ein »Aha« zustande. Dann fiel ihr siedend heiß ein, dass sie es sich gar nicht leisten konnte, dass man ihre zukünftigen Bezüge schon im Vorweg strich, denn dann wäre sie weit mehr als nur kurzfristig bei ihrer Mutter gestrandet. Ein Schauer lief ihr über den Rücken. Das durfte auf keinen Fall passieren.

»Warten Sie, warten Sie«, rief sie, »und wenn ich mich hier melde?«

»Dann müssen Sie morgen früh sofort zu Ihrer zuständigen Agentur für Arbeit in Hamburg.« Sie ließ die Schultern hängen.

»Und die wäre?«

»Das kommt darauf an, wo Sie jetzt wohnen.«

Frau Wieses Ton war wieder irgendwo zwischen übereifrig und oberlehrerhaft angekommen. Val nannte ihr die Adresse ihrer Mutter und Frau Wiese ihr im Gegenzug die Arbeitsagentur in der Pappelallee in Wandsbek. Innerlich seufzend verabschiedete Val sich, nicht ohne jedoch noch eine ausführliche Belehrung darüber über sich ergehen lassen zu müssen, welche Konsequenzen ein Fernbleiben ihrerseits hätte. Frau Wiese hatte es anschließend offenbar sehr eilig, sie loszuwerden und hängte mitten in ihrem eigenen Abschiedsgruß auf.

Val nahm das Smartphone vom Ohr und ließ sich auf die Bettkante sinken, die Jeans immer noch um die Knöchel geknäult. Damit hatte sie nicht gerechnet. An das Arbeitsamt hatte sie gar nicht mehr gedacht. Verdammt, warum kamen die auch immer gerade dann um die Ecke, wenn man sie am allerwenigsten gebrauchen konnte. Das Handy hatte sie achtlos neben sich fallen gelassen und stütze den Kopf in beide Hände. Doch irgendwie war sie nicht in der Lage, sich jetzt mit dieser neuen Unannehmlichkeit auseinanderzusetzen. Sie ließ den Kopf hängen und spürte schon wieder Tränen drücken. Sie schloss die Augen und presste die Handballen auf die Lider.

»Nein«, murmelte sie, »nicht schon wieder.« Sie riss die Augen weit auf und atmete tief durch. Auf die Weise hatte sie zwar die Tränen fürs Erste zurückgehalten, aber schlauer als vorher war sie deshalb nicht. Ein langer Seufzer entwich ihrer Brust. Ihr Blick fiel auf ihre Turnschuhe und die Sporthose, die daneben am Boden lag. Sie ergriff sie und damit auch den Gedanken auf, mit dem sie ursprünglich nach oben gekommen war.

Sie beschwor den Bodensatz des guten Gefühls herauf, mit dem sie aufgestanden war und war wild entschlossen, sich das jetzt nicht nehmen zu lassen. Noch einen Tag im Bett konnte sie beim besten Willen nicht ertragen. Sie biss die Zähne zusammen und sah sich um.

»Nein, alles andere mache ich später, dafür hab ich jetzt einfach keine Kraft«, entschied sie und als die Kläglichkeit des Daseins sie erneut zu überwältigen drohte, straffte sie trotzig die Schultern. »Fokus, Val, Fokus.« Sie schlüpfte aus der Jeans, streifte die Sporthose ihrer Mutter über und zwängte sich in ihre alten Laufschuhe. Auch wenn sie nicht wirklich zu klein waren, waren sie doch weit weniger bequem, als sie sie in Erinnerung hatte. Aber die Zeiten, als sie während ihres Studiums von zu Hause ausgezogen war und die Schuhe zurückgelassen hatte, waren ja nun auch schon eine Weile vorbei. Sie spannte die Muskeln an und presste mit sanfter Gewalt die Ferse in den Schuh. Flupp! Geschafft. Sie nahm noch einen Schluck Wasser und lief die Treppe hinunter. Es war das erste Mal seit fast einer Woche, dass sie das Haus ohne Fluchtgedanken verlassen würde. Mit der Hand auf dem Türgriff ließ sie die Erkenntnis einige Sekunden lang wirken, dann drückte sie entschlossen die Klinke herunter und war auf dem Weg.

Ohne darüber nachzudenken hatte sie den Weg zu ihrer alten Laufstrecke eingeschlagen. Die ersten 250 Meter bis zur Kreuzung waren auch noch ganz locker gewesen, doch bereits im Neubaugebiet wurde ihr heiß und sie begann ihren Puls in den Schläfen zu spüren. Mit anderen Worten: Das Vergnügen war von kurzer Dauer gewesen, was nun folgte artete direkt mal in Arbeit aus und war eindeutig der Teil mit der Tortur.

Val schnaufte, sie ächzte, sie verfluchte die Jahre der sportlichen Abstinenz, aber sie biss die Zähne zusammen und lief weiter.

Das Arbeitsamt fiel ihr wieder ein und in ihrem Kopf führte sie ein ganz anderes Gespräch mit Frau Wiese. Sie derart zu überrumpeln, dumme Kuh. Doch selbst als sie ihren inneren Disput mit der Sachbearbeiterin beendet hatte, der in ihrer Fantasie natürlich mehr zu ihren Gunsten entschieden wurde, war sie noch immer auf Krawall gebürstet. Warum hatte sie den ganzen Ärger denn überhaupt? Doch nur wegen Michael!

»Undankbarer Scheißkerl!« schnaubte sie und wischte sich den Schweiß aus den Augen. Wenn er sie nicht aus heiterem Himmel derartig fies abserviert hätte, hätte sie das Theater doch gar nicht. Dann wäre sie noch in Düsseldorf und einfach Morgen zu ihrem blöden Termin gegangen, was eh eine reine Formsache gewesen wäre in Anbetracht des bald beginnenden Praktikums. Ihre Schritte beschleunigten sich noch einmal, obwohl sie ohnehin schon Seitenstechen hatte. Sie fluchte erneut. Alles seine Schuld. Alles. Alles hatte sie getan, sie hatte gekündigt, sie war gependelt, sie hatte ihre Wohnung aufgegeben, sie war nach Düsseldorf gezogen. Düsseldorf. Ihre Stirn krauste sich zusammen. Sie hasste Düsseldorf. Düsseldorf war die hässlichste Stadt, die sie sich vorstellen konnte. Und diese Snobs. Wieder schnaufte sie und Schweiß tropfte von ihrem Kinn auf ihr T-Shirt. Wenn sie schon an die aufgetakelten kleinen Tussis dachte, die sie beim After-Work Club im Medienhafen so genervt hatten.

Wie unglaublich, dass die sich derartig aufbrezelten für ein Feierabendbierchen. Ihre Mundwinkel verzogen sich verächtlich. Na, Michael hatte es gefallen. Idiot! Er hatte ihr den Himmel auf Erden versprochen und nun jagte er sie barfuß durch die Hölle. Grimmig stellte sie fest, dass ihre Fußsohlen tatsächlich zu brennen begannen.

Sie lief quer durch das kleine Waldstück zwischen den Stadtteilen Bramfeld und Wellingsbüttel. Ihr Atem ging stoßweise und Schweiß drang aus jeder Pore ihres Körpers. Verbissen lief sie weiter. Er hatte doch eh nur eine frühe Form von Midlife-Crisis. Warum sonst würde ein gesund denkender Erwachsener in der heutigen Zeit seinen gesicherten und aussichtsreichen Arbeitsplatz aufgeben?

Sie hatte es getan.

Eine Träne mischte sich unbemerkt unter die Schweißperlen auf ihren Wangen. Sie war der Depp. Nein, er hatte sie überredet und immer wieder gedrängt, bis sie schließlich nachgegeben hatte und dabei hatte er von Anfang an gewusst, dass sie so nicht glücklich werden würde. Er hatte irgendeinen bizarren Plan gehabt – und den auch noch dauernd spontan geändert, ohne mit ihr zu sprechen. Sie war seinen geistigen Sprüngen stets nur hinterher gehechelt. Dann hatte er ihr mal wieder ein Stöckchen hingeworfen und sie hatte sich abspeisen lassen. Nein, es hatte für ihn in der Tat keinerlei Priorität gehabt, ob sie glücklich war oder nicht. Er hatte sie einfach immer nur irgendwie in seine wilden Pläne mit reingequatscht. Und sie war ihm immer wieder blind gefolgt. Bis er sie hatte auflaufen lassen – im wahrsten Sinne des Wortes. Er war das Schwein. Vielleicht – aber auch nur nur ganz vielleicht – war sie ihm auch einfach zu weit entgegengekommen – nicht zuletzt bei diesem bekloppten Plan, nach Singapur zu gehen. Der Grimm erstickte den aufkommenden Zweifel im Keim. Blödsinn, sie liebte ihn, sie hatte alles richtig gemacht. Michael war der Typ auf dem Egotrip. Und was zum Teufel wollte er in Singapur? Warum ausgerechnet Singapur? Hatte er wirklich nichts noch ein bisschen weiter weg gefunden? Sidney vielleicht? Oder Kapstadt? Es wütete in ihrem Kopf und sie steigerte noch einmal das Lauftempo. Das war doch von Anfang an ein abgekartetes Spiel gewesen. Ja, er hatte überzeugend so getan als würde ihm was an ihr liegen, aber wer hatte denn die ganze Zeit die Kompromisse machen müssen? Sie doch wohl! Und was hatte er getan? Schöne Reden gehalten und sie war ihm voll auf den Leim gegangen. Tränenblind rannte sie über eine rote Ampel und hatte Glück, dass der hupende Wagen noch ein paar Meter weg gewesen war. Sie sprintete weiter, jetzt die letzten Meter durch den kleinen Park vor ihrem Elternhaus. Am Eingang des Parks musste sie stoppen. Sie keuchte und bekam kaum noch Luft unter den Schluchzern. Schwindel und Übelkeit schlugen gleichzeitig über ihr zusammen. Und sie konnte sich gerade noch vom Weg ins Gebüsch beugen, dann schoss ihr ein dünner Strahl Galle aus der Kehle.

Val weinte. Zusammengekrümmt hockte sie da mitten auf dem Parkweg auf ihren Fersen und heulte sich all die aufgestaute Wut aus dem Leib.

Als sie sich schließlich aufraffen konnte, ins Haus zu schleichen, war es still. In der Küche fand sie einen kleinen Zettel, auf dem stand, dass ihre Mutter zum Einkaufen gefahren war und hinterher mit Dieter zum Kaffee verabredet sei. Oma Lotte wäre in der Altentagesstätte und sie würde sie später dort abholen.

Sie machte sich nicht die Mühe, den Zettel zu entsorgen. Sie trank zwei Gläser Leitungswasser auf Ex und schlurfte mit hängenden Schultern in ihr Zimmer. Sie war verschwitzt, verheult und fühlte sich völlig fertig. Oben angekommen ließ sie sich aufs Bett fallen. In ihrer Brust tobte der Krieg zwischen den beiden dort schlagenden Herzen weiter.

Einerseits fühlte sie sich eindeutig als Opfer und wollte sich partout nicht eingestehen, dass sie an ihrer Situation wenigstens eine Mitschuld trug. Andererseits war sie nicht der Typ, sich ihrer Misere so hilflos auszuliefern – doch wie sollte sie aus dem Dilemma herauskommen und nach vorn blicken? Ohne Job, ohne Wohnung, ohne Partner an ihrer Seite? Momentan komplett überfordert schlief sie erschöpft ein.

Es war bereits früher Nachmittag, als sie wieder aufwachte. In ihrem Kopf dröhnten die Schläge des kleinen Thors, der seit dem letzten Mal merklich gewachsen zu sein schien oder vielleicht hatte er auch nur einen größeren Hammer mitgebracht. Val setzte sich auf, doch das machte die Sache nur schlimmer.

»Scheiß Fasterei«, schimpfte sie und trank eine ganze Wasserflasche leer. Zu ihrer eigenen Überraschung begann der Schmerz sofort nachzulassen. Sie blieb sitzen und massierte sich die Schläfen. Es lag durchaus im Bereich des Möglichen, dass sie es mit der Lauferei einen Hauch übertrieben hatte. Der Schmerz nahm weiter ab. Als er nicht mehr war als ein dumpfes Drücken, ließ sie die Hände sinken und öffnete vorsichtig die Augen. Sofort wurde ihr Unmut erneut geweckt. Dieses Mal war es allerdings die Unordnung, die ihr die Laune verdarb. Laut fluchend schwang sie die Beine aus dem Bett.

»Hatte ich hier nicht gerade erst aufgeräumt?«

Mit in die Hüften gestemmten Händen stand sie da und sah sich um. Binnen Sekunden hatte ihr Zorn ein Opfer ins Auge gefasst: Das blaue Wäscheset von Passionata. Das hatte Michael ihr geschenkt. Das weiße von Triumph auch. Natürlich alles mit Strings, weil er das so sexy fand. Dass die Dinger unbequem waren und einschnürten, interessierte ihn doch nicht.

Halblaut vor sich hin murmelnd redete Val sich zunehmend in Rage. Sie rupfte die Unterwäsche aus dem Klamottenstapel, als wäre sie gemeines Unkraut in ihrem Lieblingsrosenbeet. Die Bluse von van Laak, der Schmuck von Pandora und sogar eine ihrer Levi's raffte sie zusammen und warf alles auf einen Haufen im Flur.

»Hat mir noch nie gefallen, dein Stil«, fauchte sie den Haufen an, ehe sie die Tür zuschmiss. Dem Chaos war ihre Aktion nicht unbedingt zuträglich gewesen, doch Val nickte mit einem diebischen Grinsen und wischte sich eine Strähne aus dem Gesicht. Ihr Elan war noch nicht erschöpft, also räumte sie das gesamte Zimmer in Windeseile auf.

Nachdem sie in einem ersten Anlauf alle Sachen zusammengelegt und auf säuberlichen Stapeln drapiert hatte, hielt sie einen Moment inne. Dann seufzte sie, stieß die Schranktür auf und verfrachtete ihre Klamotten in die dafür vorgesehenen Fächer. Fast andächtig schloss sie die Tür. Um das wieder aufkeimende Gefühl von Traurigkeit gleich im

Ansatz zu ersticken, kochte sie lieber den noch glimmenden Funken Zorn noch einmal auf.

»Alles seine Schuld«, sagte sie und zog die Augenbrauen zusammen, »aber wenn er glaubt, dass er mich so klein kriegt, hat er sich geschnitten. Pah!« Sie verließ das Zimmer, raffte im Flur ihr Zeug zusammen und ging in die Küche. Dort stopfte sie zuerst das Zeug in eine Tüte und parkte es mit einem Zettel darauf – Altkleider – auf dem Treppenabsatz zum Keller. Dann holte sie den Staubsauger und ging zurück in ihr Zimmer. Nachdem sie gesaugt hatte, Staub gewischt und das Bettzeug gewechselt hatte, ließ ihre Arbeitswut endlich etwas nach. Außerdem war sie zum zweiten Mal an diesem Tag komplett durchgeschwitzt und konnte sich, aufgrund des mittlerweile alten Schweißes vom Joggen, selbst nicht mehr riechen. Der Gestank trieb sie umgehend unter die Dusche. Es war wirklich phänomenal, wie sich das Fasten auf ihren Geruchs- und Geschmackssinn auswirkte. Zunächst leerte sie allerdings mit Genuss eine weitere Flasche Wasser und war für den Hauch eines Momentes mit sich im Reinen.

Doch dieser Zustand war nicht von Dauer. Bereits unter der Dusche führte sie gedanklich ein weiteres emotionales Streitgespräch mit Michael, in dessen Verlauf sie weitere heiße Tränen vergoss, welche im Duschabfluss verschwanden. Wütend stapfte sie aus der Dusche und riss vor Ungeduld, weil er sich verhakt hatte, den Aufhänger ihres Handtuchs ab. Sie fluchte. Ihr Blut kochte. Zurück in ihrem Zimmer pfefferte sie es in die Ecke. Wie viel größer und hübscher der Raum nun wirkte, fiel ihr in ihrem Zorn gar nicht auf. Sie zerrte ein T-Shirt und Jeans aus dem Schrank und zog sich an. Beim Versuch ihr Haar zu bürsten, riss sie ein Büschel aus und schrie vor Schmerz auf.

Sie musste dringend runterkommen, Selbstverstümmelung half ihr jetzt auch nicht weiter. Val kaute an ihrer Unterlippe. Und jetzt? Das Haus war immer noch leer, keiner da, um sich Streit zu suchen.

»Und nun?« fragte sie leiser. Das Handtuch am Boden fiel ihr ins Auge und sofort war der blinde Aktionismus wieder zur Stelle. Sie stürmte hinunter ins Wohnzimmer, durchforstete die Schubladen, bis sie ein Nähnecessaire gefunden hatte und kehrte damit nach oben zurück.

Sie hatte sich noch nie in ihrem Leben für Handarbeiten interessiert, aber so wie heute hatte sie auch noch keinen Aufhänger wieder an ein Handtuch genadelt. Selbst ein Tauziehen würde die beiden nicht wieder voneinander trennen können. Doch ihr Zorn war noch immer nicht verraucht.

Das Handtuch in den Händen fiel ihr die Schmutzwäsche ein. In Ermangelung einer anderen Ablenkungsmöglichkeit, sortierte sie ihre, die ihrer Mutter und Großmutter und warf eine Maschine Buntes an. Ihre Laune blieb unverändert dunkel. Rastlos streifte sie durch das Haus. In dem alten Kinderzimmer von Laura blieb sie stehen. Hier stand das Notebook ihrer Mutter, das Laura und sie ihrer Mutter geschenkt hatten, damit diese etwas zu tun hatte. Nach zwei Kursen an der Abendschule war Hannah jedoch zu der Erkenntnis gelangt, dass sie »so ein neumodisches Zeug« nicht wirklich brauchte. Val überlegte. Vielleicht würde sie ein bisschen surfen ablenken. Sie warf dem Modell einen skeptischen Blick zu. Es wäre sicherlich bequemer Formulare am Rechner auszufüllen als am Handy, falls sie zufällig auf ein interessantes Jobangebot stoßen sollte. Sie zuckte mit den Schultern und fuhr ihn hoch. Ungeduldig mit den Fingern trommelnd, sah sie Windows dabei zu, wie es im Schneckentempo anlief. Als der Jingle ertönte, platzte ihr der Kragen.

»Ja, heute noch vielleicht?« Doch das Gerät blieb emotionslos. Sie startete den Internet Explorer und die Google Startseite prangte ihr entgegen. Was suchte sie? Für einen Moment tauschten Wut und Hoffnungslosigkeit die Position, doch schon wenige Sekunden später stand die Wut wieder an erster Stelle ihrer emotionalen Skala. Nichts! Alles! Am liebsten hätte sie den Laptop angebrüllt oder noch besser, ihn bestraft. Schläge wären toll oder das Ding einfach aus dem Fenster zu werfen. Gerade noch rechtzeitig vor ihrem Gewaltausbruch fiel ihr ein, dass es nicht ihr gehörte. Sie ließ die angestaute Luft zwischen den Zähnen entweichen. Was also nun?

Zunächst checkte sie ihre Emails – nichts Besonderes dabei. Dann machte sie einen virtuellen Abstecher zur Bank. Auch hier gab es keine nennenswerten Neuigkeiten. Zumindest stand sie nicht unmittelbar vorm Verhungern, auch wenn niemand von einem Referendargehalt lange überleben konnte. Zudem wo nun nicht einmal das mehr kam.

Nach dem Ausloggen sinnierte sie noch eine Weile. Von ihrer früher oder später dennoch zum Problem werdenden Finanzlage, schweiften ihre Gedanken weiter zu ihrer Wohnraumsituation und zum Mangel an Bewegungsfreiheit ohne Auto. Als sie bei der Zwangs-WG mit ihrer Mutter und Großmutter anlangte, kam sie unweigerlich zu dem Ergebnis, dass sie nur ein neuer Job davor retten könnte, langsam, aber sicher auch noch den Verstand zu verlieren. Sie begann also nach Jobbörsen im Netz zu suchen, legte einen Account bei StepStone an und abonnierte den Jobagenten. Dann entschied sie sich, außerdem auch aktiv zu suchen. Sie rief die Suchseite auf und verharrte mit den Fingerspitzen über der Tastatur schwebend.

Bislang hatte sie einen vorbildlichen Lebenslauf gehabt: Gutes Abitur, sehr gut abgeschlossenes Jura-Studium, solide Arbeit im Referendariat und ihre zusätzlichen Computer- und Englischkurse – das sah alles ganz gut aus.

Aber war es das auch? Genau genommen hatte sie sich damals für Jura entschieden, um ihrem Vater, dem Anwalt, der ihre Mutter übers Ohr gehauen und sich jahrelang um einen Großteil des ihr zustehenden Unterhaltes für die Mädchen gedrückt hatte, eines auszuwischen. Sie hatte davon geträumt, ihm sein Verhalten mit gleicher Münze und um ein Vielfaches heimzuzahlen. Womit sie nicht gerechnet hatte, war, dass sie irgendwie ein Händchen für Jura hatte und zumindest die Referendariatsstationen ihr am Ende wirklich Spaß gemacht hatten.

Allerdings hatte sich im Laufe des Studiums auch der Drang gelegt sich mit ihrem Erzeuger anzulegen und damit war eine Hauptmotivation weggefallen, Anwältin oder gar Staatsanwältin zu werden. Und spätestens damit, dass Michael auch so ein schleimiger Anwalt war, starb auch ihr letztes bisschen Enthusiasmus für ihre eigene Berufswahl.

Sie nahm eine Haarsträhne, zwirbelte sie zusammen und strich sich mit der Spitze über die Oberlippe. Wenn nicht jetzt, wann wäre dann der passende Moment, um einmal ALLES in Frage zu stellen? Wollte sie vielleicht lieber was ganz anderes machen? Val lehnte sich zurück und verschränkte die Arme vor der Brust. Sie ließ die Überlegung wirken. Ihre erste Reaktion war: Was denn, die Midlife-Crisis hat doch ein anderer, nicht ich – ich kenne doch meinen Weg.

Doch da sich mittlerweile zumindest wieder ein wenig von ihrer nebeligen Distanziertheit und der damit verbundenen Ruhe in ihr breit machte, ließ sie dem Gedanken noch etwas mehr Leine. Es dauerte nicht lange und die ersten Ideenblasen blubberten an die Oberfläche ihres Bewusstseins. Zunächst wählte sie noch bescheidene Optionen: Sie könnte in eine andere Stadt gehen und noch mal ganz von vorne anfangen, ganz neue Leute kennenlernen … Rasch wurde sie mutiger: Warum sich nicht einmal eine richtige Auszeit nehmen, einen Sprachkurs im Ausland machen oder ein Praktikum im sozialen Bereich? In ihrem Kopf begann es immer schneller zu rotierten: Und warum eigentlich nur kurzfristig? Jetzt stand ihr die Welt doch wieder offen. Sie könnte auch gleich richtig auswandern. SOS-Kinderdorf-Mutter in Kolumbien werden oder bei einer gemeinnützigen Umweltschutzorganisation arbeiten. Übermütig fing sie an, die ausgefallensten Job- und Länderkombinationen als Suchparameter einzugeben und durchforstete eine überraschend beeindruckende Zahl spannender Angebote.

Val war derart gefesselt und fasziniert, dass sie gar nicht merkte, wie die Zeit verging. Australien, Kapstadt, die Antillen, die Möglichkeiten wirbelten durch ihren Kopf.

Sie war gerade dabei, das Online-Bewerbungsformular als persönliche Assistentin eines Business-Center-Managers in Dubai auszufüllen (was man auch immer unter einem Business-Center in diesem Emirat verstehen mochte), als sie die Haustür zufallen hörte. Zeitgleich drang Großmutters Zetern nach oben.

»Und Walter hat doch beschissen.«

»Mutter, ich glaube kaum, dass bei euch irgendwer beim Bingo schummelt.«

»Du warst auch schon immer so‘n gutgläubiges Schaf.« Val erwachte aus ihrer Trance. Der Cursor blinkte vor ihr in dem Feld frühester Eintrittstermin. Panik überfiel sie. Was machte sie denn hier, bitte schön? Hektisch schloss sie das Formular, den Browser und fuhr den Computer, so schnell er denn folgen wollte, runter. Ihre Finger schienen noch zu vibrieren von dem Übermaß an Energie, das eben durch jede Zelle ihres Körpers gewabert war. Sie atmete tief durch. Wieder im Hier und Jetzt angekommen blickte sie sich um und schließlich wieder auf den Laptop unter ihren Fingern. Er war angenehm warm. Kopfschüttelnd stand Val auf, legte ihn wieder an seinen Platz und ging wieder hinüber in ihr Zimmer. Nein, Dubai war nun wirklich keine Lösung – und wie in drei Teufels Namen sollte Michael sie da jemals finden?

»Wie wär‘s wenn wir rüber in die Altstadt gehen und was trinken?«

»Findest du nicht, dass es vielleicht noch etwas früh für das erste Bierchen ist? Kannst du mich zur Abwechslung auch einmal ernst nehmen, bitte?«

»Sicher – jetzt sofort?«

»Mike, du bist furchtbar.«

»Nein, ich sehe dich nur so gern lachen. Los komm, ich kenne da ein nettes Café. – Hey, was ist denn nun?«

»Guck mal, ist der Lüdde nicht süß?«

»Oh man, meine Freundin geht mit mir Hand in Hand am Rhein spazieren und flirtet nebenbei fremd.«

»Eifersüchtig?«

»Klar, besonders auf Jungs, die noch Windeln tragen.«

»Gib's zu, er ist zum Knuddeln.«

»Ja, er ist so'n richtig schön rundes Baby, wie sie sein sollen. Aber ich steh eigentlich nicht so auf Kinder.«

»Oh.«

»Nun guck doch nicht so, ich meine ja bloß, dass ich für mich nie so unbedingt welche wollte, aber mit so einer Frau wie dir könnte ich mir das schon ganz gut vorstellen.«

»Wirklich?«

»Ja, sicher, du bist doch ganz süß, da sollten die Babys doch auch was werden.«

»Du nimmst mich doch schon wieder auf den Arm.«

»Gar nicht. Wirklich. Los sag, wie viele willst du? Du willst doch Kinder, oder etwa nicht?«

»Ja, auf jeden Fall … also ich meine … ja, schon … doch gern.«

»Und wie viele?«

»Ich weiß nicht … zwei?«

»Na, wenn wir schon anfangen, würde ich sagen, sollte es aber schon die halbe Fußballmannschaft sein.«

»Was?«

»Na, klar und alles Jungs natürlich.«

»Oh man, Mike wie wär's denn wenn wir erstmal mit einem anfangen würden?«

»Jetzt gleich? – Aber dann bleibst du zu Haus, oder?«

»Also darüber hab ich eigentlich noch nicht nachgedacht …«

»Also meine Mutter war immer zu Haus …«

»Aber dafür hab ich doch nun nicht so lange studiert …«

»Ach, das siehst du dann schon, wenn die Kinder erst da sind, dann willst du mit Sicherheit selbst nicht mehr arbeiten.«

Val ging in ihrem Zimmer auf und ab. Wie hatte er sie nur so zum Narren halten können. Immer nur Luftschlösser, eines wolkiger als das nächste – und am Ende dieser Wolkenbruch. Sie ließ die Schultern hängen. Nachdem sie eine Phase des Schlurfens überwunden hatte, eine Weile auf Zehenspitzen hin und auf den Fersen zurück gegangen war, war sie nun beim »Bewussten Gehen« angekommen und musste feststellen, dass je konzentrierter sie einen Schritt machte, um so unmöglicher wurde es, überhaupt zu gehen.

Aber es verhinderte halt auch, dass ihr Kopf noch über anderen Schwachsinn nachdenken konnte.

Ihr Handy klingelte. Ihr Handy klingelte? Ihr Handy klingelte. Val drehte sich wie ein Dackel auf der Jagd nach seinem eigenen Schwanz um sich selbst, während sie mit der rechten Hand unter ihrem linken Arm durchgreifend versuchte, das Telefon aus der Gesäßtasche zu zerren. Irgendwo in ihrem Hinterkopf registrierte sie noch, dass die Aktion unglaublich lächerlich aussehen musste, allerdings war sie außer Stande daraus eine logische Konsequenz zu ziehen. Schließlich kam sie an ihr Handy.

»Hallo, hallo?« Sie lauschte angestrengt.

»Hallo, Val?« fragte eine Frauenstimme.

»Ja?« Ihr angehaltener Atem entwich, statt dessen war ihr die Enttäuschung deutlich anzuhören.

»Hallo, Liebes, hier ist Andrea.« Ihr Gehirn verarbeitete noch die Information, dass es nicht Michael war.

»Hi«, brachte sie endlich zustande.

»Ich hab deine Nachricht erhalten, tut mir leid, dass ich mich erst jetzt melde, aber hier war so viel los … Wie geht's dir?«

»Ach, Andrea…« Ihre Stimme brach. Andrea, ihre liebe Englisch-Andrea, die Andrea, die bei Berlitz im Business-English-Kurs immer neben ihr gesessen hatte. Das war etwa zur gleichen Zeit gewesen wie die ersten Dates mit Michael. Andrea hatte sozusagen die letzten zwei Jahre von der ersten Minute an live miterlebt. Alle Höhen und Tiefen ihrer Beziehung hatte Andrea hautnah mitbekommen. Sie selbst war damals bereits ein halbes Jahr mit ihrem Speditions-Controller, Jens, zusammen gewesen.

Mittlerweile waren die beiden verheiratet und stolze Eltern einer kleinen Tochter. Sie überschlug es im Kopf, Sophie musste etwa zehn Monate sein. Ihr Hals schnürte sich zu, aber es tat so gut die Stimme ihrer Freundin zu hören.

»Was ist denn bloß passiert?« fragte Andrea. Val begann stockend zu berichten, von den letzten schönen Wochen, der Trennung aus heiterem Himmel und ihrer anschließenden Flucht nach Hamburg.

»Und er hat sich seitdem gar nicht mehr gemeldet?«, fragte Andrea empört.

»Doch … also … ja, schon … irgendwie …« Sie rang nach Worten und räusperte sich. »Doch er hat einmal angerufen.«

»Und?«

»Und na ja, es war mehr, um … um Formalien zu klären, meine Sachen und so.«

»Ist nicht dein Ernst! Er entscheidet mal kurz über deinen Kopf hinweg, dass er nach Singapur geht – und zwar allein – und dann zieht er das, ohne zu zögern durch und stellt dich vor vollendete Tatsachen ohne ein vernünftiges Gespräch mit dir?«

Ihr blieb eine Erwiderung im Hals stecken.

»Liebes, bist du noch da?«

»Ja.« Rauhes Krächzen.

»Man, da ist ja voll was mit ihm durchgegangen. Aber wart's ab, er wird sich besinnen. Erinnerst du dich noch an das Theater, das wir bei unserer Hochzeit hatten?« Jens hatte damals eine solche Panikattacke bekommen, dass er vor Angst vor einem Blackout bei seinem selbstgeschriebenen Gelübde hyperventiliert hatte und sie die Trauung um eine halbe Stunde verschieben hatten müssen.

Val musste wider Willen lächeln, aber ihre Augen füllten sich dennoch mit Tränen.

»Das war nicht wirklich vergleichbar, oder?«, sagte sie leise, erstaunt über ihren eigenen Realismus.

»Nein, na ja, vielleicht nicht ganz«, räumte Andrea ein. Sie gestand ihrer Freundin zu, dass sie es zumindest versuchte, sie abzulenken. Dennoch war selbst ihr klar, dass die Situation um einiges weniger rosig aussah – und eine Hochzeit konnte selbst sie mit ihrer hoffnungslosen Romantik derzeit nicht am Horizont erkennen.

»Aber Süße, ich wollte dir noch was anderes erzählen, vielleicht muntert dich das etwas auf.«

Andreas Stimme war ein paar Nuancen höher geworden und sie trällerte – vermutlich ohne es selbst zu bemerken.

Val wischte sich mit dem Handrücken über die Augen und konzentrierte sich.

»Hm«, machte sie.

»Sophie bekommt ein Geschwisterchen!« In jedem anderen Moment wäre ihre Begeisterung und Freude ansteckend gewesen und Val wäre die Erste gewesen, die mit ihrer Freundin um die Wette gekreischt hätte. Aber heute war alles anders. Ihr wurde schwarz vor Augen und ihr Magen zog sich wie unter einem Schlag zusammen.

»Du bist schwanger?«

»Ja.«

»Schon wieder?«

Ja?« Ihre Stimme klang weniger überzeugt und es schien Andrea zu dämmern, dass dies vielleicht doch nicht der ideale Zeitpunkt war, um ihrer Freundin die freudige Nachricht zu überbringen.

»Wie schön«, brachte Val noch heraus, dann brach sie in Tränen aus und schluchzte laut auf. Andrea am anderen Ende begann zu stottern und zu stammeln. Dann fing auch sie plötzlich an zu schniefen und an ihrem Ende der Leitung zu wimmern. Val fühlte sich furchtbar aus so vielen Gründen gleichzeitig, dass sie gar nicht alle hätte benennen können. Andrea hatte Jens fast zeitgleich kennengelernt und wo stand sie jetzt im Vergleich zu ihr? Warum war bei ihr alles so schief und aus dem Ruder gelaufen. Sie hätte ihren rechten Arm dafür gegeben, diejenige zu sein, die gerade verkündete, schwanger zu sein. Aber nein, sie war die, die allein in ihrem ehemaligen Kinderzimmer hockte.

Und nun brachte sie auch noch Andrea zum Weinen, weil sie so eine egoistische Ziege war, die sich nur um sich selbst drehte, doch es tat gerade alles so unendlich weh.

Die beiden Frauen wimmerten und stammelten, versicherten sich mit abgehackten Sätzen gegenseitig, wie leid es ihnen tue, fielen sich ins Wort, weinten wieder, unterbrachen sich erneut und rangen um Fassung.

Es dauerte volle zehn Minuten, bis Val endlich in der Lage war, den Schmerz so weit zu schlucken, dass sie Andrea beruhigen konnte. »Bitte, Liebes, denk nicht, dass ich mich nicht für dich freue …«

»Ich weiß«, schluchzte ihre Freundin.

»Wenn ich es jemandem von Herzen gönne, dann doch dir …«

»Ich weiß«, Andrea zog hörbar ihre Nase hoch, »ich wünschte doch auch …« Doch Val fiel ihr ins Wort.

»Nein, bitte lass doch. Es ist wirklich meine Schuld … Aber ich kann … Ich kann jetzt einfach nicht sprechen …« Tränen liefen ihr immer noch über die Wangen.

»Ich weiß«, Andrea fehlten Atem und Worte, »ruf mich bald an, ja?«

»Hm«, machte Val noch, dann entglitt ihr das Telefon und sie brach heulend auf dem Bett zusammen.

Von dem großartigen Gefühl, mit dem sie ihren dritten Fasttag gestartet hatte, war nicht viel übrig geblieben. Auch wenn sie sich zum Abend einfach ein weißes Blatt aus dem Drucker geangelt und ein paar Gedanken zu Papier gebracht hatte, fühlte sie sich nicht wirklich entspannter als sie zu Bett ging.

Oma Lotte hatte heute Abend auch irgendwie Probleme und Val hatte dem lautstarken Kampf zwischen Hannah und Lotte still beigewohnt, als es um das Abendessen ging. Sie saß auf ihrem Bett und presste die Hände auf die Ohren. Sie musste hier wirklich schnell raus.

TAG 5 – VIERTER FASTENTAG

Val hatte die Augen noch nicht einmal geöffnet, als sie bereits wusste, dass auch dieser Tag unerfreulich würde. Sie wollte sich gerade nochmal umdrehen, als ein brennender Schmerz durch ihren Oberschenkel zuckte. Sie stöhnte auf. Beim folgenden tiefen Einatmen stellte sie fest, dass auch ihr Bauch unter Spannung stand und als sie sich wenigstens den Schlaf aus den Augen reiben wollte, zwickte und ziepte es in der Schulter.

»Was zum Teufel…«, brummelte sie und versuchte ihre Gedanken zu sammeln, doch dann fiel es ihr wie Schuppen von den Augen: Muskelkater. Sie hatte ganz ordinären Muskelkater. Während sie sich aus dem Bett hoch quälte, grummelte sie halblaut weiter.

»Kann doch wohl nicht angehen … so'n bisschen joggen … Kann auch echt nichts mehr ab …«, hätte ein aufmerksamer Zuhörer aufgeschnappt.

Sie schlurfte ins Bad und putzte sich die Zähne. Ihre Knochen fühlten sich steif an und immer wenn sie gerade dachte, nun würde es gehen, strafte sie ein beißender Schmerz in der nächsten Bewegung Lügen. Val biss die Zähne zusammen und machte sich frisch. Zurück in ihrem Zimmer, fertig angezogen, ließ sie sich behutsam auf den Schreibtischstuhl sinken.

Auf ihrem Handy poppte die Kalendererinnerung an den bevorstehenden Termin beim Arbeitsamt auf und natürlich lag das Smartphone genau dafür in der richtigen Position, sodass sie es auch sofort sah. Ein innerer Monolog in Form eines Streitgespräches entbrannte an dessen Ende sie jedoch widerwillig einräumen musste, dass sie überhaupt keine Wahl hatte: Wenn sie auch nur die Chance auf einen Lichtsteif am Horizont haben wollte in dieser ganzen Misere, dann musste sie heute zum Arbeitsamt und sich ummelden. Sie seufzte. Sie konnte nicht auch noch ihr letztes bisschen Eigenständigkeit aufgeben. Das erneute Seufzen klang nach einer eindrucksvollen Runde Weltschmerz. Nacheinander zog sie die Schubladen des Schreibtisches auf, bis sie in der vorletzten endlich einen Stapel weißes Papier und eine Handvoll Buntstifte fand. Der Kugelschreiber, den sie am Abend zuvor in ihrem Shoppen gefunden hatte, war auf wundersame Weise schon wieder verschwunden.

Sie legte einen Zettel vor sich hin, strich ihn glatt und schrieb in großen roten Lettern den Titel: »To do«. Dann ließ sie die Hand wieder kraftlos sinken und sinnierte eine Weile über die Dinge, die sie jetzt irgendwie tun sollte, eigentlich gar nicht tun wollte, im Prinzip immer noch hoffte, nicht tun zu müssen, und um die ihr verbliebener Sinn für Realität dennoch befürchtete, nicht herumzukommen. Das Arbeitsamt schrieb sie an die erste Stelle. Das musste leider sein. Bewerbungen wanderten auf die Liste, dafür bräuchte sie ihren Laptop und diverse Unterlagen aus Düsseldorf. Sie zog eine senkrechte Linie auf dem Blatt und legte eine Unterliste an mit Dingen, die Michael ihr schicken musste.

Kaum trottete sein Name durch ihren Kopf, wurde eine Gedankenspirale aus der Kategorie »Hoffnung« ausgelöst: Sie wäre doch nicht für immer hier, sondern nur vorübergehend, bis er sie – bald – wieder nach Hause holen würde … Bei jeder Umdrehung bewölkten sich die Gedanken eine

Nuance mehr und die Gefühlstemperatur fiel viel zu schnell von hoffnungsvoll-sonnig Richtung hoffnungslos-Wolkenbruch. Unten in der Spirale angekommen – sprich auf dem Boden der Tatsachen – stand sie schon wieder kurz vor dem nächsten Heulkrampf. Sie schalt sich selbst eine dumme Kuh.

»Es geht nicht darum, ob er wieder kommt«, sagte sie energischer, als ihr zu Mute war, »sondern wann und darum, mich bis dahin zu beschäftigen. Dann bin ich entspannt und ruhig, wenn es soweit ist. So'ne hysterische Zicke wie ich jetzt gerade wieder bin – ha – das würde Mike gerade noch fehlen.«

Val war ein kleines bisschen stolz auf sich und ihre Vernunft, denn leicht war das nicht, wo ihr physisch und seelisch nicht nur im übertragenen Sinne alles weh tat. Sie kaute an dem Buntstift und überlegte weiter.

»Was muss ich noch tun?« Sie ließ den Stift sinken und starrte aus dem Fenster. Schwere umschloss ihre Glieder, selbst zum Blinzeln war sie plötzlich zu erschöpft.

Gleichzeitig verselbständigten sich ihre Gedanken wieder – und dieses Mal spielten sie den Song direkt in Moll. Michael war weg, mit einem Fuß schon in Singapur. Ihr Mike hatte sie verlassen. Er liebe sie nicht mehr. Hatte er sie überhaupt je geliebt? Hatte irgendeiner ihrer Ex-Freunde sie je geliebt? War sie überhaupt liebenswert? Tränen schossen ihr in die Augen und dieses Mal versuchte sie nicht einmal, sie zurückzublinzeln. Niemand würde sie jemals lieben. Sie würde für den Rest ihres Lebens einsam und allein sein. Sie würde hässlich werden und vertrocknen, wie ein alter Strauß Schnittblumen. Mein Gott, sie war fast dreißig, wer würde sie denn jetzt noch wollen? Und ihren Wunsch nach Familie, nach Kindern, konnte sie sich auch gleich abschminken. Der Zug war abgefahren. Ein für alle Mal. Ihre Augen liefen über und ein krächzender Schluchzer entrang sich ihrer Brust. Es war aussichtslos. Es würde nie wieder gut werden. Ihr Leben war hier und heute zu Ende. Sie könnte ebenso gut sofort sterben. Sie schluchzte laut auf, ließ den Kopf auf die Tischplatte fallen und begrub ihr Gesicht in den Armen. Im Grunde war sie doch schon längst tot. Wie sonst sollte man es nennen was sie hier gerade erlebte? Tod auf Raten. Das langsame Sterben der Valentina Bernard. Des Leidens letzter Akt.

Val heulte in einer Tour weiter, während ihr Kopf fröhlich weitere Horrorszenarien entwarf und ihr ihre persönliche Freakshow vorspielte: Sie, einsam zwischen Mutter und Großmutter. Sie, allein zu Weihnachten mit Lauras Familie, dem halben Dutzend Enkeln, die Oma Lotte und Hannah zum Lachen brachten. Ein kalter Schauer lief ihr über den Rücken, als der Film weiterlief und sie sich selbst ganz allein in diesem Haus sah: alt, verhärmt, vereinsamt. Laura würde sie aus Pflichtbewusstsein zu den Feiertagen einladen, aber immer und überall wäre sie nur das fünfte Rad am Wagen, das zu niemandem gehörte und das niemand gewollt hatte. Sie wimmerte. Vor ihrem inneren Auge sah sie ihrem sinnlosen, leeren Dasein entgegen und der Schmerz wurde unerträglich. Vielleicht würde sie sich sogar eine Katze anschaffen, nur damit sie wenigstens jemanden hatte, und sie würde eine von diesen komischen Alten werden, die ihre Haustiere wie Kinder verhätschelten und den ganzen Tag vor sich hin brabbelten.

Vor Schreck bekam sie Schluckauf und ihr immer schneller drehendes Gedankenkarussel geriet aus der Rotationsaxe.

»Ich hasse Katzen«, schniefte sie. Wider Willen musste sie lächeln. Sie hasste Katzen tatsächlich aus tiefster Seele. Wie sie sich immer so lautlos anpirschten und einem wie aus dem Nichts auf den Schoß sprangen – oder schlimmer noch ihr mit ihrem eklig schlängelnden Schwanz plötzlich um die Beine gingen. Val erschauerte und wischte sich energisch die Tränen aus dem Gesicht. Nein, eine Katze würde sie sich auf keinen Fall anschaffen. So weit war es noch nicht. So weit war es noch lange nicht. Noch hatte sie Optionen. Sie musste sich nur zusammenreißen und die Situation in den Griff kriegen. Sie hob das Kinn und eine letzte Träne tropfte auf das Blatt vor ihr. Sie strich sie und den Tränensee, der ihre »To Do-Liste« aufgeweicht hatte, weg und las die verschwommenen Zeilen. Arbeitsamt. Genau das würde sie regeln – und um alles andere kümmerte sie sich später.

Sie stieß den Stuhl zurück und stand auf. Schmerzen zuckte wie Peitschenhiebe durch ihre Oberschenkel und vor allem den Po. Der Tag fing wirklich bescheiden an.

»Bist du eher der »Reihenhaus-im-Grünen-Typ« oder mehr »Stadtvilla«?«

»Ich finde unsere Wohnung eigentlich ganz nett.«

»Eigentlich finde ich unsere Wohnung auch ganz nett, aber das ist ja nun kein Grund, hier auf ewig zu bleiben, oder? Auf Dauer brauchen wir mehr Platz.«

»Also ich finde 85 qm gar nicht mal so schlecht für den Anfang.«

»Ach Schätzchen …«

»Was denn?«

»Die 85 qm waren gar nicht mal so schlecht, als ich die drei Zimmer allein bewohnt habe. Zu zweit ist das echt eng.«

»Mike, was willst du mir sagen? Willst du umziehen, oder was?«

»Ja, warum denn nicht?«

»Liebling, ich sitz doch immer noch total zwischen Baum und Borke. Mit einem Fuß in Hamburg, mit einem in Düsseldorf und eigentlich lebe ich immer nur aus dem Koffer.«

»Ein Grund mehr ein gemeinsames Heim zu finden.«

»Schon, aber könnten wir nicht erstmal einfach nur zusammenziehen?«

»Und könnten wir das nicht gleich in der richtigen Wohnung oder besser noch in einem Haus, in dem wir dann auch beide ein Heim sehen?«

»Aber wäre es nicht viel günstiger, ich wäre vor Ort, damit wir uns die entsprechenden Objekte auch gemeinsam anschauen können?«

»Papperlapapp! Ist doch völlig egal, von wo aus wir die Termine machen und hingehen können wir doch sehr wohl am Wochenende zusammen, wenn du da bist.«

»Wenn du meinst …«

»Guck, das zum Beispiel …«

»Wo? Was meinst du?«

»Na, das da im Aushang, sieht das nicht super aus?«

»Also das ist jetzt aber weder Reihenhaus noch Stadtvilla.«

»Ist doch egal, guck dir bloß die Dachterrasse an, das Loft muss der Hammer sein.«

»Ja, und mit Sicherheit auch hammerteuer.«

»Sei nicht blöd, schließlich verdienen wir ja beide und ein bisschen Luxus muss auch mal drin sein.«

»Was machst du denn jetzt?«

»Ich will da nur eben anrufen und mir das Exposé schicken lassen.«

»Mike, es ist Sonntagnachmittag.«

»Ist das so? Egal, warte … Anrufbeantworter … Ja, hallo? Mein Name ist Michael …«

»Du spinnst echt …«

»So, die sollen mir das einfach mailen. Aber weißt du, im Grunde wäre es sowieso klüger, selbst zu bauen, dann könnten wir uns das echt ganz nach unseren Vorstellungen gestalten lassen. Hast du eigentlich einen Bausparvertrag?«

»Wie bitte?«

»Val, was ist los? Ich plane hier unsere Zukunft und du träumst?«

»Nein, nein, ich hör dir ja zu.«

»Soso und hast du also einen?«

»Einen was?«

»Einen Bausparvertrag?«

»Nein. Und du?«

»Nein, auch nicht. Aber kannst du dich da Montag gleich mal drum kümmern bitte, den brauchen wir nämlich dringend. Und dann lass dir auch gleich mal von deiner Hausbank eine Finanzierung durchrechnen.«

»Okay …«

»Ach und dann schick ich dir nachher gleich nochmal die Telefonnummer von einem Freund von mir. Er ist Architekt und baut so super Öko-Häuser. Das wäre doch was für dich, oder?«

»Ja, schon …«

»Na, siehst du, Andreas Röper heißt er, wird dir gefallen, hat auch manchmal so'n bisschen den Kopf in den Wolken wie du.«

»Sehr nett. – Und wo fahren wir jetzt hin?«

»Jetzt, meine Liebe, machen wir einen kleinen Abstecher nach Erkrath, mir ist gerad eingefallen, da baut einer unserer Partner. Soll

eine tolle Wohngegend sein, wenn man in Düsseldorf arbeitet und im Grünen bauen will.«

»Ach ja?«

»Nun mach mal nicht so ein erstauntes Gesicht. Ich werd uns ein super Haus bauen, wirst schon sehen. Und du kümmerst dich bitte am Montag bei Bank und Architekt um Termine.«

»Jaja … Aber …«

»Kein Aber. Du liebst mich doch, oder? Also vertrau mir.«

»Frau Bernard?« Die Stimme riss sie aus ihren Gedanken. Irritiert sah Val sich um und erblickte eine kleine Frau, bei der angegrautes Haar an einem mangelhaft nachgefärbten Ansatz zum Vorschein kam. Außerdem trug sie eine zu enge Bluse mit Blütenmuster, die um die Schulter und über der Brust spannte.

Sie besann sich, sprang auf und folgte der Frau an den Fahrstühlen vorbei zu ihrem Bearbeitungsplatz. Die Dame setzte sich ohne ein Wort und Val tat es ihr gleich. Mit einem Seitenblick auf das Namensschild, das neben dem Bildschirm stand, wagte sie einen Vorstoß in Sachen Höflichkeit.

»Guten Morgen, Frau Hektor.«

Die angesprochene sah sie an, als habe sie den Verstand verloren, während sie auf den verstreuten Papieren auf dem Schreibtisch herumtastete. Wenn die Dimension der Stapel ein Synonym für den Grad der Überarbeitung von Frau Hektor waren, dann war sie offenbar sehr überarbeitet. Die Sachbearbeiterin wurde schließlich fündig. Unter einem Stapel hellrosa Durchschläge zog sie ihre Lesebrille hervor und setzte sie auf. Sie betrachtete Val über deren Rand hinweg.

»Mein Name ist Wick, Frau *Doktor* Wick für Sie. Frau Hektor ist krank.«

Der letzte Teil klang wie ein persönlicher Vorwurf, nur war Val nicht ganz sicher, ob der in ihre Richtung zielte oder ob Frau Doktor Wick einfach auf Frau Hektor und deren Abwesenheit sauer war. Sie fühlte sich jedenfalls schlagartig unbehaglich und begann auf ihrem Stuhl unruhig hin und her zu rutschen. Ein erneuter Blick über den Brillenrand ließ sie auf ihrem Sitzkissen festfrieren.

Frau Doktor Wick faltet die Hände auf ihrem Papierhaufen (oder vielleicht waren das auch wirklich alles Frau Hektors Papiere) und musterte sie von oben bis zur Unterbrustlinie, denn mehr konnte sie von hinter dem Schreibtisch kaum sehen. Val kam sich albern vor. Die Frau hatte etwas komplett Verwirrtes an sich und strahlte gleichzeitig eine total überhebliche Autorität aus.

So ein bisschen, wie eine Verrückte, die Doktor und Patient mit vertauschten Rollen spielt, dachte sie und musste unwillkürlich grinsen. Der noch immer überaus strenge Blick ihres Gegenübers ließ sie sich jedoch sofort wieder am Riemen reißen.

Val hüstelte. Frau Doktor Wick räusperte sich, ohne sie aus den Augen zu lassen.

»Und Frau Bernard, was kann ich für sie tun?«

Auch sie räusperte sich.

»Ich muss mich hier vorübergehend melden.«

Frau Doktor hob eine Augenbraue.

»Vorübergehend?«

»Ähm ja … also ich bin jetzt in Hamburg … für eine Weile.«

»Und wie stellen Sie sich das vor?«

»Also Ihre Kollegin aus Düsseldorf sagte ..., nein, eigentlich hat sie da nichts genaueres gesagt«, stottert sie, kaute an ihrer Unterlippe und kapitulierte vorzeitig, »ich weiß auch nicht, ich hab mir da noch gar keine Gedanken zu gemacht.«

»Aha«, machte die Sachbearbeiterin und legte sorgsam die Fingerspitzen aneinander.

»Aber Sie möchten sich schon hier anmelden, oder?«

»Ja.« Val war vor dem Schreibtisch noch ein Stück kleiner geworden in ihrem Stuhl.

»Vorübergehend?«

Sie nickte nur noch.

»Das geht nicht.« Frau Doktor Wick nahm ihre Lesebrille wieder ab und legte sie sorgfältig auf einem Aktenstapel. Da sie nicht fortzufahren gedachte, sah Val sich gezwungen nachzuhaken.

»Wie meinen Sie, »das geht nicht«? Ihre Kollegin hat doch gesagt, dass wenn ich voraussichtlich länger als drei Wochen aus Düsseldorf weg bin, ich mich hier melden muss.«

»Richtig«, bestätigte Frau Doktor, ohne eine Miene zu verziehen.

»Aber?« langsam wallte Ärger in ihr auf.

»Nichts aber. Natürlich können Sie sich ummelden, aber das geht nicht vorübergehend. Ganz oder gar nicht.«

Ihre Haltung war unverändert und sie hatte die Information so nüchtern abgespult, als sei sie ein Tonband.

Val starrte sie mit offenem Mund an und begann dann wieder zu stottern.

»Ja … aber, was denn, wenn ich dann wieder nach Düsseldorf zurückgehe … also ich meine – bald?«

»Dann melden Sie sich eben dort wieder an – bald.«

Sie wollte noch einmal nachhaken doch ein weiterer strenger Blick, auch ohne Lesebrille, und sie schluckte ihren Widerspruch hinunter. Sie hatte keine andere Wahl, schon gar nicht gegen die Bürokratie. Sie ließ Kopf und Schultern hängen und murmelte:

»Okay, dann muss ich mich eben bei Ihnen anmelden – ganz.« Frau Doktor Wicks Augen blitzen plötzlich.

»Ihren Ausweis und die Meldebescheinigung bitte.« Die kleine Frau sah mit einem Mal höchst selbstzufrieden aus. Zunächst war Val perplex, doch als sie ihren Ausweis aus dem Portemonnaie gezogen und über den Tisch geschoben hatte, verwandelte sich das Gesicht ihres Gegenübers zunehmend in eine gehässige Fratze.

Sie piekte mit einem Finger, von dessen Nagel der rote Lack abgesplittert war, auf die Adresse.

»Das ist in Düsseldorf.«

»Ja«, bestätigte Val.

»Ich brauche Ihre hamburger Meldebescheinigung, wenn sie sich hier melden wollen.« Triumphierendes Lächeln.

Ihr platzte der Kragen.

»Aber ich wohne doch gar nicht in Hamburg. Ich bin hier nur …«

»Vorübergehend«, fauchte Frau Doktor Wick, »ich weiß, aber das gibt es nicht, verstanden? Und ich habe meine Zeit auch nicht gestohlen. Entweder Sie melden sich gefälligst ordentlich um und kommen mit den richtigen Papieren wieder oder eben nicht. In beiden Fällen sind wir jetzt jedenfalls fertig.« Sie hielt inne, atmete betont deutlich aus und wieder ganz die Form wahrend, wedelte sie Val mit einer Hand fort, als sei sie eine lästige Schmeißfliege.

»Husch, husch.«

Fassungslos starrte sie die Sachbearbeiterin an. Nachdem ihr zunächst alle Farbe aus dem Gesicht gewichen war, lief sie nun rot an. Sie wusste nicht, ob sie lachen oder weinen sollte. Diese Frau hatte doch nie und nimmer alle Tassen im Schrank. Noch völlig unter Schock sammelte sie ihre Sachen zusammen und verließ auf dem schnellsten Wege das Großraumbüro.

Zurück auf der Straße kam ihr die ganze Niederlage erst so richtig zu Bewusstsein. Frustriert stampfte sie mit dem Fuß auf.

»Verdammte Scheiße«, fluchte sie laut und ohne Rücksicht auf die anderen Passanten, die ihr vieldeutige Blicke zuwarfen. In ihrem Brass bemerkte sie das nicht einmal. Sie musste sich eine Zornesträne von der Wange wischen, »kann auch mal irgendwas glatt gehen?«

Wie auf Kommando passierten zwei Dinge gleichzeitig. Erstens zog sich ihr Bauch in einem Krampf zusammen und knurrte aufs Jämmerlichste und zweitens erklang Mozarts »Kleine Nachtmusik« aus dem Off. Weiterfluchend durchwühlte sie ihre Handtasche und fand das Smartphone dieses Mal erstaunlich schnell.

»Ja hallo?« Sie hatte geantwortet, ohne nachzusehen, wer anrief.

»Hallo Val.« Ihr Atem stockte, ihr Kopf war auf einen Schlag wie leergefegt.

»Val?«

»Ja, … hallo, Michael.«

»Michael? Seit wann rufst du mich denn bei meinem vollen Namen?«

»Naja, ähm … Mike.«

»Wollt nur mal hören, wie's dir so geht.«

Ihre Gedanken hatten wieder das Wirbeln begonnen und sie ergriff den ersten Gedanken, der einigermaßen klar war: »Keine Blöße geben.«

»Gut«, log sie.

»Sehr schön.« Klang er belegt? War er irritiert? Wollte er, dass sie nach Hause kam? Sie ermahnte sich, aufmerksam zu sein. Aber er hatte scheinbar noch nicht weitergesprochen. Vielleicht sollte sie …?

»Und dir?«

»Ja, ganz gut«, er lachte und es klang nicht echt. Dieses Mal war sie sich sicher. Doch ehe sie weiter darauf eingehen konnte, wechselte er das Thema.

»Und, was machst du so? Brauchst du irgendwas?«

»Sei unabhängig!« hallte es durch ihren Kopf. Sie hob das Kinn, zwang sich zu einem Lächeln, so wie sie es in der Kanzlei jeden Tag hundert Mal am Telefon getan hatte, und antworte: »Ach, ich komme gerade vom Arbeitsamt und jetzt muss ich schnell zum Ortsamt.«

»Oh.« Das wiederum klang ehrlich überrascht. Kein Zweifel. Ihr Herz jubilierte.

»Ja«, fügte sie hinzu und gab sich betont lässig, »so'ne Formalität, aber dann müsstest du mir bitte meinen Laptop schicken.« Sie erwartete ein Zögern, doch die Antwort kam wie aus der Pistole geschossen.

»Kein Problem, der ist schon unterwegs, zusammen mit deinem Tagebuch. Hab's gestern aufgegeben, sollte heute Vormittag bei dir sein.«

»Ah ja?« Das war das Letzte, womit sie gerechnet hatte. Er war ihr zuvorgekommen und hatte ihr unverhofft den Wind aus den Segeln genommen. Aber warum schickte er ihr ihre Sachen, wenn er doch wollte, dass sie nach Hause käme? Sie runzelte die Stirn, während er nun ausgerechnet an dieser Stelle zögerte. Sie rieb sich über die Schläfen, das lief alles schon wieder gar nicht planmäßig, aber was war denn eigentlich gerade der Plan gewesen? Sie war noch ganz mit dieser Frage beschäftigt, als Michael plötzlich aus dem Nichts anfing zu reden.

»Hab gestern an dich gedacht.« Vals Herz setzte einen Schlag aus. »Beim Einpacken.« Sie schluckte. »Na ja, war komisch, dein Laptop, dein Tagebuch und die anderen persönlichen Dinge von dir …« Ihr Herz machte einen Hüpfer.

»Plötzlich wurde mir klar, wie weit weg du bist …« Das Herz begann wie wild zu klopfen.

»…, und dass ich dich jetzt gern bei mir hätte.« Es schlug ihr bis zum Hals.

»Versteh mich nicht falsch, ich bin ja schließlich auch nur ein Mensch.« Er lachte und es klang noch seltsamer als zuvor, »na ja, ein Mann …« Ihr stockte der Atem, würde er es jetzt sagen, jetzt? Jetzt? JETZT?

»… und du fehlst mir einfach … so nachts im Bett und so. Du weißt schon, was ich meine.«

Ihr Kiefer klappte nach unten. Da sie keine Antwort rausbrachte, hielt er es offensichtlich für angebracht, noch bildlicher zu werden.

»Also ich meine, der Sex war schon echt voll geil, oder? Da hatten wir nie ein Problem, nicht wahr?« Val war immer noch unfähig, einen Ton herauszubringen. Sie nahm das Telefon vom Ohr und starrte es einen Moment lang entgeistert an. Dann nahm sie es wieder ans Ohr. »Val?« Es war eindeutig Michael am anderen Ende. »Val, bist du noch da?« Ihr Mike! War denn heute die ganze Welt verrückt geworden? In ihr herrschte Stille, Totenstille. Noch nie in ihrem Leben hatte sie sich so leer gefühlt. Würde aus dem Abgrund je wieder ein Gefühl erwachsen? Irgendein Gefühl?

»Val.« Mikes energische Stimme riss sie aus ihrer Erstarrung.

»Ich muss gehen«, sagte sie tonlos, war schon dabei das Handy vom Ohr zu nehmen, als ein Gedanke ihre Stumpfheit durchdrang und sie es noch mal hob, um hinzuzufügen: »Tschüss.« Ihre Stimme war so belegt, dass sie sich selbst nicht am Telefon erkannt hätte. Sie tippte auf den roten Hörer, ohne eine Antwort abzuwarten und steckte es in die Tasche.

Tief in ihr zerbrach etwas, aber noch konnte sie es nicht begreifen. Sie hatte keine Worte dafür. Nicht einmal Tränen hatte sie mehr. Sie wollte weg. Weg von hier, weg aus ihrem Leben, einfach nur weg. Langsam setzte sie sich in Bewegung. Immer einen Fuß vor den anderen positionierend, begann sie zu gehen. Ohne Ziel, ohne Plan, ohne Richtung, aber sie ging. Und sie wurde schneller. Rhythmischer. Energischer. Nicht einmal der sich regende und räkelnde Kater ihrer Muskeln konnte ihren Elan bremsen. Sie marschierte weiter, bis sie schließlich wie eine Dampflok vor sich hin stampfte und im gleichen Takt ihre Gedanken einen Weg zurück in ihr Bewusstsein fanden.

Auf halber Strecke zwischen Wandsbek und Sasel wich die Betäubung langsam Fassungslosigkeit und schließlich blanker Wut. Etwa zum gleichen Zeitpunkt fiel ihr auf, dass sie zwar zufällig in der richtigen Richtung unterwegs war, aber wohl kaum die nächsten acht Kilometer zurück zu ihrem Elternhaus laufen wollte. Also steuerte sie an der Chaussee die nächste Busstation an, um den Achter zu nehmen, der auch prompt kam.

Einmal mehr in ein inneres Streitgespräch vertieft, fand sie sich wenig später an der Endstation wieder, statt wie geplant an der Station davor ausgestiegen zu sein. Vor sich hin fluchend stieg sie aus dem Bus und folgte der Welle von Menschen auf die Verkehrsinsel. Sie ließ sich treiben, überquerte den Zebrastreifen und merkte erst dann, dass sie schon wieder in die falsche Richtung lief. Irritiert und verärgert stoppte sie, wandte sich dann abrupt um und stand in der nächsten Sekunde Nase an Nase mit Laura.

»Hoppla.« Ihre Schwester sah mindestens ebenso perplex aus, wie sie selbst, war aber auch nicht zurückgetreten. Sie eierten einige Momente in einem stummen Tanz umeinander, um jeweils auf die andere Seite zu kommen, wo sie eigentlich hingewollt hatten, und blieben dann erneut – dieses Mal mit dem gebührenden Abstand – voreinander stehen.

»Was machst du denn hier?« fragte Laura neugierig, und um das beidseitige Schweigen zu durchbrechen.

»Ich komme vom Arbeitsamt«, entgegnete erstere und versuchte sich zu erinnern, was sie hier eigentlich machte, »ach ja, und ich muss mich ummelden.«

»Wir haben Mittag.« Im gleichen Moment schien Laura aufzufallen, dass sie nicht mit einem beliebigen Klienten sprach, sondern mit ihrer Schwester. »Öhm …«, sie trat von einem Fuß auf den anderen, »aber du kannst ja trotzdem schon mit rüberkommen, ich mach das dann eben schnell zwischendurch.«

Val nickte wortlos, immer noch zu überrumpelt, um sich sichtbar über dieses Entgegenkommen zu freuen. Sie trotteten nebeneinander über den Poppenbütteler S-Bahnhof und sie überlegte, was das nun wieder in letzter Konsequenz bedeutete, wenn sie sich nun ummeldete. Konnte sie das noch werten als »ich pass mich der momentanen Situation an, aber gebe nicht auf« oder war das schon der Augenblick, wo sie ungewollt die Segel streichen musste? Und spielte das überhaupt noch eine Rolle?

»Und wie war es beim Amt?« Lauras Frage riss sie aus ihren Gedanken.

»Oh … ähm … ganz okay, ich konnte mich halt nicht anmelden … dafür muss ich erst umgemeldet sein.« Ihre Schwester nickte und schwieg wieder.

Sie betraten das Ortsamt durch einen Seiteneingang. Laura stempelte sich aus der Pause aus und sie gingen durch das unbeleuchtete Büro zu ihrem Abwicklungsplatz.

»Setz dich ruhig schon, ich häng nur eben noch meine Jacke auf.« Wieder nickte Val und ließ sich stumm auf die Kante des Besucherstuhls sinken. Sie ließ den Blick über den Schreibtisch ihrer Schwester wandern und er blieb an einem Frosch hängen, der auf einem Seerosenblatt saß und grinste. Sie legte den Kopf schräg. Lauras Froschliebe schien sich also mit den Jahren nicht gelegt zu haben. Sie schmunzelte. Das Lächeln erstarb jedoch sofort wieder, als sie das Bild mit dem glücklichen Paar daneben entdeckte.

Jonas, der Laura von hinten umarmte, beide strahlten um die Wette in die Kamera. Das Foto war vor zwei Jahren auf Korfu aufgenommen worden, in ihrem ersten gemeinsamen Urlaub. Sie musste hart schlucken und blinzelte mehrmals.

Laura kam zurück und setzte sich hinter den Schreibtisch, ohne den inneren Kampf ihrer Schwester zu bemerken. Sie weckte ihren Bildschirm und sagte in professionellem Ton:

»Dann brauche ich deinen Personalausweis, bitte, und sechs Euro. Willst du mit Karte zahlen?« Val, die immer noch mit einer Flut Erinnerungen an unvollendete und unrealisierte Urlaubsplanungen rang, nickte auch dieses Mal nur.

Lauras Haltung versteifte sich, was Val wiederum entging.

Sie presste die Lippen zusammen und füllte für ihre Schwester den Ummeldebogen aus und klebte ein Adressschildchen mit Stempel auf ihren Ausweis. Val tippte auf ihr Geheiß tränenblind ihre Geheimzahl in das Pinpad und starrte dann wieder auf ihre Hände. Gänzlich in ihren stummen, inneren Kampf vertieft.

Als sie fertig war, schob Laura den Personalausweis über den Tisch. Val hatte immer noch einen Kloß im Hals und vermied es, den Blick zu heben.

»Danke«, brachte sie heraus.

»Keine Ursache«, antwortete ihre Schwester förmlich. Sie zögerte, dann fügte sie jedoch hinzu: »Ich wünschte, du würdest mir nicht das Gefühl geben, dass ich was für dein Unglück kann.« Val fiel aus allen Wolken und fand schlagartig ihre Stimme wieder.

»Was? Was meinst du?«

»Na, ich will dir helfen und du sitzt hier und maulst mich

nur an, als ob es meine Schuld sei, dass es dir … naja, gerade nicht so gut geht.« Sie lehnte sich zurück und verschränkte die Arme vor der Brust. Ihr Kinn hob sich.

»Wenn überhaupt jemand dafür verantwortlich ist, dann ja wohl nur ihr beide, also Michael und du.« Val versuchte nach Luft zu schnappen, doch ihre Gegenwehr ertrank in einer Flut von Tränen, die just den letzten Damm gebrochen hatten. Sie kämpfte, bekam jedoch kein Wort über die Lippen. Als ihr vor lauter unausgesprochener Erwiderung drohte, schlecht zu werden, raffte sie hastig ihre Sachen zusammen. Sie warf einen letzten völlig verstörten Blick auf ihre kleine Schwester, die sie grimmig ansah und stürzte dann aus den menschenleeren Amtsräumen.

Sie hatte keine Ahnung, wie sie nach Hause gekommen war. Sie lag im Bett und trotzdem fühlte es sich an, als würde sich die Welt um sie herum drehen. Ihr war so übel. Ihr leerer Magen rebellierte und weil knurren nichts half, schien er sich selbst zu verdauen. Kälte kroch ihr die Wirbelsäule hoch, doch sie würgte die ebenfalls aufsteigende Galle erfolgreich hinunter. Mit offenem Mund und geschlossenen Augen lag sie hechelnd da und betete, dass dieser Tag endlich zu Ende gehen möge. Sie hoffte aus diesem Alptraum aufzuwachen … oder, dass wahlweise eben ihr Leben endlich vorbei wäre. Es war ihr egal.

Sie fing an zu weinen, obwohl der letzte Heulkrampf noch keine Viertelstunde her war. Es war genug – nein – zu viel! Definitiv zu viel!

Nicht genug getrunken – Hunger – Übelkeit – Michael – Laura … Sie konnte einfach nicht mehr und schaffte es in letzter Sekunde ins Bad zu rennen, ehe sie sich erbrach. Mit einem Arm klammerte sie sich am Klodeckel fest, während sich der Raum weiter drehte und kalter Schweiß aus jeder Pore ihres geschundenen Körpers drang. Sie wimmerte, doch außer etwas übelriechender Galle hatte sie nichts hochgewürgt. Mit schmerzverzerrtem Gesicht rappelte sie sich auf die Knie, um wenigstens die Spülung zu betätigen. Wie durch Nebelschwaden realisierte ihr Geist, dass sie hier nicht bleiben konnte, also krabbelte sie auf allen vieren zurück in ihr Zimmer und gelangte mit letzter Kraft ins Bett. Der Schlaf übernahm gnädig und überblendete langsam den unerträglichen Schmerz in Kopf und Herz.

Stunden später, als ihre Mutter Oma Lotte bereits abgeholt hatte, klopfte es zaghaft an der Zimmertür. Val drehte den Kopf, blieb allerdings liegen. »Ja?« Hannah schob die Tür ein Stück auf. Sie ließ ihren Blick durch den Raum schweifen, der im aktuellen Zustand scheinbar auch ihrem Ordnungssinn genügte, und blieb dann an ihrer Tochter hängen, die flach wie eine Flunder auf dem Bett lag.

»Engelchen, hast du schon was gegessen?« Sie hätte mit den Augen gerollt, aber selbst dafür fehlte ihr gerade die Kraft.

»Nein«, entgegnete sie einsilbig.

»Machst du dir heute gar keine Brühe warm? Die steht noch im Kühlschrank …«

»… und dir im Weg«, vollendete Val den Satz ihrer Mutter wenig freundlich. Verletzt sah diese sie an.

»Nein, das meine ich nicht, ich dachte nur, es wäre wichtig, dass du sie frisch zu dir nimmst, und ich hätte sie dir sonst mit warm gemacht, wenn ich jetzt unser Essen aufsetze.« Sie wusste, dass sie völlig zu Unrecht gemein zu ihrer Mutter war und ihre schlechte Laune an ihr ausließ, aber so daneben wie sie sich fühlte, war sie für »nett« heut einfach nicht mehr zu gebrauchen.

»Schütt sie einfach weg, wenn sie dir im Weg ist … so machen das die Leute doch, wenn sie was nicht mehr wollen, sie schmeißen es einfach weg … Suppen, Beziehungen …« Sie hatte sich abgewandt und murmelte die Wand an. Ansonsten hätte der mitleidige Blick, den ihre Mutter ihr zuwarf, sicher wieder ihr Blut zum Kochen gebracht. So zog Hannah sich einfach nur still zurück und die Tür ins Schloss.

Eine halbe Stunde später klopfte es wieder. Val war eingedöst und schreckte hoch.

»Was?«

Wieder war es ihre Mutter, die dieses Mal die Tür sogar aufschob und mit einem Tablett bewaffnet das Zimmer betrat. Ohne eine Einladung abzuwarten, ging sie hinüber zum Tisch und stellte es ab.

Val lief bei dem Duft der warmen Gemüsebrühe das Wasser im Mund zusammen und ihr Magen stimmte ein knurrendes Konzert an.

Hannah richtete Teller, Serviette und den Löffel nochmal hübsch an, lächelte ihrer Tochter zu und ging dann wortlos wieder hinaus. Die hätte vor Scham im Boden versinken wollen, womit hatte sie so viel Freundlichkeit verdient? Aber sie war zu hungrig für ein schlechtes Gewissen und sprang umgehend auf, um sich über ihr Abendbrot her zu machen. Sie bereute den Elan sofort. Ihr ganzer Körper zelebrierte die Sache mit dem Muskelkater in höchster Ekstase. Nur ihr Kreislauf machte blau und um ein Haar wäre sie vor Erreichen des Stuhls wieder ohnmächtig geworden. Nachdem sie sich allerdings ordentlich hingesetzt und wieder gesammelt hatte, war jeder Löffel ein absoluter Hochgenuss und belebte ihren Körper von innen heraus. Das Aroma schien sie von Kopf bis Fuß zu durchströmen und wenn das möglich war, sogar dem bockigen Kater um den Bart zu gehen, sodass auch er ein wenig die Krallen einfuhr.

Schluck für Schluck spürte sie, wie auch ihr Kampfgeist wieder erwachte.

Ja, im Moment war es Scheiße. Aber so würde es nicht bleiben. Und Montag würde sie das mit dem verdammten Amt klären. Energisch löffelte sie die Brühe bis zum letzten Tropfen auf.

Morgen war sie seit einer Woche hier. Sie konnte den Gedanken gar nicht so schnell wieder abschütteln, wie er aufgetaucht war. Grimmig stellte sie das Geschirr zusammen und wollte gerade aufstehen, um das Tablett nach unten zu tragen. Doch dann entschied sie sich lieber wieder ins Bett zu kriechen … Morgen war auch noch ein Tag …

TAG 6 – FÜNFTER FASTENTAG

Als sie aufwachte, war es mitten in der Nacht. Sie wusste das, auch ohne auf die Uhr gesehen zu haben, denn der Mond schien in ihr Zimmer. Eine Weile lag sie in der Dunkelheit, lauschte in die Stille des schlafenden Hauses und versuchte herauszufinden, was sie geweckt hatte. Sie fühlte sich nicht schlecht, zumindest nicht, solange sie es vermied, sich zu bewegen. Ohne großen Durst trank sie einige Schlucke und ließ sich dann zurück in die Kissen sinken. An Schlaf war nicht mehr zu denken. Ihre Gedanken waren so klar, wie seit langem nicht mehr. Aber sie wollte jetzt nicht denken, sie wollte schlafen. Jetzt war es Zeit zum Schlafen.

Val warf sich nach links, rollte sich zusammen, zog die Decke bis zur Nase und presste die Augen fest zu. Es half nichts. Auch auf der anderen Seite blieb die Ruhe aus. Sie war hellwach. Mit einem hörbaren Seufzer rollte sie zurück auf die linke Seite und starrte in die Dunkelheit.

Dann fiel ihr etwas ein, was sie vor langer Zeit einmal gelesen hatte, vermutlich in einem der Artikel, die sie über das Fasten recherchiert hatte: Der fastende Körper kam mit weniger Schlaf aus, weil er weniger Energie verbrauchte, da ja der Großteil der Verdauung ausfiel!

Sie rollte mit den Augen, ohne die Lider zu öffnen.

Na, ganz toll, dachte sie und presste die Augen noch fester zu. Statt sich über die gesunde Reaktion ihres Körpers zu freuen, verfluchte sie, dass ihr somit der Ausweg in den bewusstlosen Schlaf verwehrt blieb. Wie lange sie so dalag und mit ihrem Schicksal haderte, war nicht klar. Am Ende jedoch schlief sie doch wieder ein und verfiel in unruhige Träume.

Am frühen Morgen wurde sie von ihrem eigenen Schrei geweckt.

»Nein!« Schwer atmend saß sie senkrecht im Bett. Gerade hatte sie geträumt, dass ihre Mutter ihr mitgeteilt hatte, dass sie nun doch wieder das Haus für sich bräuchte, weil Dieter einziehen wollte und sie nun mal sehen müsste, dass sie weiterkäme und am besten nähme sie Großmutter gleich mit. Oma Lotte saß während der ganzen Zeit auf einem feuerroten Koffer, der mit jeder Erwiderung von einer der beiden Kontrahentinnen zu wachsen schien. Sie schaukelte fröhlich mit den Beinen und fragte immer wieder:

»Und wo soll es jetzt hingehen?« Sie hatte einen Reisehut auf, der Val an ihre Kindheit erinnerte, als sie mit alten Fotos von Oma hatte spielen dürfen. Sie diskutierte, sie argumentierte, schrie, weinte, doch nichts, absolut nichts brachte die Hannah in ihrem Traum weder a) aus der Fassung noch b) zur Einsicht. Es endete damit, dass Oma Lotte auf einem Koffer so hoch wie ein Haus thronte und Hannah Val eine nicht mindergroße Tür vor der Nase zuschlug. Sie heulte auf und weckte sich selbst mit ihrem Gebrüll.

Ihr Tag begann mit der gleichen Emotion, wie der letzte aufgehört hatte: Wut.

Sie stand also wütend auf, putzte wütend ihre Zähne, zog sich wütend an. Weder ihr rosiger Teint noch der feste Bauch oder die Tatsache, dass sie den Gürtel zwei Löcher enger schnallen konnte, fielen ihr in ihrem Zorn auf.

Sie stampfte runter in die Küche und goss sich immer noch wütend Orangensaft ein. Als sie oben die Schlafzimmertür ihrer Mutter hörte, rauschte gleich wieder das Blut in ihren Ohren. Ihr Verstand gebot ihr noch insofern Einhalt, als dass er ihr verbot, sie für die Auseinandersetzung im Traum zur Rede zu stellen und sie bei der erstbesten Gelegenheit anzubrüllen. Stattdessen ging sie in der Küche auf und ab, lauerte, bis sie ihre Mutter aus dem Bad zurück ins Schlafzimmer gehen hörte. Dann sprintete sie die Treppe hoch in ihr Zimmer, bemüht jeder Konfrontation aus dem Weg zu gehen. Die Tür knallte hinter ihr ins Schloss. So würde es wenigstens auch keiner wagen, reinzukommen und ihr noch mehr auf die Nerven zu gehen.

Ihre Rastlosigkeit verhinderte, dass sie sich setzen konnte. Ihr blieb nichts anderes übrig, als in dem kleinen Raum auf und ab zu tigern. Drei Meter durchmaßen sich schnell und sie kam sich binnen Minuten vor, wie eine Raubkatze im Käfig, was ihre angespannten Nerven keineswegs besänftigte. Sie musste hier raus. An die frische Luft. Der erst halb abgeklungene Muskelkater hin oder her! Val warf sich in ihre Joggingklamotten, schlang beim Anblick der Eisblumen am Fenster noch einen Schal um ihren Hals und machte sich dann auf den Weg nach unten.

Im Vorbeigehen erhaschte sie einen Blick auf Oma Lotte, die mit verwirrtem Blick auf ihrer Bettkante saß und sich mit Händen und Füßen dagegen wehrte, das Nachthemd ausgezogen zu bekommen.

»Es ist noch nicht Zeit zum Aufstehen, was sind Sie bloß für ein störrisches, dummes Ding?« Sie erkannte ihre eigene

Tochter nicht. Natürlich hatte Val gewusst, dass Oma manchmal etwas »wunderlich« war. Schließlich wohnte sie nicht umsonst bei Hannah. Nachdem es zweimal vorgekommen war, dass die Lotte ohne Mantel und in Hausschuhen am anderen Ende der Stadt an der Endstation des Busses gefunden worden war, hatte die Familie Kriegsrat halten müssen. Ihre Mutter hatte sofort und ohne Widerrede zu dulden entschieden, dass es Zeit wäre, Oma zu sich zu holen.

Val hatte mit allem nötigen Fingerspitzengefühl versucht, ein Altenheim ins Gespräch zu bringen, doch für Hannah war das undenkbar gewesen. Sie wäre sich vorgekommen, als ließe sie ihre Mutti allein, die nach dem Verlust von Opa Joseph doch auch niemand sonst mehr gehabt hatte. Das war schlimm gewesen, sehr schlimm für alle, doch am härtesten hatte es Laura getroffen. Laura, die Opa Joseph mehr als jeder andere vergöttert hatte. Und keine der drei Frauen wollte nun diejenige sein, die die Großmutter im Stich ließ. Wenigstens hatte Hannah eingewilligt, Oma Lotte tagsüber in einer Einrichtung betreuen zu lassen. Das hatte bislang immer ganz gut funktioniert.

Die Diagnose Alzheimer war zwar noch nicht offiziell gestellt, aber Mama hatte in der jüngsten Vergangenheit die eine oder andere Andeutung gemacht, dass Oma Lotte immer öfter »schlechte-Kopf-Tage« hatte. Tage, an denen ihr die Erinnerungen ihrer Kindheit viel näher waren als die vorangegangene Mahlzeit. Heute war eindeutig ein »schlechter-Kopf-Tag«. Val stand vor Entsetzen gelähmt da und beobachtete den ungleichen Kampf. Hannah redete leise und mit Engelszungen auf Großmutter ein. Schließlich hatte sie ihr genug Zweifel eingehaucht, dass die alte Dame wenigstens einen Morgenmantel akzeptierte. Im Umdrehen gewahrte sie Val. Ihre Blicke begegneten sich für den Bruchteil einer Sekunde. Zuneigung lag darin und ein Hauch Verzweiflung.

»Hannah, gut dass du da bist, diese Frau will, dass ich mitten in der Nacht aufstehe …« Ihre Großmutter hielt sie für ihre Mutter. Die stand hilflos daneben und zuckte mit den Schultern, doch der Schmerz in ihren Augen war überdeutlich lesbar. Val schnürte sich der Hals zusammen und sie musste sich abwenden. Sie fühlte sich wie ein Störenfried in einem zutiefst intimen Augenblick und schämte sich, sowohl für ihr Eindringen als auch für ihre Unfähigkeit zu helfen und am allermeisten für ihren immer noch nicht abgeklungenen Zorn.

Blind stürzte sie die Treppe hinunter und aus der Haustür.

Sie lief dieselbe Strecke wie wenige Tage zuvor, ohne einen Gedanken an ihren Atemrhythmus, Puls oder die Distanz zu vergeuden. Sie lief, als habe sie Flügel an den Schuhen und merkte es nicht einmal. Dem Muskelkater schien es sogar gut zu tun, die letzten Krämpfe aus den Beinen zu schütteln. Als sie nach nur knapp 45 Minuten wieder vor der Haustür ankam, zögerte sie hineinzugehen.

Noch immer hatte sie das Bild ihrer Großmutter nicht abschütteln können, und tief in ihr grollte auch noch diese blinde und grundlose Wut.

Sie schlich sich in den Flur und sobald sie Stimmen aus der Küche vernahm, beeilte sie sich, unbemerkt nach oben und ins Bad zu kommen. Die heiße Dusche spülte wenigstens einen Teil der Anspannung aus ihren Schultern. Aber mit ihr löste sich auch erneut eine Flut Tränen, die der Wut-Damm vorher zurückgehalten hatte, und sie schluchzte, während das Wasser auf ihren Kopf prasselte.

Es dauerte, bis sie sich fangen konnte und so gelang es ihr, erst wieder aus dem Bad aufzutauchen, als ihre Mutter und Großmutter sich bereits auf den Weg gemacht hatten. Den gerufenen Abschiedsgruß hatte sie unerwidert im Treppenhaus verhallen lassen, obwohl sich erneut ihr schlechtes Gewissen regte.

»Egal«, rechtfertigte sie ihr mieses Benehmen, »ich bin in einer gefühlsmäßig sehr angegriffenen Verfassung.« An großen Worten fehlte es ihr jedenfalls nicht, so viel stand fest.

Verlassen gefiel ihr das Haus nun aber auch wieder nicht.

Nachdem sie sich angezogen und Tee in der Küche getrunken hatte, saß sie da und starrte aus dem Fenster. Sie hatte den kleinen Zettel mit der Armbanduhr, der vorne auf dem Tresen lag, zwar schon beim Hereinkommen aus dem Augenwinkel bemerkt, ihn jedoch geflissentlich übersehen. Beim Hinausgehen hingegen war sie zu neugierig.

»Falls du heute zum Markt kommst, wäre es lieb, wenn du mir bei Sterns eine neue Batterie in meine Armbanduhr machen lassen könntest. Wünsche dir einen schönen Tag. Kuss Mama«, las sie und ihre Laune sank sofort wieder unter den Nullpunkt. Jedoch konnte sie die künstliche Empörung, die in ihr aufkommen wollte, nicht lange aufrechterhalten, dann siegte die Vernunft. Hannah konnte schließlich nichts für ihre verrückten Träume. Sie hatte sie hier ohne Fragen oder Bedingungen aufgenommen, da war es ja wohl eine Selbstverständlichkeit, dass sie ihr solch einen kleinen Gefallen erwies. Sie schloss die Augen und atmete betont langsam aus. So viel klarer Verstand war ja nicht zu ertragen. Aber ja doch, etwas mehr frische Luft würde ihr in keinem Fall schaden, vielleicht würde ihr im Gegenteil ein bisschen mehr Abkühlung sogar ganz guttun. Sie schnappte sich die Uhr und ging auf die Suche nach ihrer Jacke.

Als sie am Markt am ersten Schaufenster vorbeikam, schenkte sie ihrer Reflexion noch kaum Beachtung. Auch die zweite nahm sie nur aus dem Augenwinkel wahr. Erst vor dem dritten Fenster blieb sie stehen und sah sich von oben bis unten an.

Ihre Wangen waren vom zügigen Gehen und der Laufrunde am frühen Morgen rosig und ihre Augen funkelten. Ein Windstoß fuhr ihr durchs Haar. Sie zog die Schultern hoch und stieß die Hände tiefer in die Taschen ihrer Jacke. Ihr Blick wanderte abwärts und blieb auf Höhe ihrer Hüfte hängen. Val runzelte die Stirn. In Zeitlupe drehte sie sich nach links und rechts und begutachtete ihren Po. Sie wippte auf den Zehenspitzen und ein Lächeln breitete sich auf ihrem Gesicht aus. Mit den Daumen in die Taschen ihrer Jeans eingehakt, zog sie den Bund hoch.

»Wow«, dachte sie, »nicht schlecht, die Hose sitzt ja richtig locker.«

Einen weiteren Moment lang genoss sie ihren Anblick und ging dabei gedanklich ihren Kleiderschrank durch. Das hellgraue Kostüm müsste ihr jetzt wieder passen und das rote Neckholder-Sommerkleid. Von dem Kleid schweiften ihre Gedanken zu der Gartenparty, auf der sie es zuletzt getragen hatte und dann poppte unvermeidlich die Erinnerung an ihren Begleiter hoch – Mike. Ihr Lächeln erlosch. Michael, der Kerl, der sie so schmählich hatte hängen lassen und dem im Nachhinein nichts Gescheiteres einfiel, als dass er den Sex vermisste. Der Zorn war wie auf Knopfdruck aus seiner 5-Minuten-Pause zurück. Val zog den Kopf wieder tiefer zwischen ihre Schultern und überquerte mit langen Schritten den Marktplatz. Juwelier Sterns Geschäft lag auf der anderen Straßenseite vor ihr.

Das Glöckchen über der Tür bimmelte bei ihrem Eintreten. Der kleine Laden war leer, wie sie auf den ersten Blick feststellte, und im hereinfallenden Licht tanzten Staubkörner in der Luft.

»Guten Morgen«, sagte sie und als nichts geschah, wiederholte sie lauter, »guten Morgen«. Da sie keine Antwort erhielt, begann sie die Auslagen in den Vitrinen zu betrachten. Silberne Leuchter und Besteck, Perlenketten in verschiedenen Längen und Tönen und Korallenschmuck lagen dort in schlecht beleuchteten Schaukästen. Die Glasregale waren von einer hauchdünnen Schicht Staub bedeckt. Und seit wann war überhaupt Koralle wieder IN?

»Kann ich Ihnen helfen?« Sie wirbelte herum. Hinter der Theke stand Frau Stern. Wie immer war sie sorgfältig zurecht gemacht mit einem strammen, stahlgrauen Dutt am Hinterkopf. Sie blickte prüfend über den Rand ihrer Brille, die an einem Perlenkettchen um ihren Hals befestigt war. Val lächelte unwillkürlich. Seit ihrer Kindheit hatte ihr

Gegenüber sich kein bisschen verändert. Sie hätte tatsächlich schwören können, dass die Brille immer noch dieselbe wie damals war. Ihr Mann und sie führten das Geschäft nun schon in vierter Generation.

Die beiden hatten sicherlich gehofft, das Geschäft eines Tages an ihren Sohn übergeben zu können, doch ihr lieber Jochen hatte wohl andere Pläne gehabt. Er war vor einigen Jahren mit einer Kundin durchgebrannt, was damals für einen lokalen Skandal gesorgt hatte. Die Dame war niemand anderer als Frau Mettmer, deren Mann, Heiner, wiederum der Leiter der ansässigen Sparkassenfiliale war. Herr Mettmer wiederum war ein Stammkunde gewesen, immer großzügig und spendabel, um seine fünfzehn Jahre jüngere Frau bei Laune zu halten. Böse Zungen behaupteten, dass der Verlust dieses zahlungskräftigen Kunden die Sterns viel härter getroffen hätte, als der ihres eigenen Nachwuchses. Val, die Jochen noch aus der Grundschule kannte, hatte nie erfahren, was aus ihm geworden war. Sie machte eine gedankliche Notiz, ihre Mutter danach zu fragen.

Sie trat einen Schritt auf die kleine Frau hinter dem Tresen zu.

»Guten Tag, Frau Stern«, sagte sie und trat in den Lichtkegel der Arbeitslampe, der einzigen Lichtquelle, die über dem Tresen hing.

Die angesprochene kniff die Augen zusammen, dann trat erst langsam Erkennen und kurz darauf ein geschäftsmäßiges, aber dennoch freundliches Lächeln in ihr Gesicht.

»Valentina … ähm, ich meine natürlich Fräulein Bernard.« Val lachte auf. Frau Stern war mit Sicherheit der letzte Mensch, der immer noch hartnäckig am »Fräulein« festhielt.

»Bitte sagen Sie ruhig weiter Valentina, schließlich weiß ich immer noch, wo bei Ihnen hinterm Tresen das Glas mit den Bonbons steht.«

Ein Grübchen bildete sich auf der Wange der kleinen Frau und ein paar Lachfältchen um die Augen verrieten, dass dies ein echtes Lächeln und die Jahre eben doch nicht so spurlos an ihr vorüber gegangen waren.

»Valentina«, sagte sie und musterte sie unverhohlen von Scheitel bis zur Sohle. In einem kindlichen Reflex verbarg Val ihre Hände hinter dem Rücken, als müsse sie immer noch befürchten, für schmutzige Fingernägel gerügt zu werden.

»Dich habe ich aber lange nicht gesehen.« Vals Lächeln verrutschte und sie wandte den Blick zum Boden. Frau Stern sah professionell darüber hinweg.

»Was kann ich denn für dich tun? Und wie geht es deiner Mutter?« Dankbar für die Richtung, die das Gespräch nahm, antwortete sie wie aus der Pistole geschossen.

»Gut, sie schickt mich mit ihrer Uhr.« Sie kramte das gute Stück aus ihrer Tasche und legte es auf den Samtbelag des Tresens.

»Sie braucht eine neue Batterie«, fügte sie hinzu.

Frau Stern ergriff sie und hob sie auf Augenhöhe, um sie genauer zu betrachten. Sie nickte kurz: »Das haben wir gleich.« Sie verschwand durch den schweren Samtvorhang hinter ihr.

Val blieb allein im Laden stehen. Es dauerte jedoch keine fünf Minuten, ehe die Juweliersgattin mit der Uhr in der

Hand wieder auftauchte. Sie polierte noch das Zifferblatt und legte sie dann zurück auf den Tresen.

»Siehst du«, sagte sie, »und schon geht sie wieder.« In der Tat lief der Sekundenzeiger wieder und die Uhr war sogar gestellt.

»Danke«, sagte Val und lächelte, »was bekommen Sie?«

»Sieben Euro, bitte«, erwiderte Frau Stern, während sie händisch eine Quittung ausstellte. Das Original spießte sie auf einen langen Nagel neben der Kasse, den Durchschlag reichte sie Val. Die schob im Austausch ihre EC-Karte über den Tresen.

Nach der Abrechnung ließ sie Val den Beleg gegenzeichnen und reichte ihr die Quittung. Dann hielt sie jedoch in der Bewegung inne und sah ihr direkt in die Augen.

»Richtig, jetzt erinnere ich mich, deine Mutter sagte, du seist umgezogen … was hat sie noch gesagt? Dortmund? Nein, Düsseldorf. Genau Düsseldorf. Und wie gefällt es dir dort?«

Ihr war mit einem Schlag alle Farbe aus dem Gesicht gewichen.

»Oh … ähm … also …« Sie hatte angefangen loszustottern, lange bevor ihr Kopf eine Antwort formuliert hatte, und nun wo sie schon einmal unterwegs war, war daran auch nichts mehr zu ändern. Es kam einfach nichts Gescheites. Sie schloss den Mund wieder und senkte den Kopf.

Frau Stern hatte eine Augenbraue hochgezogen und die Lippen kräuselten sich. Val wand sich.

»Ich … ich bin nicht mehr dort.«

»Ach nein?«

»Nein.«

»Oh.« Die kleine Frau hinter der Theke schwieg einen Moment.

»Na, das war ja dann auch nur ein kurzes Intermezzo.« Ihr klappte der Unterkiefer auf die Brust. So viel Sarkasmus hatte sie Frau Stern gar nicht zugetraut. Ehe sie wieder in ihren Strudel von dunkler Trauer und Zorn abtauchen konnte, spürte sie etwas anderes: um ihren linken Mundwinkel zuckte es verdächtig. Ein Grinsen kroch in ihr Gesicht, das nicht frei von Schmerzen, doch unverkennbar ein zynisches Lächeln war.

Langsam begann sie zu nicken.

»Ja«, stimmte sie zu und strich sich eine Strähne aus der Stirn, »das war es wohl.« Sie ergriff die Uhr und ließ sie in ihre Tasche gleiten. »Dankeschön und grüßen sie ihren Mann.«

Frau Stern nickte ihr lächelnd nach, doch beim Schließen der Tür sah Val, wie sie sich kopfschüttelnd abwandte.

»… diese jungen Leute heutzutage.«

Sie hatte die Ladentür noch nicht richtig hinter sich geschlossen, als ihre Gefühle schon wieder begannen einen gefährlichen Cocktail aus verschmähter Liebe, Wut, Aggression und enttäuschter Hoffnung zu mixen. Geschüttelt, nicht gerührt!

Sie blieb einen Moment lang auf der Straße stehen und atmete mit geschlossenen Augen tief durch. Als sie sie wieder öffnete, war die Fußgängerampel gerade auf Grün umgesprungen. Auf der anderen Straßenseite lag das Wäschehaus Wohl und einer impulsiven Idee folgend, sprintete sie los.

»Das rote ist was Besonderes.«

Val tauchte aus ihren Gedanken auf und wandte sich um. Eine Verkäuferin mittleren Alters stand unmittelbar hinter ihr und hatte ihr über die Schulter gesehen. Sie hob die linke Hand und das rote Wäscheset in ihr gemeinsames Blickfeld.

»Finden Sie?«

»Oh ja.« Ihr eigener Brustton der Überzeugung ließ die Dame erröten und Val schmunzeln. Sasel war eben doch ziemlich weit von den hippen oder sexy Stadtteilen entfernt und hier galt ein rotes Wäscheset wohl schon als ruchlos und verwegen. Val lächelte.

»Okay.« Sie hängte das schwarze Set zurück auf den Ständer. »Wo sind die Umkleiden?«

Die Verkäuferin strahlte sie an und eilte ihr voraus.

Das Licht in der Kabine war genauso unvorteilhaft, wie in den meisten Kaufhäusern und entsprechend fand Val sich zu blass. Nichtsdestotrotz kam sie nicht umhin festzustellen, dass das Set unglaublich gut saß. Vor den zwei hohen Spiegeln drehte sie sich langsam von einer Seite zur anderen und betrachtete jeden Quadratzentimeter ihres Körpers.

Sie lächelte – nein, sie strahlte. Sie sah umwerfend aus. Die Hände in die Taille gestemmt, wiegte sie sich in den Hüften. Ihr Körper war straff, schlank, ihre Haut war fest und glatt. Ihre Augen glitzerten in dem übertrieben hellen Licht. Sie traute ihnen kaum. Wann hatte sie sich das letzte Mal so ausgiebig betrachtet? Wann hatte sie irgendjemand so ausgiebig betrachtet? Eines war auf jeden Fall sicher, jemand sollte sie so sehen, denn sie sah fabelhaft aus. Das

Babe aus dem Spiegel warf ihr eine Kusshand zu. Kurz fiel ihr Michael ein, aber den Gedanken schob sie weit von sich, der Idiot wollte dieses Babe da im Spiegel nicht mehr. Sein Pech. Dann würde sie eben einen anderen finden. Ihre Stimmung steigerte sich zur Euphorie, während sie sich gar nicht an sich selbst satt sehen konnte. Das Rot sah verboten aus. Super sexy. Sie zwinkerte sich zu: gekauft!

Erst an der Kasse stellte sie fest, dass das Model von Escada war. Sie schluckte, als die Verkäuferin ihr den Preis nannte, während sie ihre neue Unterwäsche in Seidenpapier schlug und in eine hübsche Papiertüte steckte. Val zögerte, ihr die Karte über den Ladentisch zu reichen und tat es dann doch widerstrebend. Das war so weit über Budget, der reine Wahnsinn – aber sie hatte toll ausgesehen. Das Kinn leicht vorgeschoben verordnete sie sich selbst Freude an ihrem Kauf.

Wieder zurück auf der Kreuzung sah sie sich um: Der Himmel war blau, die Straße leer, beim Bäcker stiegen weiße Rauchschwaden aus dem Kamin und nur ein Hund lag vor der Tür auf dem Bürgersteig und kaute aus Langeweile seine Leine durch.

Unruhe erfasste sie und arbeitete sich von innen nach außen durch jede Schicht ihres Körpers. Am Höhepunkt angekommen trommelte sie mit den Fingerspitzen auf ihrer Jeans herum. Wohin jetzt? Abrupt wandte sie sich nach rechts und lief den Waldweg hinunter. Als sie nach nur 50 m am Ende der Ladenzeile angekommen war, machte sie ohne inne zu halten kehrt. Zwei Friseure kamen in ihr Blickfeld, aber nein, dafür hatte sie jetzt nicht auch noch Geld.

Zweieinhalb Minuten später stand sie wieder an der gleichen Kreuzung, wo die Fußgängerampel gerade erneut auf Grün umsprang. In leichtem Trab überquerte sie die Straße und nahm die zwei Stufen zur Bäckerei mit einem übermütigen Satz. Mit der Hand bereits am Türgriff, gefror sie mit einem Mal in der Bewegung.

Sie konnte da nicht hineingehen. Sie hatte da drinnen nichts verloren. Weder konnte sie sich ein Stück Kuchen gönnen noch sich auf einen Kaffee setzen. Auf einen Schlag war ihre Euphorie verflogen.

Die Auszubildende lächelte sie freundlich von hinter dem Counter an, doch Val zog den Kopf ein und machte sich missmutig auf den Weg nach Hause.

Dieses Mal hatte sie den Weg über den Marktplatz gewählt. Vorbei an einem weiteren Friseur, dem Tabakladen und der Reinigung – und schon hätte sie fast Marc umgelaufen, der gerade schwungvoll mit drei Kisten Weißkohl, Karotten und Suppengrün auf einmal im Arm aus dem Laden an der Ecke kam.

»Hoppla«, sagte er, verlagerte das Gewicht der Kisten etwas und bemerkte dann erst, wen er da fast getroffen hätte. Sofort trat ein breites Grinsen in sein Gesicht.

»Walli, du schon wieder.«

»Hm, sieht so aus«, brummelte sie und vergrub ihre Hände tiefer in den Taschen. Sie wollte um ihn herumgehen, doch mit dem ganzen Gemüse im Arm war noch schlechter an ihm vorbeizukommen als sonst.

Nachdem sie bei zwei Gelegenheiten scheiterte, weil er ihr wie zufällig immer wieder genau im Weg stand, konnte sie sich des Eindrucks nicht erwehren, dass da Absicht hinter steckte.

»Kann ich mal durch bitte?«

»Klar.« Statt zur Seite zu treten, wich er aber wieder mit ihr in die gleiche Richtung aus, sodass Val eben immer noch nicht vorbeikonnte. Sie funkelte ihn an.

»Wir sind hier nicht beim Eishockey auf der Berner Au. Werd erwachsen!« Er lachte.

»Da hättest du ja offensichtlich noch immer keine Chance.«

»Sehr witzig.« Sie verzog das Gesicht und widerstand dem dringenden Bedürfnis, ihm die Zunge herauszustrecken. Statt dessen täuschte sie links an und zog dann rechts an ihm vorbei.

»Ha.« Triumphierend blickte sie zu ihm hoch. War er schon immer so viel größer gewesen als sie oder hatte er nochmal ein paar Zentimeter nachgelegt, seit sie ihn das letzte Mal gesehen hatte? Er lachte immer noch.

»Das ist unfair, ich bin behindert.« Er hob die Kisten, die er mühelos die ganze Zeit im Arm gehalten hatte, demonstrativ noch ein Stück an. Doch sie blieb gnadenlos.

»Immerhin kannst du mir nicht wieder deine Klippe zwischen die Kufen hauen.« Dieses Mal streckte sie ihm tatsächlich die Zunge heraus und musste lachen.

Sein Lächeln wurde weicher.

»Du siehst besser aus. Hast‘n bisschen Farbe heute. Isst du immer noch nichts?«

»Nein«, sagte sie mit unverhohlenem Stolz. »Heute ist schon der fünfte Tag.«

»Wow«, machte er und verzog anerkennend das Gesicht.

»Reife Leistung, aber auch voll dumm für dich, wo ich dich doch zum Essen einladen wollte.«

Val genoss noch seinen bewundernden Blick, sodass sie schon wieder nur mit einem Ohr zugehört hatte. Als ihr allerdings endlich dämmerte, was er da gesagt hatte, war sie spontan sprachlos. Entsprechend geriet ihre Antwort etwas knapp.

»Nee, nee, das wird nichts.« Unter der Intensität seines Blickes wurde ihr warm, und sie begann sich rückwärts von ihm zu entfernen.

»Na, dann vielleicht ein anderes Mal.« Was guckte er denn immer noch so? Sie spürte, wie ihr die Röte ins Gesicht kroch. Höchste Zeit zu gehen.

»Bis die Tage mal …« Sie drehte sich rasch um und beschleunigte ihre Schritte. Er erwiderte nichts mehr, blieb einfach mit den Gemüsekisten dort stehen und ließ sie nicht aus den Augen. Sie spürte seinen Blick – nicht unbedingt zwischen ihren Schulterblättern, sondern wohl eher eine Etage tiefer, bis sie am Ende des Marktes um die Ecke gebogen war. Über ihre eigene Eitelkeit und Fantasie amüsiert, schüttelte sie den Kopf und linste beim Abbiegen unauffällig zurück. Jupp, dastehen, tat er noch – wohin sein Blick allerdings gerichtet war, konnte sie beim besten Willen nicht erkennen.

Zu Hause angekommen, hatte Hannah ein an sie adressiertes Paket auf den Treppenabsatz gestellt.

Val schnürte es die Kehle zusammen, als sie Michaels Handschrift erkannte. Sie ließ das Päckchen links liegen und begab sich stattdessen lieber auf die Suche nach ihrer Mutter.

Sie fand sie im Schlafzimmer hinter dem Bügelbrett.

»Hallo Engelchen.« Val rollte mit den Augen.

»Mama.« Ihre Mutter lächelte sie schuldbewusst an.

»Na ja, für mich bist und bleibst du halt mein kleines Engelchen …«

Sie schnaubte und zog die Armbanduhr hervor.

»Hier, ich hab deine Batterie wechseln lassen.«

»Oh toll, danke«, erwiderte Hannah sichtlich erfreut, »was bekommst du?«

Sie winkte ab.

»Lass mal.«

»Nein, du hast doch auch kein Geld. Los sag.«

Ihre Mutter war schon halb auf dem Weg nach draußen, um ihr Portemonnaie zu holen.

In Val kam Ärger hoch.

»Nein, lass stecken Mama, ich werd schon nicht gleich verhungern, nur weil ich dir 'ne Batterie für sieben Euro gekauft habe …« Doch da war selbige schon die Treppe runtergelaufen und kam mit einem Zehner zurück. Sie drückte ihn Val in die Hand und strich ihr mit der anderen über die Wange.

»Ist schon okay, Engelchen, du hast ja bald wieder einen Job.«

Sie starrte wütend auf den Schein in ihrer Hand. Sie wollte gerade zu einer gepfefferten Antwort ansetzen, als ihrer Mutter noch einfiel: »Da ist ein Päckchen für dich gekommen.« Sie lächelte und zwinkerte ihr verschwörerisch zu. »Aus Düsseldorf«, fügte sie hinzu.

Val ließ die angehaltene Luft entweichen und Kopf und Schultern hängen.

»Ja, ich hab‘s gesehen, das wird mein Laptop sein.« Sie wollte sich gerade zum Gehen wenden, als ihre Mutter noch einmal nachlegen musste.

»Du siehst schrecklich dünn aus, Engelchen, willst du nicht mal wieder was essen?« Jetzt reichte es ihr wirklich. Sie schon die Unterlippe vor.

»Wohl kaum! Heute ist mein fünfter Fastentag und ich fühle mich großartig!« Entschlossen stürmte sie aus dem Zimmer, fischte das Paket vom Treppenabsatz – hoppla, das war schwerer, als sie es erwartet hatte und verbarrikadierte sich damit in ihrem Zimmer.

Nachdem sie eine Weile auf dem Bett gelegen und ihrer schlechten Laune gefrönt hatte, riss Val sich schließlich zusammen.

Sie setzte sich auf und da das Zimmer ausnahmsweise nicht komplett zu wünschen übrigließ, machte sie sich daran, ihr Paket auszupacken. Fein säuberlich verpackt lag darin ihr Laptop inklusive Ladekabel, ihr Tagebuch, der pinke »W wie Wichtig-Ordner« mit ihren ganzen aktuellen Vertragsunterlagen, ihr Reisepass, sogar das Fachbuch „Essentialism“, das sie immer mal hatte lesen wollen und das seit geraumer Zeit unberührt auf ihrem Nachtschrank gelegen hatte, hatte er mit eingepackt. Nur eines fehlte: Ein persönliches Wort. Sie räumte den Karton ganz leer und drehte ihn sogar auf den Kopf, aber es kam keine Karte oder gar ein Brief zum Vorschein. Sie ließ den Karton sinken. Instinktiv erwartete sie eine neue Welle Trauer, doch die kam nicht. Sie war nur wütend. Wütend darüber, wie leicht er es sich machte. Wütend, wie einfach er sie und ihre gemeinsame Zeit ausrangierte und wegwarf. Wütend über seine Gefühlskälte.

»Alles Arschlöcher«, sagte sie laut und musste unwillkürlich lächeln. Immerhin hatten sich ihre Möglichkeiten gerade spontan potenziert. Womit wollte sie anfangen? Ihr Blick fiel auf den kurzflorigen, farblosen Teppich: Als erstes musste sie hier weg! Sie brauchte eine Auszeit. Genau. Sie musste erstmal wieder ihren Kopf klarkriegen – ohne, dass ihr dauernd jemand dazwischen sabbelte oder ihr ihre Pläne verhagelte.

Auf dem Boden sitzend fuhr sie ihren Laptop hoch und begann im Internet nach Last-Minute-Urlaub zu surfen. Je weiter desto besser. Bali klang toll, auch die Malediven waren verlockend oder warum nicht Hawaii oder die Cook Islands? Die Angebote lockten alle mit herrlichem Wetter, weißen Stränden, türkisem Meer und jeder Menge inklusiver Schirmchen-Drinks. Val begann zu schwelgen – den Gedanken an ihre derzeit unzureichende Arbeitssituation und damit verbunden ihren finanziellen Engpass schob sie weit von sich. Auch, dass sie für einen Urlaub womöglich beim Arbeitsamt um Genehmigung bitten müsste, überging sie gedanklich lieber. Als sie Frau Dr. Wicks Gesicht vor ihrem Geistigen Auge auftauchen sah, punchte das Teufelchen auf ihrer Schulter es mit einem Schlag k.o.. Val grinste.

Als sie allerdings auf den nächsten Seiten über die Worte »Honeymoon-Suite«, »Flitterwochen-Arrangement« und »Paar-Massagen« stolperte, platzte ihre Seifenblase mit einem heftigen Knall. »Scheiße«, fluchte sie und klappte den Laptop abrupt zu.

Also Urlaub war dann vielleicht doch nicht die Lösung, denn wenn sie etwas nicht brauchte, dann waren das jetzt lauter glücklich Pärchen um sich rum und einen Tisch für eine Person abends im Restaurant … dann versteckte sie sich doch lieber noch eine Weile in ihrem Kinderzimmer.

Eine Weile schmollte sie und suhlte sich wie ein Ferkel im Dreck in ihrem Selbstmitleid. Doch dann kam ihr eine andere Idee.

Sie war noch keine alte Jungfer! Noch nicht! Und wenn sie es richtig anstellte, würde sie auch keine werden. Sie grinste die Escada-Tüte an und ein diabolischer Ausdruck trat in ihren Blick. Sie klappte den Rechner wieder auf und öffnete eine ganz neue Suche: Singlebörsen. Kurz flackerte der Gedanke an diese App auf … wie hieß sie noch … Tinder, aber allein bei dem Gedanken an schnellen Sex schauderte es sie. Nein, dafür war sie einfach nicht der Typ, also doch lieber etwas mehr Old School und eine richtige Singlebörse.

Nach einiger Recherche entschied sie sich für eine der kostenlosen und begann, sich ein Profil anzulegen.

Da sie noch nicht sicher war, auf was sie sich da gerade wieder einließ, füllte sie es zwar ziemlich vollständig, aber doch recht oberflächlich aus. Auf keinen Fall wollte sie von einem ihrer Bekannten durch ihr Profil erkannt werden. Zunächst hatte sie kein Bild hochgeladen, entschied sich nach einiger Überlegung aber doch dafür, da sie schon während des Ausfüllens zwei Anfragen von bildlosen Zeitgenossen erhielt, was schlicht witzlos war. Also suchte sie ein Bild aus, das sie zwar als lässig, aber eben nicht zu offenherzig empfand. Zufrieden mit dem Ergebnis speicherte sie ihren Eintrag und öffnete den Posteingang.

Mittlerweile waren es bereits drei Nachrichten.

Der kopflose Matze94 schrieb »Hey Babe, Lust auf'n bisschen Spaß?« Vor ihrem inneren Auge sah Val einen dürren Teenie, der hinter seiner dunklen Sonnenbrille und einer riesigen Schirmmütze zu verschwinden schien.

Sie schüttelte den Kopf und löschte die Nachricht, ohne sie einer Antwort zu würdigen.

Die zweite war von SüßerKater56 ebenfalls ohne optische Untermalung. Auch seine Nachricht war kurz und nicht minder deutlich: »Hallo schöne Frau, womit darf ich dich verwöhnen?« Sie erschauderte und löschte auch diese Nachricht rasch.

Die letzte war von SportyBen, der zumindest auf seinem Profilfoto nicht direkt aussah wie ein Vollidiot. Er war, wie das Pseudonym vermuten ließ, auf allen Bildern mit Sportgeräten abgebildet: Mountainbike, Wasserski, im engen Laufdress mit einem Pokal im Arm… Sie war beeindruckt und las die Nachricht: »Hallo Hübsche, nettes Foto. Wie ist dein Tag so? LG Ben«

Nicht besonders originell, aber immerhin weder dummdreist noch schlüpfrig.

Sie überlegte und begann eine Antwort. Was schrieb man denn so in einer Singlebörse? So lange war es eigentlich gar nicht her, dass sie das das letzte Mal gemacht hatte und trotzdem erschien es ihr, als lägen Welten dazwischen. Sie schluckte die aufkommende Trauer und begann zu tippen, als hinge ihr Leben davon ab.

Sie ertappte sich dabei, dass sie eine 10-zeilige Antwort geschrieben hatte, ohne etwas Nennenswertes von sich gegeben zu haben. Also löschte sie die Nachricht und tippte nur kurz: »Hallo zurück, soweit so gut. Sortiere mich gerade neu und du so? LG Val«

Zufrieden mit dem Ergebnis schickte sie die Nachricht ab. Und wartete an ihrer Unterlippe kauend auf eine Antwort.

»Lust ein bisschen zu chatten?« blinkte es ihr plötzlich vom unteren Bildrand her entgegen.

Als sie das Fenster öffnete, glotze sie eine Kröte an. Zumindest war es das, was sie in dem Typ sah mit seinem Doppelkinn, den angeklatschten Haaren und der Hornbrille. Wieder erschauderte Val und schloss den neuen Chat rasch. Optimal war das mit dem Publikum hier ja nun nicht.

Sie fand und öffnete die Suchfunktion und richtete eine Suche ein: Sie sucht ihn, 30-40 Jahre, ab 1,80cm, schlank... Weiter schränkte sie sich nicht ein, aus Angst, dass ihre Ansprüche für diese Börse zu hoch sein könnten.

Einige Sahneschnitten waren schon dabei, aber auch unglaublich viele nichtssagende Kerle oder solche, die sich für erstere hielten und damit hinter letzteren endeten.

Sie las sich durch einige Profile und blätterte durch dutzende Bilder, aber im Verlauf wurde ihr immer langweiliger. Der Richtige sprang sie nicht an.

Ein Briefumschlag erschien und teilte ihr mit, dass sie eine neue Nachricht erhalten hatte.

Schon das Miniaturbild ließ sie die Stirn runzeln. Der sah doch aus, wie die Kröte? WolleKrefeld – na der Name passte ja – und tatsächlich war es der gleiche Typ, der ihr jetzt in der Nachricht schrieb: »Lust ein bisschen zu chatten?« Sie schüttelte den Kopf. »Wie verzweifelt ist das denn bitte?« Ärgerlich schrieb sie zurück: »Nein Danke.«

Gerade wollte sie sich wieder ihrer Suche widmen, als schon die Antwort kam: »Frigide Zicke.«

Ihr Kiefer klappte runter und sie starrte den Bildschirm an. Sie wollte eben eine böse Antwort schreiben, als sie sich eines Besseren besann und die Nachrichten und damit WolleKrefeld einfach aus ihrem Leben löschte.

»Arme Wurst«, dachte sie und stöberte weiter durch ihr »Angebot«.

Erneut flammte ein Briefumschlag auf. Val zögerte und fürchtete, WolleKrefeld wäre vielleicht noch gestörter als gedacht.

Aber dieses Mal wurde sie positiv überrascht: SportyBen hatte schon geantwortet – hatten die Leute alle mitten am Tag nichts anders zu tun?

»Läuft! Sitze hier am Schreibtisch und warte auf den Feierabend. Bewegst du dich gern?«

Sie erinnerte sich daran, dass sie schon bei ihrer letzten Stippvisite im Internet diese Art von formloser Kommunikation nicht immer schön gefunden hatte, zuckte aber die Achseln und schrieb im gleichen Stakato-Stil zurück: »Jupp, fange gerad wieder an, regelmäßig zu laufen.« Wieder kam die Antwort prompt: »Schick schick, Lust heut Abend zusammen ein bisschen zu sporteln?«

Ihre Fingerspitzen kribbelten als sie tippte: »Klar, was schwebt dir vor?«

Gespannt las sie die Antwort und sofort verpuffte ihre gute Laune.

»Na lass uns doch einfach mal schauen, wie die Chemie so ist und dann fällt uns schon was ein, was uns beiden gefällt.« Das rettete auch der Zwinkersmiley nicht mehr.

Reflexartig schrieb Val zurück: »Danke, nein, auf diese Art von Kontakt lege ich wirklich keinen Wert.«

SportyBen löschte ihre Konversation, ehe sie recht wusste, wie ihr geschah.

Einen Moment lang starrte sie noch fassungslos auf den Laptop, dann schloss sie den Deckel und legte ihn beiseite.

»Mein Gott, es gibt echt nur Gestörte im Internet.«

Je mehr der erste Schock von ihr abfiel, umso deutlicher kam ihr wieder zu Bewusstsein, dass das aber nun einmal ihre Auswahl, ihr Los war. Das waren die Typen, mit denen sie zukünftig ausgehen könnte.

In Vals Kopf begann es wieder zu hämmern. Wie hatte Mike ihr das nur antun können.

»Du weißt schon, dass das in die Hose hätte gehen können, oder?«

»Was meinst du?«

»Ich meine, dass du zwei Dates abgesagt, respektive »verschwitzt« hast, bevor wir uns überhaupt das erste Mal begegnet sind.«

»Also das habe ich ja nun nicht mit Absicht gemacht.«

»Ich weiß, ich mein ja bloß.«

»Ich hab dir doch gesagt, dass mir beim ersten Mal ein Mandant dazwischen gekommen ist und entschuldige Mal, das ist schließlich wichtiger, als eine Internetbekanntschaft.«

»Na schönen Dank.«

»So meine ich das nicht. Aber wir kannten uns ja schließlich noch gar nicht.«

»Jaja, ich hab's verstanden.«

»Und das andere Mal war dieses Symposium, da musste ich so viel vorbereiten und dabei hab ich einfach den Termin aus den Augen verloren. Das kann doch jedem mal passieren.«

»Weiß ich doch alles.«

»Dann schmier mir das nicht wieder aufs Butterbrot.«

»Ich wollte ja nur einen Scherz …«

»Schließlich bin ich ja jetzt schließlich extra aus Düsseldorf nach Hamburg gekommen. Ist das etwa nichts?«

»Doch sicher.«

»Scheinbar ja nicht.«

»Natürlich, das ist richtig klasse von dir, und ich freu mich doch auch total.«

»Dann hast du ja eine tolle Art, das zu zeigen.«

»Ich hab es doch nicht so gemeint …«

»Dann sag es auch nicht so.«

»Du hast ja recht, es tut mir leid.«

»Hm.«

»Bitte, es tut mir wirklich leid. Sei doch nicht sauer. Wo gehst du denn jetzt hin?«

»Ich muss mal raus.«

»Soll ich mit … ach so, also nein.«

Val lag wieder auf ihrem Bett. Sie hatte über Mittag frische Brühe gekocht und nebenbei für Oma Lotte und Hannah ein Gemüsegratin aus den Resten vorbereitet.

Auch wenn sie es sich nicht eingestanden hätte, aber die sinnvolle Betätigung tat ihr gut. Interessiert beobachtet sie sich selbst, wie sie das Zubereiten des Essens entspannte und gleichzeitig ihre Sinne kitzelte. Sie genoss es in vollen Zügen, keinen Hunger zu verspüren, sondern sich ganz dem Genuss der Gerüche hingeben zu können. Das war so pur, so rein, keine Gewürze, alles natürlich. Es schmeichelte ihrem Gaumen und ließ den Stress und auch die immer noch unterschwellig angestaute Wut endlich von ihr abfallen. Außerdem war es ein kleiner Beitrag zu den häuslichen Pflichten, der machte, dass sie sich weniger nutzlos fühlte und damit weiter entspannte. Sie hatte auch nochmal gewaschen und die Wäsche aufgehängt. Ihre Mutter würde sich freuen und das wiederrum machte sich wunderbar in ihrer eigenen harmonischen Stimmung.

Jetzt stand sie am Fenster und trank in kleinen Schlucken eine Tasse Tee. Die Singlebörse war keine gute Lösung. Ein Urlaub oder das mit dem Job am anderen Ende der Welt auch nicht. Alles schön und gut, um ihrer Wut ein Ventil in Form von blindem Aktionismus zu bieten, aber wirklich weiter brachte sie nichts von dem ganzen Quatsch.

In ihrem Kopf hatte sich wieder diese wattige Gelöstheit und innere Distanz breit gemacht. Sie stand da und blickte ins Grüne. Beobachte die vorbeiziehenden Wolken und ohne dass sich im Außen irgendwas maßgeblich verbessert hatte, fühlte sie sich innerlich doch seltsam friedlich.

Das Leben ist Veränderung, dachte sie und konnte sich nicht daran erinnern, woher diese Glückskeksweisheit nun wieder kam. Aber der Gedanke ließ sie lächeln.

Leider hielt der Frieden nur wenige Sekunden, bis sich doch wieder die nagende Angst in ihrem Nacken zu schaffen machte, was sie mit sich und ihrer Zukunft anfangen sollte. Und diese Frage ähnelte jenseits ihres wattigen Zenzustandes mehr einem furchteinflößende Riesenaffe im Nebel.

Später nahm sie sich dann endlich die Zeit und setze sich mit ihrem Tagebuch hin. Allein das kleine Büchlein aufzuschlagen, die nächste weiße Seite glattzustreichen und ihren Lieblingskugelschreiber zu zücken, verschaffte ihr bereits ein Gefühl von Sicherheit.

Zunächst wusste sie gar nicht, wo sie anfangen sollte. Die ersten Zeilen waren mehr stichwortartige Notizen zum Ablauf der letzten Woche. Eine ganze Woche. Fast hätte sie mutlos den Stift sinken lassen, doch das Teufelchen auf ihrer Schulter biss ihr ins Ohrläppchen. Energischer begann Val sich all ihren Frust von der Seele zu schreiben.

Sie verfasste eine fast einseitige Klageschrift gegen Mike und freute sich diebisch, als sie am Ende mehrere Zeilen Flüche und Schimpfwörter für ihn aneinanderreihte. Als die ersten zwei Seiten voll waren, blätterte sie um und holte tief Luft. Von irgendwoher kämpfte sich ein Silberstreif aus an pure Fantasy grenzende Hoffnung an ihren Horizont … und was, wenn doch alles nur ein dummes Missverständnis wäre?

Sie lehnte sich zurück, ließ ihren Blick aus dem Fenster wandern und hing diesem Gedanken einen Augenblick nach. War das wirklich noch möglich? Und wenn er nochmal auf sie zukommen würde, wäre sie überhaupt in der Lage, ihm je wieder zu vertrauen?

Ein wenig widerwillig musste sie sich eingestehen, dass sie trotz allem noch nicht bereit war, sich dieser Überlegung zu stellen. Sie schloss ihre Augen und als sie sie wieder öffnete, schlug sie das Buch zu.

TAG 7 – SECHSTER FASTENTAG – MUTTERTAG

Sie hatte schon eine ganze Weile wach im Bett gelegen und keinen rechten Grund gefunden, aufzustehen.

Von unten drangen die üblichen Geräusche nach oben. Hannah hatte den Frühstückstisch gedeckt, ihre zeternde Mutter durch den Flur ins Bad und von dort wieder in ihr Zimmer verfrachtet. Auch auf dem Weg nach unten war Oma Lotte widerspenstig geblieben. Heute beharrte sie darauf, dass es Montag sei und sie in die Tagespflege müsse. Hannah bemühte sich umsonst, ihr zu erklären, dass erst Sonntag sei und die Einrichtung geschlossen habe.

Val hatte die Decke über den Kopf gezogen und still abgewartet. Da sie keinen Hunger hatte, gab es auch keinen Grund aufzustehen und sie fühlte sich nicht in Stimmung, den beiden Frauen in der Küche Gesellschaft zu leisten.

Sie lag einfach da. Ihr Blick wanderte durch das Zimmer: Über die Regale, in denen mittlerweile alte Ordner lagerten und stapelweise ausgelesene Romane. Eine feine Staubschicht ließ darauf schließen, dass sie seit längerem für niemand von Interesse gewesen sein konnten. Auf die Distanz konnte sie die meisten Titel nicht erkennen, aber nachdem sie auf einem Buchrücken Rosamunde Pilcher entziffert hatte, sank ihr Interesse es weiter zu probieren ins Bodenlose.

Sie blickte zum Fenster, dessen Jalousie wie immer ein wenig Sonne unten durchließ. Sie stellte sich vor, wie der letzte Krümel Schnee auf dem Fensterbrett unter den wärmenden Strahlen schmolz. Anstrengend. Val schloss die Augen und rollte sich auf die Seite. Sie zog die Decke bis zu den Ohren hoch und verharrte eine Weile in dieser Position. Doch der Schlaf wollte sich nicht mehr einstellen. Als sie die Augen das nächste Mal öffnete, waren zwanzig Minuten vergangen, ohne dass sich in ihrem Kopf ein nennenswerter Gedanke geformt hätte. Sie fühlte sich erschöpft, obwohl sie noch nicht einmal aufgestanden war.

Nun hatte sie sich also beim Ortsamt umgemeldet und war damit wieder offiziell in Hamburg. Und was nun? Das Arbeitsamt stand ihr bevor und sie hatte keine große Lust daran zu denken, dass sie da morgen früh nochmal würde hinmüssen.

Stattdessen bemühte sie sich, eine sinnvolle Überlegung anzustoßen, wo sie einen Job und dann schnellstmöglich eine Wohnung herbekommen könnte, doch ihr Kopf verweigerte auch in dieser Richtung den Dienst. Ihr Blut schien mit einer sirupartigen Konsistenz durch ihre Adern zu wabbeln und die Nervenimpulse ihres Gehirns waren damit offenbar auf Notversorgung heruntergeschraubt worden.

»Dann eben nicht heute«, schob sie die schmerzhaften Fragen, auf die sie keine Antworten hatte, beiseite. Sie wälzte sich mühsam auf die andere Seite und strampelte ein Bein frei. Ihr war plötzlich sehr warm geworden.

Bescheuert, dachte sie und starrte die Tür ihres alten Kleiderschrankes an. Unten an der Ecke begann das Furnier sich abzulösen.

Weiter waberte das große Nichts durch ihren Kopf. Würde dieses dumpfe Gefühl jemals wieder aufhören? Oder könnte sie sich diesem Zustand einfach ergeben. Dahinvegetieren. Vergehen. Einfach sterben. Es wollte sie ohnehin niemand. Oma und Mama fiel sie nur zur Last. Laura hatte mehr als deutlich gezeigt, dass sie Null Komma gar kein Interesse an ihr, ihrer Situation oder gar daran, ihr zu helfen hatte. Nicht einmal ihre Freundinnen hatten es geschafft sie irgendwie aufzumuntern.

Irgendwo in ihrem Hinterkopf regte sich schwach eine Verteidigungslinie: Du hast dich aber mit deiner Wochenendbeziehung auch wirklich mehr als rar gemacht. Sie seufzte. Müßig der Gedanke. War auch egal, wer schuld war, Fakt war, es war niemand da und sie war allen egal. Genau genommen sogar sich selbst. Val schloss wieder die Augen. Nicht einmal eine Träne wollte sich formen. Da tat sie sich so wunderbar herzzerreißend selbst leid und dann konnte sie nicht einmal darüber weinen. Die Gedanken wanderten weiter. Michael. Allein sein Name versetzte ihrem Herzen einen solchen Stich, dass sie sich nach Luft ringend aufsetzen musste. Sie verbot sich jeden weiteren Gedanken in diese Richtung.

Niemand wollte sie. Sie war allein. Für immer!

Diese Erkenntnis traf sie mit der Wucht einer Dampfwalze, die sie überrollte und auch das letzte bisschen Leben und Lebensfreude aus ihr herausquetschte. Und immer noch konnte sie nicht weinen.

Oma Lotte tappte die Treppe rauf, laut vor sich hin murmelnd. »… Haare nicht gebürstet. Keine sauberen Zöpfe zum Frühstück. Liederliches Mädchen, liederliches Mädchen. Das wird Mama nicht gefallen, das wird Mama nicht gefallen, das wird …« Ihre Stimme verhallte und brach ab, als sich ihre Zimmertür hinter ihr schloss.

Wow, dachte Val, das ist nicht nur für mich ein echt beschissener Tag heute.

Sie wühlte sich schließlich in Ermangelung einer besseren Alternative aus dem Bett, blieb jedoch auf der Kante sitzen.

Eine Weile betrachtete sie unentschlossen ihre Füße. Der Nagellack sah noch schlimmer aus als vor wenigen Tagen. Mit einem letzten Seufzer erhob sie sich. Sie musste einen Augenblick stehen bleiben, bis sich der Schwindel und das Gefühl von Schwäche in den Knien gelegt hatte.

Sie pustete eine Strähne aus dem Gesicht. Sie fiel zurück. Sie strich sie hinters Ohr und wieder rutschte sie zurück. Val fluchte und presste sie ein letztes Mal ganz fest hinter das Ohr. Solange sie sich nicht rührte, blieb die Strähne wo sie sein sollte, kaum drehte sie sich jedoch um und machte einen Schritt, hing sie ihr wieder ins Gesicht. Doch selbst für einen Wutanfall fehlte ihr heute die Energie.

»Scheiße«, fluchte sie resigniert und schlurfte zum Stuhl hinüber, um sich etwas anzuziehen. Die Haare hingen ihr wirr vor den Augen und nervten sie.

Rasch warf sie sich ein T-Shirt und ihre Jeans über und trottete hinunter in die Küche.

Hannah stand an der Spüle, hatte Salat im Wasser und schnitt daneben Gemüse für einen weiteren Eintopf klein. Val registrierte es ohne großes Interesse. Selbst wenn sie heute nicht gefastet hätte, hätte sie kaum Appetit auf einen Eintopf gehabt. Sie hatte überhaupt keinen Appetit. Und auf Eintopf schon gleich doppelt nicht. Sie konnte Eintopf nicht leiden. Nein, sie hasste Eintopf. Immer schön zu sehen, wenn das innere Böckchen wenigstens noch gut drauf ist, konstatierte sie emotionslos.

»Guten Morgen, Engelchen, hast du gut geschlafen?«

Sie starrte ihre Mutter an, als wäre diese soeben von einem fremden Stern gekommen und hätte sie in einer auf Erden noch niemals vernommenen Sprache angeredet.

Da sie nur dastand und starrte, hielt Hannah mit dem Messer in der Luft mitten im Gemüseschneiden inne und wandte sich ihrer Tochter zu.

»Geht es dir gut, Engelchen? Du siehst so blass aus.«

Val war gedanklich immer noch beim Eintopf. Mein Gott, konnte es sein, dass ihr Gehirn heute wirklich nur in Zeitlupe arbeitete? Sie konzentrierte sich ganz fest und kaute noch einmal jedes einzelne Wort durch, das sie eben gehört hatte.

Nach einer gefühlten Ewigkeit entgegnete sie: » Ja, geht schon.«

Sie nahm sich etwas Orangensaft und trat ebenfalls an die Spüle. Sie ließ etwas warmes Wasser laufen und verdünnte ihr Frühstück. Dann ging sie ans Fenster und trank die stille Saftschorle in kleinen Schlucken. Sie konnte jeden einzelnen durch ihre Kehle hinunter in ihren leeren Magen fließen spüren und es erfrischte sie, jedoch konnte sie sich heute nicht an dem abwechslungsreich süßen Geschmack erfreuen.

Selbst als das Glas leer war, blieb sie einfach stehen und starrte hinaus. Zwischen ihren Schulterblättern baute sich eine leichte Spannung auf. Als sie sie bemerkte, drehte sie sich um. Hannah sah sie erwartungsvoll an. Wenn sie etwas gesagt hatte, hatte Val es schlichtweg nicht gehört. Sie fuhr sich mit der Hand über die Augen.

»Entschuldige, hast du was gesagt? Ich hab gerade gar nicht zugehört ...«

Ihre Mutter sah sie zwar besorgt an, entschied sich dann aber offensichtlich gegen eine Bemerkung. Stattdessen schnippelte sie weiter Gemüse und sagte betont gelassen:

»Laura kommt um drei zum Kaffee. – Es ist schließlich Muttertag.«

Sie zuckte zusammen, als habe sie versehentlich in eine Steckdose gelangt. Muttertag. Verdammt und sie hatte nicht einmal im Entferntesten daran gedacht. Bäm. Das schlechte Gewissen kannte jedenfalls keinerlei Zeitverzögerung.

»Hm«, machte sie, stellte ihr Glas in die Spülmaschine und schlurfte wieder aus der Tür.

Sie stand mitten im Zimmer und hatte die Tür nicht einmal hinter sich geschlossen. Muttertag. Der Begriff hing immer noch in den inaktiven Windungen ihres Hirns fest. Sie wusste, dass sie sich zusammenreißen und wenigstens ein paar Blumen besorgen sollte, doch sie konnte sich einfach nicht dazu durchringen. Es war doch alles sinnlos. Lange stand sie nur da und starrte vor sich hin. Dann wurde hinter ihr im Flur die Tür zu Oma Lottes Zimmer geöffnet und die kleine Frau schlurfte in den Flur.

Obwohl Val sicher war, dass ihre Mutter Oma Lotte heute Morgen ordentlich angezogen hatte, war diese jetzt nur noch mit einem uralten rosa Bademantel bekleidet, der halb offen stand und als mindestens zwei Nummern zu großer Umhang an ihr herabhing. Sie hatte ihre Ausgehlackschuhe dazu an und ihren Einkaufsbeutel in der Hand.

Ihre Augen huschten wie die eines verschreckten Vögelchens hin und her, ohne irgendetwas um sich herum wirklich wahrzunehmen. Sie trippelte das kurze Stück über den Flur Richtung Treppe.

Val hatte sie zunächst nur aus dem Augenwinkel beobachtet, wandte sich jedoch um, als Oma sich daran machte, die Treppe hinabzusteigen.

»Oma!« Die kleine Dame lüpfte den rechten Zipfel ihres Morgenrocks und hüpfte auf die nächste Stufe. Unsicher schwankend suchte sie nach ihrem Gleichgewicht.

»Lotte?« Wieder ignorierte ihre Großmutter den Ruf komplett, wobei in ihren Äuglein der Schalk aufblitzte.

»Lottchen!« rief sie und Oma Lotte blieb wie angewurzelt auf der Treppenstufe stehen, von der sie gerade hatte herunterspringen wollen. Val folgte ihr rasch auf die Treppe und ergriff sie sanft am Ellenbogen.

»Lottchen, wo willst du denn mit den guten Schuhen hin?« fragte sie, ihr Tonfall so weich und sanft, als würde sie mit einem kleinen Kind sprechen.

Oma Lotte verdrehte die Augen, knabberte an ihrer Unterlippe und antwortete dann artig und beflissen:

»Ich will nur schnell für die Mutter Blumen pflücken, wo doch Muttertag ist, Gretchen.«

Dieses Mal verwechselte sie ihre Enkelin mit ihrer Schwester. Greta war drei Jahre älter gewesen als Oma Lotte und schon vor vielen Jahrzehnten im Kindbett mit ihrem zweiten Sohn gestorben. Val lächelte sie an und strich ihr eine wirre Strähne aus dem Auge.

»Aber Lottchen, es ist zu kalt für die guten Schuhe draußen, und du hast der Mutter doch schon solch einen schönen Strauß gepflückt.«

Ihre Großmutter blinzelte sie verwirrt an.

»Hab ich?« fragte sie immer noch in ihrer dünnen Kinderstimme.

»Ja, roten Mohn und und die ersten Kornblumen, so wie Mutter ihn am liebsten hat. Auf dem Küchentisch steht dein schöner Strauß.«

Oma Lotte strahlte.

»Schön, nicht wahr, Gretchen …« Sie begann zu summen und wiegte sich mit verträumtem Blick, während sie ihrer Enkelin gestattete, sie zurück in ihr Zimmer zu geleiteten. Widerstandslos ließ sie sich wieder anziehen und setzte sich dann in ihren Ohrensessel am Fenster. Val bettete ihr noch die Füße in ihren Fußsack und auf ein kleines Bänkchen und ging dann leise zur Tür.

Oma summte noch immer und ihr verträumter Blick war zum Fenster hinaus gerichtet. Sie warf ihrer Großmutter einen letzten Blick zu und musste hart schlucken. Dann schlich sie hinaus und zog die Tür leise hinter sich zu. Das Leben war einfach scheiße.

Zunächst war sie wieder in ihr Zimmer hinübergegangen, hatte eine Weile auf dem Schreibtischstuhl vor dem Fenster gesessen und es ihrer Großmutter gleichtuend einfach hinausgestarrt. Schließlich tat ihr der Hintern auf dem durchgesessenen alten Stuhl so weh, dass sie sich zwangsläufig nach einer anderen Beschäftigung umsehen musste. Ihr Blick fiel auf ihr Tagebuch, dass neben ihr auf dem Tisch lag, doch sie wandte sich einfach wieder ab. Es gab nichts zu schreiben. Alles war scheiße.

Sie dachte an Oma Lotte und wie gut es war, dass sie Hannah und ihre Mädchen hatte. Wenn sie einmal so alt wäre, wäre sie ganz allein. Wenn das zu diesem Zeitpunkt überhaupt noch möglich war, machte sie dieser Gedanke tatsächlich noch etwas trübsinniger.

Das Gefühl von Distanziertheit, als würde sie ihre gesamte Umwelt wie durch eine fette Wolkenwand wahrnehmen, steigerte sich mittlerweile in ein latentes Drücken. Sie rieb sich über die Augen und massierte ihre Schläfen. Richtig, sehr viel getrunken hatte sie noch nicht. Träge sah sie sich im Zimmer um. Die Flasche auf dem Schreibtisch war leer, neben dem Bett standen noch zwei volle, aber sie war schlicht zu faul, um aufzustehen.

Es klopfte an der Tür. Sie reagierte nicht. Es klopfte noch einmal.

»Ja«, sagte sie resigniert. Die Tür öffnete sich einen Spalt und Hannah steckte ihren Kopf ins Zimmer.

»Engelchen, sag mal, kommst du nachher dazu zum Kaffee, auch wenn du keinen Kuchen willst. Vielleicht magst du einen Tee, ich hab extra eine Kräutermischung für dich gekauft?« Val setzte gerade an etwas zu entgegnen, als die ganze Szenerie sich plötzlich wie im Film auf Zeitlupe verlangsamte. Sie sah ihre Mutter an – und betrachtete sie seit langer Zeit das erste Mal richtig.

Die Krähenfüße um ihre Augen waren in den letzten Jahren tiefer geworden und auch die Falten um den Mund und auf der Stirn sprangen ihr stärker ins Auge. Sie hatte immer noch volles Haar, ebenso mittelblond wie das ihrer Ältesten, jedoch neuerdings mit mehr Grauanteilen, als Val erinnerte. Ihr ganzes Gesicht, das immer noch sehr hübsch war für ihr Alter, wirkte abgespannt und müde. Mitgefühl regte sich in ihr. Ihre Mutter hatte es nicht leicht gehabt.

Erst alleinerziehend mit den beiden Mädchen, weil ihr Vater so ein nutzloser Winkeladvokat gewesen war, von dem sie sich frühzeitig hatte scheiden lassen. Dann hatte sie ihren eigenen Vater verloren und Oma Lotte war zu ihr ins Haus gezogen. Das war alles in dem Jahr gewesen, als Val aufs Gymnasium gekommen war. Seitdem hatte sie sich immer um alle gekümmert. Neuerdings sogar auch noch um Dieter, diesen Hypochonder und Dauerkranken, obwohl der doch eigentlich sie hätte unterstützen sollen.

Sie hatte nie erlebt, dass ihre Mutter sich beklagt hätte …

Nach einer schieren Ewigkeit, wie es ihr erschien, kehrten ihre Gedanken in die Realität zurück. Ja, ihr Leben war sinnlos und es ging ihr wirklich mies. Aber heute war Muttertag. Sie sah ihre Mama an und befahl ihren trägen Mundwinkeln, sich gefälligst zu bewegen. Auch wenn ihr Lächeln vermutlich dem des Jokers Konkurrenz gemacht hätte, es war immerhin ein Lächeln.

»Klar komme ich runter und das mit dem Tee klingt toll. Ich wollte gerade noch schnell ein bisschen vor die Tür, aber ich helfe dir nachher beim Tisch decken.«

Ihre Mutter strahlte sie an.

»Du bist lieb, Engelchen, danke.« Sie zog sich zurück und schloss die Tür leise hinter sich. Val seufzte. Nun kam sie echt nicht drum herum, sie musste losgehen und wenigstens schnell ein paar Blumen irgendwo aufzutreiben, wenn sie schon nicht an eine nette Kleinigkeit gedacht hatte.

Sie stand auf, zog sich an, nahm noch ein paar Schlucke aus einer der Flaschen am Bett und machte sich dann auf dem Weg. Der Blumenladen am Poppenbütteler Bahnhof sollte wohl noch geöffnet haben.

Ihre Knie waren weich und insgesamt war ihr ein bisschen flau. Zum Glück gab sich das, nachdem sie ein paar Schritte gegangen war. Mit wachsendem Vertrauen in ihren Körper begann sie auszuschreiten und war binnen fünfzehn Minuten am Bahnhof.

Früher war der Blumenladen eine windschiefe Holzhütte direkt am S-Bahngleis gewesen, aber seit der Neubau abgeschlossen war, der die gesamte Länge des Rondells longierte, hatte auch er eine respektablere Location gefunden.

Die Schlange vor dem Laden war beachtlich. Schon von weitem wurde ihr klar, dass sie wohl nicht die Einzige war, die an Muttertag Blumen kaufen wollte. Sie seufzte, steckte die Hände in die Taschen und zog den Kopf tiefer zwischen die Schultern.

»Na dann mal los.«

Als sie endlich an der Reihe war, sah der Laden aus, als wäre gerade eine Horde Heuschrecken über ihn hergefallen. Der Boden war übersät mit abgeschnittenen Stielen, losen Blättern aller Art und Couleur und hier und da lag achtlos etwas weggeworfenes Schleierkraut dazwischen.

In den überdimensionalen Zinkeimern hingen nur noch vereinzte Rosen in rosa, gelb und apricot die Köpfe über den Rand. Ein paar Nelken waren noch übrig, allerdings alle nur in Weiß, eine einzelne zerrupfte Papageienblume und einige Lilien.

In den Regalen an der Wand standen nur noch mit braunem, abgestandenem Wasser gefüllte Glasbehälter in allen Größen und Farben, die wohl heute Morgen voller bestellter Sträuße gewesen waren. Jetzt sahen sie aus wie eine ehemalige Goldfischhochburg nach dem Haiangriff.

Es war deprimierend und schlimmer noch: Es gab anscheinend nicht mehr genug für einen weiteren Strauß.

Eine der beiden Verkäuferinnen stand hinter dem Tresen, wischte sich nach ihrer letzten Kundin den Schweiß von der Stirn und machte eine Kopfbewegung in Richtung ihrer Kollegin.

»Wie die Geier.«

Die andere nickte. Dann erst erblickte sie Val, die sich noch halb draußen am Türrahmen herumdrückte. Sofort kehrte ein geschäftsmäßiges, jedoch freundliches Lächeln in ihr müdes Gesicht zurück.

»Und was kann ich für Sie noch tun, junge Dame.«

Auch Val lächelte tapfer und trat einen Schritt durch die niedrige Tür.

»Ich will wohl das Gleiche wie alle heute, nehme ich an: einen Strauß für meine Mutter?« Alle drei Frauen sahen sich in dem geplünderten Laden um.

»Nun ich könnte …«, die Verkäuferin deutete auf die Reste der Rosen, »… einen ganz kleinen bunten Frühlingsstrauß vielleicht noch zusammen bekommen.«

Val sah auf die trübsinnigen Blümchen, die schon jetzt anfingen, die Köpfe hängen zu lassen und begann langsam den Kopf zu schütteln.

»Nein, ich glaub das ist nicht so optimal.«

Die Verkäuferin nickte und sah sich weiter um. Während sie ihre Hände an ihrem Kittel abwischte, begann sie sich langsam um die eigene Achse zu drehen.

»Wir haben noch Kakteen, die blühen sogar demnächst.« Val schüttelte wieder den Kopf und folgte der kleinen Dame bei ihrer Inventur. Der Bestand war ja nun wahrlich auf ein mehr als übersichtliches Maß dezimiert worden. »Mögen Sie Lilien?«

Wieder schüttelte sie den Kopf. »Gegen die ist meine Mama allergisch«, antwortete sie wahrheitsgemäß.

»Dann wird es wirklich schwierig.« Die Blumenfrau wischte sich nun auch mit dem Handrücken über die Stirn und strich eine graue Strähne hinter ihr Ohr.

»Hier steht noch der Strauß für Professor Schuhmacher.« Val und die Dame mit dem Haar wie Salz und Pfeffer drehten sich zu der Kollegin um. Letztere hielt einen einmalig überdimensionalen Strauß bunter Frühlingsblumen im Arm.

»Wow«, entfuhr es ihr, »der ist ja der Hammer.«

Die ältere Verkäuferin runzelte die Stirn und kratzte sich am Kinn.

Dann sah sie zu der Uhr mit dem gesprungenen Glas über dem Tresen.

»Es ist schon nach eins – eigentlich haben wir längst geschlossen.« Sie wandte sich um und sah aus dem Fenster auf die Straße. Niemand war zu sehen und außer des Buses und eines Taxis waren auch keine Autos auf der Straße. Sie wandte sich Val zu.

»Und wie es aussieht, kommt er wohl auch nicht mehr.« Sie zuckte mit den Schultern. »Wenn er ihnen gefällt, können sie ihn nehmen.«

Sie sah noch einmal zu dem traumhaften Strauß und schluckte.

»Was soll er denn kosten?«

»58 Euro.«

»Wow«, sagte sie noch einmal. Sie überlegte kurz, ob sie überhaupt genug Geld in der Tasche hatte, wann sie wieder

Geld auf dem Konto haben würde, dass sie keinen Job hatte … Sie schloss die Augen. Das Gesicht ihrer Mutter trat vor ihr inneres Auge, das Haus, Oma …

»Ich nehme ihn.« Sie öffnete die Augen. »Machen Sie bitte keine Folie drum, sondern nur Papier.« Die jüngere Verkäuferin strahlte sie an.

»Da haben Sie aber jetzt auch wirklich das beste Exemplar erwischt.« Val stimmte ihr nickend zu. In ihre dumpfe Grundstimmung webte sich ein feiner Faden, ein heller Faden – Freude. Ja, damit würde sie ihrer Mutter definitiv eine Freude machen und sie hatte es so sehr verdient. Sie fühlte sich plötzlich um Meilen besser. Das erste Mal seit über einer Woche ließ die Anspannung zwischen ihren Schulterblättern nach und sie konnte tief einatmen. Wenn es nicht so albern gewesen wäre, wäre sie versucht gewesen, auf ihre Füße zu schauen, um zu checken, ob sie vielleicht heimlich angefangen hatten über dem Boden zu schweben. Mit einem kleinen Lächeln auf den Lippen schaute sie der Blumenfrau dabei zu, wie sie ihren Strauß einwickelte.

Die Kasse klingelte noch richtig schön altmodisch, als die 58 oben aufpoppte. Sie nahm ihren geheimen Reserve-Fünfziger aus ihrem Portemonnaie und suchte nach Kleingeld, aber es reichte nicht mehr. Also steckte sie den Schein wieder ein und reichte der Floristin stattdessen ihre Karte über den Tresen. Die Verkäuferin rechnete schnell ab, strahlte sie an und gab ihr den sorgfältig eingewickelten Strauß zurück. »Einen schönen Muttertag – auch für ihre Mama.«

»Danke.« Val lächelte. Und das erste Mal seit langem fühlte sich das Lächeln nicht vollkommen verkehrt in ihrem Gesicht an.

»Engelchen, das ist ja der umwerfendste Strauß, den ich je gesehen hab.«

Hannah stand da und hielt beide Arme voller Frühlingsblumen. Sie strahlte über das ganze Gesicht und konnte sich gar nicht satt sehen an den vielen Farben. Sie steckte die Nase in die Blüten und sog ihre unterschiedlichen Aromen tief ein.

»Und wie die duften.« Wenn das möglich war, wurde ihr Lächeln noch etwas breiter. Val trat verlegen von einem Fuß auf den anderen. Auch wenn sie es sich nicht wirklich erklären konnte und es noch viel weniger zugegeben hätte, fühlte sie sich endlich wieder einmal wohl in ihrer Haut.

Der kleine Spaziergang hatte ihr Farbe auf die Wangen gezaubert, sie fühlte sich leicht und wegen des glücklichen Lächelns ihrer Mutter fast beschwingt.

»Ich mach mich dann mal ans Tisch decken.« Das Lächeln blieb hartnäckig in ihren Mundwinkeln hängen, während sie sich daran machte, den Wohnzimmertisch für das gemeinsame Kaffeetrinken herzurichten. Ihre Mutter brachte den Strauß herein und die beiden Frauen legten gemeinsam ein frisches weißes Tischtuch auf. Hannah verteilte das gute Geschirr mit dem blauen Rand, während sie selbst kunstvolle Gebilde aus den Servietten kreierte. Schemenhaft tauchten Erinnerungen aus ihrer Kindheit auf: während die kleine Val unglaublich viel Kreativität darauf verwendete, jeder Serviette am Tisch eine ganz eigene Note zu geben, hatte ihre jüngere Schwester Laura die Teller, Gläser und das Besteck so präzise hin gezirkelt, als wolle sie damit eine Hirn-OP durchführen. Val lächelte immer noch. Dann klingelte es an der Tür und ihre sehr reale gar nicht mehr so kleine Schwester drohte auf der Bildfläche zu erscheinen. Diese Aussicht überlebte selbst ihr euphorisches Lächeln nicht.

Laura kam ohne ihre Mutter um die Ecke, die gleich weiter in die Küche geeilt war. Der Duft ihres berühmten Schokokuchens durchströmte bereits das ganze Haus und in der Sekunde, wo ihre Schwester durch die Wohnzimmertür wehte, traf er auf Vals Geruchsnerven. Ihr Magen reagierte postwendend und knurrte leise. Sie schluckte. Hätte auch ein Wachhund sein können, der auf Laura anschlug. Sie grinste innerlich.

»Hallo«, sagte Laura und blieb einfach wie angewurzelt mitten im Weg stehen.

»Hallo«, entgegnete Val, scheinbar voll konzentriert auf ihre Hände und faltete die letzte Serviette. Die Jüngere blickte sich verstohlen um.

Sie will sich verstecken, dachte sie und musste über ihren bösen Gedanken schmunzeln. Laut sagte sie: »Du kannst die Kekse umfüllen.« Mit dem Kinn wies sie auf die noch geschlossene Packung, die Hannah vorhin aus der Küche mitgebracht hatte.

Laura stürzte sich auf die Kekse, suchte die entsprechende Kristallschale aus der Anrichte und platzierte jedes Gebäckstück sehr akkurat um den Rand. Val hatte die letzte Serviette fertig und begann die Teelöffel auf die Untertassen zu legen und Kuchengabeln auszugeben.

Beide Schwestern vermieden es gekonnt, sich zu berühren oder auch nur Augenkontakt aufzunehmen, während sie stumm weiter den Tisch deckten.

Gerade als sie fertig waren und ihr Schweigen drohte ernsthaft peinlich zu werden, kam ihre Mutter mit dem Kuchen herein. Sie hatte ihn aus der Form gelöst und auf einer Platte drapiert. Diese stellte sie nun in die Mitte des Tisches und betrachtete zufrieden die Tafel.

»Wunderschön«, sagte sie und lächelte ihre Mädchen an. Die starr zu Boden gerichteten Blicke ignorierend fügte sie überschwänglich hinzu: »Hast du gesehen, was Valentina mir für einen umwerfenden Blumenstrauß geschenkt hat?«

Laura lächelte gequält.

»Hm«, brummte sie. Dann machte sie auf dem Absatz kehrt und lief in den Windfang, um eine Minute später mit einem Geschenk im Arm wieder aufzutauchen.

»Ich hab auch noch eine Kleinigkeit für dich.« Hannah streichelte ihrer jüngsten über die Wange. »Ach, ihr sollt doch nicht immer so viel Geld ausgeben.« Val rollte hinter ihrem Rücken mit den Augen.

»Ich geh dann mal Oma Lotte holen.« Sie ging hinaus als die beiden Frauen sich zusammen auf die Couch setzten, um das Päckchen mit der zweifarbigen Schleife auszupacken.

Es hatte eine Weile gedauert, bis Oma sich hatte überreden lassen, dass es nicht Zeit sei zu Bett zu gehen, sondern Kaffee zu trinken und dass sie mit runterkommen müsse, wenn sie auch Kuchen haben wollte. Einmal mehr bewunderte Val die Geduld ihrer Mutter.

Als sie schließlich im Wohnzimmer ankamen, stand auch eine Kanne mit dampfendem Kaffee auf dem Tisch und Laura hatte sich in ihrer Abwesenheit geschickt auf den Platz neben Hannah manövriert.

Val war mit dieser Wahl sehr einverstanden. Lieber saß sie neben der murmelnden Oma Lotte als neben ihrer schon wieder so munter plappernden Schwester.

Hannah lächelte und nickte ihr ein Danke zu. Sie lächelte zurück und half Oma auf ihren Platz. Der Kaffee wurde ausgeschenkt, Kaffeesahne und Kuchenstücke herumgereicht und Val verkrümelte sich hinter der größten Teetasse, die sie hatte finden können. Dass sich darauf ein Weihnachtsmotiv befand, war ihr egal. Für die interessante Teemischung, die ihre Mutter ihr mitgebracht hatte, war sie sehr dankbar. Minze mit Brombeere und noch einige Kräuter entpuppte sich als geschmacklich sehr ansprechend. Sie sog den Geruch ein und ließ ihn sich um die Zunge streichen. Das roch lecker und dieses Mal grummelte ihr Magen gar nicht. Im Gegenteil, es fühlte sich fast an, als würde sich ihr ganzer Körper von dem Tee beleben lassen wie durch ein Festmahl.

Sie war ziemlich zufrieden mit sich und blickte entsprechend gelassen in die Runde. Nein, es störte sie nicht im Mindesten, dass die anderen Schokoladenkuchen aßen. Endlich ging es ihr mal wieder etwas besser und sie konnte das wahrnehmen und zulassen. Sie erlaubte sich sogar einen kleinen Seufzer und ein zartes Lächeln.

Der schöne Frieden hielt für die exakte Ewigkeit von dreizehneinhalb Minuten, genau bis zu dem Moment, als Hannah das zweite Mal mit dem Kaffee herumging.

Laura war aufgestanden und hatte das Buch, das sie ihrer Mutter mitgebracht hatte, vom Wohnzimmertisch geholt. Sie setzte sich und blätterte durch einige Seiten, ein seliges

Lächeln auf den Lippen. »Ach Mama, das ist so eine tolle Idee. Ich hab mich total gefreut, als ich es gefunden habe.«

Hannah lächelte ihr zu und nickte. Val machte unauffällig einen langen Hals und versuchte in den Schoß ihrer Schwester zu linsen, doch sie konnte den Buchdeckel nicht erkennen.

Einige Sekunden zögerte sie, dann konnte sie ihrer eigenen Neugier aber doch nicht widerstehen.

»Was hast du ihr denn geschenkt?« fragte sie betont neutral.

Laura hielt das Buch etwas höher, sodass sie den Titel lesen konnte: »Mama erzähl mal«.

»Das ist quasi wie ein Poesiealbum für Eltern«, erklärte Laura und Val glaubte einen herablassenden Tonfall zu hören, den sie zu ignorieren gedachte, »sie beantworten alle möglichen Fragen über die eigene Kindheit, Jugend und ihr Leben und erhalten am Ende eine eigene Biografie und die Kinder und Enkel eine handgeschriebene Erinnerung an die Oma.«

»Aha«, machte sie. Ein Gedanke wollte sich von hinten nach vorn durch ihren Kopf arbeiten, kam allerdings noch nicht ganz gegen Lauras Geplapper an.

Hannah lächelte sie nochmal an und fügte hinzu: »Das ist eine ganz entzückende Idee. Ich freu mich darauf, es für euch auszufüllen.«

Der Gedanke hatte es endlich aus der Kurve geschafft.

»Bist du etwa schwanger?« fragte sie und hielt den Atem an.

Laura errötete und rutschte unruhig auf ihrem Stuhl hin und her. Hannah war wie angewurzelt auf dem Weg zurück auf ihren Platz mit dem Po halb in der Luft hängen geblieben.

Oma Lotte mümmelte unbeeindruckt weiter an ihrem Kuchen, während man ansonsten einen Engel vorbeigehen hätte hören können.

Nach einer schieren Ewigkeit fing Laura endlich an herumzudrucksen.

»Also …, nun ja …, nein, also … nein, ich bin nicht schwanger. Naja, das geht ja nun auch wirklich nicht, wenn ich in mein Hochzeitskleid passen will.«

Val atmete hörbar aus und Hannah ließ sich auf ihren Stuhl fallen. In ihrem Gesicht standen auf dem Gefühlsspektrum eher konträr angeordnete Emotionen. Sie war sichtlich enttäuscht, Val hingegen atmete auf – den Schlag hätte sie nicht einmal heute weggeatmet bekommen.

»Aber natürlich wollen wir Kinder!« platze es aus ihrer Schwester heraus. Sie saß plötzlich kerzengerade auf ihrem Stuhl und schob die Unterlippe vor.

Vals Nackenhaare richteten sich auf. Der Nachsatz war mit so viel Nachdruck gespickt, dass er ohne weiteres als Kriegserklärung zu werten war. Sie wollte noch durchatmen, aber ihre Zunge war schneller.

»Natürlich.« Das Wort ersoff in Sarkasmus.

Lauras Wangen färbten sich schlagartig rosa.

Oma Lotte hatte das Interesse an ihrem Kuchen verloren, der gedankenverloren auf eine Gabel gespießt über ihrem Teller schwebte, ihr Mund stand offen. Ihre kleinen Augen wirkten auf einmal gar nicht mehr so teilnahmslos, sondern blickten listig von einer Enkelin zur anderen. Sie sah aus, als würde sie in ihrem Kopf die Kontrahentinnen abwägen, um eine Wette auf Sieg zu platzieren. Wenn sie nicht gerade anderweitig beschäftig gewesen wäre, hätte Val schwören können, dass auch auf ihrer Schulter ein runzliges Teufelchen saß.

Hannah war die plötzliche Anspannung in der Luft völlig entgangen. Sie hatte Laura das Buch abgenommen und blätterte gedankenverloren darin herum.

»Oh«, rief sie entzückt, »hier soll ich meinen ersten Schultag eintragen. Weißt du noch Mami, ich hatte so einen süßen Rock mit Erdbeeren drauf, den du mir genäht hast …« Ihr Gedanke brach ab und sie folgte Oma Lottes Blick auf ihre Töchter.

»Ja, genau«, sagte Laura gerade. Ihre Stimme klang gepresst. »Wir wollen bald Kinder und wir haben uns auch schon alles genau überlegt. Wenn das Baby dann erst auf der Welt ist, dann bleibe ich erstmal zu Hause und zu seinem ersten Geburtstag nimmt auch Jonas sich frei und wir mieten uns einen Camper und nutzen die restliche Elternzeit, um gemeinsam durch Europa zu fahren – als Familie.«

Wenn Blicke töten könnten, wäre sie in dieser Sekunde rückwärts von ihrem Stuhl katapultiert worden. Doch ehe sich dieses Mal ein Gedanke unbedacht von ihrer Zunge stehlen konnte, traf es sie wie der Blitz.

Laura hatte jedes Recht der Welt, sich darauf zu freuen. Vor nur wenigen Wochen hatte sie selbst davon geträumt, durch die Welt zu reisen, vielleicht an einem Traumstrand zu heiraten, Kinder zu bekommen und anschließend ein beschauliches Familienleben zu führen. Doch der Traum war ausgeträumt. Sie war allein. Das war die Realität.

Val begann hart zu schlucken. Doch auch alles Blinzeln half nicht und eine Träne rann ihr über die Wange. Am

Tisch herrschte immer noch Schweigen. Niemand wagte auch nur zu atmen, weil alle auf eine Explosion warteten. Doch diese blieb aus. Mit einem Mal war jeder Kampfgeist erloschen. Zurück blieb eine ausweglose Leere, die sie in einen dunklen Abgrund zu saugen schien. Es war als wäre alle Energie irgendwie implodiert. Sie ließ es geschehen und sank in sich zusammen. Mit letzter Kraft erhob sie sich und sagte entschuldigend: »Verzeih mir, Mama, ich hab Kopfweh, ich muss mich hinlegen.« Ohne ein weiteres Wort ging sie aus dem Raum und schloss leise die Tür hinter sich.

Oma Lottes Kuchenstück, das sie seit einer kleinen Ewigkeit in der Luft gehalten hatte, brach ab und platschte auf ihren Teller. Alle Blicke richteten sich auf sie.

»Arschlöcher, alles Arschlöcher«, verkündete sie, spießte das Stück wieder auf und stopfte sich anschließend den Rest Kuchen in den Mund. Dann leckte sie sich genüsslich schmatzend jeden einzelnen Finger ab.

Hannah sah verunsichert zu ihrer jüngeren Tochter hinüber. Die wirkte nachdenklich. Die zornige Anspannung war auch aus ihren Zügen gewichen und nun ließ sie die Schultern hängen.

Hannah klappte das Buch zu und legte es wortlos beiseite.

»Ich bin so froh, wenn das Referendariat endlich durch ist.«

»Du hättest dich ja nicht für Jura zu entscheiden brauchen, wenn du es gar nicht magst.«

»Es ist ja nicht so, dass ich es nicht mag, ich bin einfach nur froh, wenn ich durch bin …«

»Du hast eigentlich eh den Kopf viel zu sehr in den Wolken, um als Juristin arbeiten zu können.«

»Aber ich hab mich doch verändert! Ich bin mittlerweile viel aufmerksamer …«

»Naja, wenn du meinst.«

»Findest du etwa nicht?«

»Ich meine ja bloß, Rechtsanwalt zu sein erfordert schon etwas mehr, als ein paar Paragrafen aneinanderreihen zu können.«

»Ja, natürlich …«

»Aber du hast ja Glück und bist eine Frau.«

»Und was bedeutet das jetzt?«

»Du wirst irgendwann Mutter und dann machst du ja eh höchstens noch ein bisschen Teilzeit weiter.«

»Ich dachte eigentlich …«

»Siehst du, Schätzchen, da kommen schon wieder die Flausen. Ich seh es dir an der Nasenspitze an. Aber glaub mir, aus dir wird keine gute Juristin. Zum Glück hast du ja mich. Wenn wir erst verheiratet sind und ich Partner bin, dann kannst du dich in Ruhe auf die Kinder konzentrieren und die werden deine verrückten Ideen lieben.«

So rückblickend betrachtet war das Gespräch, das sie damals mit Michael zum Thema Hochzeit und Kinder geführt hatte, genauso albern gewesen wie die meisten, die ihre vermeintliche gemeinsame Zukunft betroffen hatten.

Val schnaubte, wischte sich wütend die Tränen von den Wangen und trat vom Fenster in ihrem Zimmer zurück. Wie hatte sie sich nur so hinters Licht führen lassen können.

Er hatte nie irgendwas ernst genommen, was sie gesagt hatte, nicht ein einziges Mal, und schon gar nicht sie, ihre Wünsche oder Bedürfnisse. Ihr ganzes Zusammensein war eine einzige andauernde Schnitzeljagd gewesen, ein Spiel. Er hatte mit ihr gespielt wie mit einem Hund. Er warf das

Stöckchen und sie rannte und apportierte auch noch brav. Sie war so blind gewesen … aber damit war jetzt Schluss.

Sie würde neu anfangen … morgen.

TAG 8 – SIEBTER FASTENTAG

Doch in diesem Fall war der Morgen kein Stück schlauer als der Abend.

Wie hatte er ihr das antun können? Und wie hatte es sein können, dass sie es nicht früher gemerkt hatte? Sie knüllte die Decke in ihrem Arm fester zusammen. Es war noch früh und die Sonne begann gerade erst den Himmel am Horizont einzufärben.

Monatelang hatte er sie gelockt, bedrängt, quasi genötigt, doch möglichst schnell alles in Hamburg stehen und liegen zu lassen und zu ihm nach Düsseldorf zu ziehen. Was hatte er ihr für Traumbilder gemalt von einer gemeinsamen Zukunft, von ihrem gemeinsamen Leben und am liebsten wollte er, dass alles eher heute als morgen losgehen sollte. Er hatte ihr keine Ruhe gelassen, weil ihm die Wochenendbeziehung nicht reichte. Hatte sie immer wieder unter Druck gesetzt, ihre bereits gesetzte Planung nochmal zu beschleunigen. Regelrecht erpresst hatte er sie, zu kündigen, um mit ihm eine Familie in Düsseldorf zu gründen. Ihre Augen begannen zu brennen.

Und wofür das Ganze? Zwei Monate! So lange hatte sie im Endeffekt bei ihm gewohnt. Zwei verdammte Monate. Ihre Augen füllten sich mit Tränen. Noch nicht einmal alle Sachen waren ausgepackt gewesen.

Sie hatte ihre Freunde vernachlässigt, keine Zeit mehr für Sport gehabt, sie hatte ihre Wohnung aufgegeben, sich keinen Job gesucht, sondern auf das Praktikum in seiner Kanzlei gebaut und wozu? Nur damit er es sich nach nur zwei Monaten einfach anders überlegte. Eine Träne rann ihr aus dem Augenwinkel. Das war doch wirklich nicht zu fassen. Hätte er das nicht eher merken können, dass ihm ihre Beziehung so gar nichts bedeutete? Was war denn das für ein ambivalentes Verhalten? Sie schniefte. Er musste das doch von langer Hand geplant haben. Diese Scheiß-Idee mit Singapur war ihm doch nicht über Nacht gekommen. Ihr Bauch krampfte sich zusammen und auch um ihren Hals wurde es ihr beklemmend eng.

Nein, er musste es gewusst haben – so gedankenlos konnte man doch nicht sein. Er hatte sie einfach ins offene Messer laufen lassen. Val heulte auf. Der Damm brach.

Sie lag mittlerweile auf der anderen Seite und beobachtete die Sonnenstrahlen unter der Jalousie. Wie lange sie geweint hatte, wusste sie nicht. Da mittlerweile allerdings schon wieder das Frühstück unten vorbei war, schätzte sie, dass sie zwischendurch wohl doch nochmal eingedöst war. Was war das bloß neuerdings mit ihr, der Sonne und ihrer neuen Art der tiefgründigen Beobachtung. Sie schüttelte innerlich den Kopf.

Aber Lust aufzustehen hatte sie auch keine. Wozu auch? Eine Träne bildete sich am Wimpernrand, doch ehe sie überlief, wischte Val sie energisch weg.

Was für ein Arschloch, dachte sie und musste unwillkürlich lächeln. Laut fügte sie hinzu: »Alles Arschlöcher.«

Sie ließ sich auf den Rücken fallen und verschränkte die Hände hinter dem Kopf.

Sie musste an Ihren ersten Liebeskummer denken, damals in der vierten Klasse, weil Felix nicht ihren Zettel, sondern den von Betty mit einem Kreuzchen bei »Ja«

beantwortet hatte auf die Frage, ob er mit ihr gehen wollte. Sie hatte es mit erhobenem Haupt nach Hause geschafft – und dann den ganzen Nachmittag lang bei Oma Lotte auf der Couch gelegen und geheult. Bis Oma ihr Kakao gemacht hatte und in ihrer rustikalen Art ein paar Ohrfeigen androhte, wenn sie nun nicht endlich damit aufhören und ihre Hausaufgaben machen würde.

Sie dachte an ihre große Liebe aus der Tanzschule, Yannick, der so wunderschöne Augen und so gar nichts im Kopf gehabt hatte. Ein großartiger Tänzer war er auch nicht gewesen, aber sie hatte es immer so cool gefunden, wenn er lässig den Arm um sie gelegt hatte, während er am geliehenen Mercedes seines Vaters lehnte. Sie hatten sich in einem wahren Drama getrennt – also genau genommen er sich von ihr – nachdem er durch sein Abitur gerasselt war und – zu cool, um es zu wiederholen – lieber nach Amerika ging, um dort nochmal einen Abschluss anzustreben. Wochenlang hatte sie geheult, ohne je wieder ein einziges Wort von ihm zu hören.

Ihre Gedanken wanderten weiter zu ihrem Studium, dem Geplänkel mit dem einen Tutor … Auch er hatte ihr das Herz gebrochen, als sie feststellte, dass er eigentlich eine Verlobte hatte und bei seinen Schwiegereltern in einer Einliegerwohnung wohnte.

Val seufzte. Und doch hatte sie alle überlebt. Der Gedanke beruhigte sie irgendwie. Keiner der vermeintlich jüngsten Tage ihrer kleinen Welt hatte sich am Ende als wirklich langfristiger Verlust erwiesen. Und sie musste sich eingestehen, dass bei genauerer Betrachtung auch Michael hier vielleicht keine Ausnahme bilden würde. Ja, er hatte ihr wirklich weh getan und für den Moment jede Perspektive geraubt. Aber die Erfahrung zeigte: Sie hatte sich von den anderen Schlägen erholt. Sie würde es auch dieses Mal schaffen. Sie hatte ihr Abitur und ihr Studium durchgezogen. Sie hatte sich ein Leben aufgebaut mit loyalen Freunden und einer süßen Wohnung. Sie konnte das. Und sie konnte das auch nochmal.

Mit jedem Gedanken dieser Art schwoll ihre Brust ein wenig mehr an. Ein gutes, starkes Gefühl von Kampfgeist und Stolz begann sich in ihr auszudehnen. Nein, sie würde sich nicht unterkriegen lassen. Auch wenn es ihr im Moment echt dreckig ging und ihr Leben völlig aus der Bahn geworfen war, würde sie es hinbekommen.

Ihr kam ein weiterer Gedanke und eine neue Woge Glücks überschwemmte sie: Sie fastete seit sieben Tagen. Das war krass. Eine geniale Leistung und in Anbetracht der Umstände nur noch bewundernswerter. Einen Moment lang gab sich Val diesen guten Gefühlen hin.

Dann kehrten ihre Gedanken allerdings zurück zu so unerfreulichen Realitäten wie ihrer Wohn- und finanziellen Situation und ihre Stimmung verdunkelte sich wieder. Sie setzte sich auf und schlug die Decke zurück. Ihr Blick war zwar ins Leere gerichtet, doch ihre Züge entschlossen.

»Egal, dann eben alles auf Anfang.«

Sie stand auf, schüttelte das Bett auf und zog die Gardinen und die Jalousie beiseite, um stoßlüften zu können. Während sie mit ein paar raschen Handgriffen das Zimmer aufräumte, genoss sie die kühle Luft. Mittlerweile roch es nicht mehr ganz so nach Schnee, aber sehr kalt für die Jahreszeit war es immer noch.

Sie schloss das Fenster und stellte die Heizung hoch, ehe sie ins Bad ging.

Sie beendete ihre Morgentoilette und ging hinunter in die Küche, um sich einen Saft zu gönnen und Tee zu kochen. Wie sie so dastand und dem Wasserkocher beim Heißwerden zusah, kam ihr der Gedanke, dass es ihr eigentlich ganz gut ging.

Nein, dachte sie, streich das eigentlich. Es geht mir gut.

Sie wählte Kamillentee und goss den großen Becher auf.

»Ich bin gesund, ich bin nicht einmal ganz dreißig …«, sie schmunzelte, als sie in der spiegelnden Scheibe ihr Bild betrachtete. »Hübsch«, gestand sie sich in Gedanken zu, »und so schlank.«

Mit der Tasse in der Hand schlenderte sie hinüber ins Wohnzimmer und ließ sich auf einen Sessel fallen. Ihr Blick wanderte nach draußen.

»Ich bin auch nicht auf der Straße gelandet, und selbst wenn das bei Mama noch keine Endlösung ist, es ist großartig, dass ich hier wenigstens so spontan unterkommen kann.« Dankbarkeit und Zuneigung machten sich breit und als ihr Blick den riesigen immer noch toll aussehenden Strauß auf dem Esstisch erfasste, war sie froh und ein bisschen stolz, dass sie ihn genommen hatte. Ihre Mutter hatte ihn in jedem Fall sowas von verdient.

Ihre Gedanken schweiften weiter.

»Und hier in Hamburg hab ich auch noch mehr Kontakte. Meine Freundinnen werden mir bestimmt vergeben und wieder aus der Versenkung kommen und vor allem kenne ich hier einige Anwälte, da finde ich auch schneller wieder einen Job.«

Voll positivem Überschwang nahm sie einen großen Schluck Tee – und verbrannte sich gehörig den Mund. Spuckend, prustend und hechelnd saß sie kerzengerade mit hochrotem Kopf auf dem Sessel.

»Scheiße!« Ihre Zunge brannte und ihre Augen tränten. Das kam von zu viel Übermut. Noch immer durch den Mund atmend, ließ sie sich wieder auf den Sessel zurücksinken.

Auf jeden Fall musste sie zunächst anfangen. Mit irgendwas. Aber womit? Tausend Dinge fielen ihr auf einmal ein und kullerten alle unkontrolliert durch ihren Kopf. Natürlich drängte sich das Arbeitsamt in den Vordergrund. Val zog instinktiv den Kopf ein. Nein, darauf würde sie wirklich gern verzichten und ja, sie würde sich dem gleich widmen. Einen Augenblick wollte sie sich noch den positiven Varianten ihrer Möglichkeiten hingeben. Also schüttelte sie ihren Kopf wie eine Schneekugel und ließ sich die wildfliegenden Gedanken und Ideen neu ordnen. Derweil ging sie wieder nach oben, um ihr Tagebuch zu holen. Alles aufzuschreiben würde ihr helfen.

Eine Viertelstunde später saß sie vor dem weißen Blatt. Immer noch. Wo eben noch so viele Ideen gewesen waren, herrschte nun plötzlich irgendwas zwischen absolutem Gedankenchaos und gähnender Leere. Ja, sie brauchte einen Job, aber woher nehmen beziehungsweise wo sollte sie anfangen zu suchen? Und eine Wohnung? Für die brauchte sie auf jeden Fall Gehaltsnachweise. Und dann musste sie schon wieder umziehen … Val stützte den Kopf in die Hände und starrte auf die unbeschriebene Seite vor ihr. Ihr

Kopf war so schwer. Vor Erschöpfung schloss sie einen Moment die Augen und fühlte in sich hinein.

Traurig. Genau das war es, was sie war. Sie war einfach nur traurig. Sie war so enttäuscht darüber, dass sie, anstatt in Düsseldorf Kisten auszupacken und ein gemeinsames Nest einzuräumen, sie nun schon wieder über das Packen von Kisten nachdenken sollte. Es trieb sie zur Verzweiflung, wenn sie, anstatt darüber nachzudenken, wann sie denn wohl die Pille absetzen würde und wie lange es dann noch dauern würde, in den Mutterschutz zu gehen, jetzt darüber nachdachte, dass sie dieses Jahr allein in den Urlaub fahren müsste und ihre aussichtsreichste Perspektive in Singlepartys bestand. Es graute ihr vor den weiteren Gängen zum Amt, davor Weihnachten allein mit Laura und ihrem herzallerliebsten Jonas zu feiern. Und sie vermisste Michael. Sie vermisste es, neben ihm aufzuwachen, ihm beim Frühstück beim Lesen seiner Zeitung zuzusehen. Sie vermisste all die Kleinigkeiten, die ihren kurzen und doch so geliebten Alltag ausgemacht hatten.

Bei diesem Gedanken hielt sie inne. Vor ihrem inneren Auge spielten sich Szenen ab, wie er morgens einmal verschlafen hatte und dann aus dem Haus gestürzt war, ohne ihr »Guten Morgen« oder »Tschüß« zu sagen. Oder wie er abends manchmal schlecht gelaunt nach Hause kam. So schlecht gelaunt, dass sie nicht wagte, ihn anzusprechen und ihm auf Zehenspitzen aus dem Weg ging.

Val runzelte die Stirn. Selbst in der kurzen Zeit ihres Zusammenlebens hatten sie eine Menge Unstimmigkeiten und einmal sogar einen richtigen Streit gehabt. Sie hatte das als Anfangsschwierigkeiten abgetan. Aber wenn sie jetzt so darüber nachdachte, sehr nett war das nicht gewesen. Ja, sie hatte ihn geliebt, aber hatte er sie auch geliebt?

Sie war zwar immer noch traurig, vor allem als sie über diese letzte Frage nachdachte, die bleierne Schwere jedoch, die sie tagelang mit sich herumgeschleppt hatte wie Atlas die Erdkugel, war nach Sonntag nicht mehr zurückgekehrt. Sie hatte immer noch das Gefühl, wie ein Sisyphos-Mistkäfer riesige Kugeln aus Dung irgendwelche Berge hochzurollen, ohne zu wissen wofür, und doch war sie irgendwie gelassen. Sie fühlte sich angenehm distanziert. Die ganze Situation stellte sich ihr glasklar dar und sie konnte sie in Ruhe von allen Seiten betrachten, ohne dabei zu emotional zu werden. Naja, zumindest nicht dauernd … oder jedes Mal … räumte ihr Verstand ein.

Es war, als hätte sich ein Wall, ein Damm gebildet zwischen der rauen See, die ihre Gefühlswelt im Moment war und ihr, die sie hinter diesem Deich an Land stand. Das Bild fühlte sich gut an. Instinktiv wusste sie, dass auch dieses Gefühl etwas mit dem Fasten zu tun hatte und sie war einmal mehr dankbar für ihre Entscheidung, und dass sie es schon so lange durchgezogen hatte.

Heute war definitiv ein guter Tag. Sie hatte keinen Hunger, ihr war weder schlecht, noch hatte sie Bauchschmerzen oder Schwindel. Sie lächelte. Heute war ein wirklich guter Tag, wiederholte sie. Es würden weitere gute Tage folgen.

Ihr Blick fiel wieder auf das Blatt vor ihr.

Sie malte ein großes T über die ganze Seite und schrieb links über den Kopf »GONE (Michael)«. Bei der rechten Seite zögerte sie zunächst und fügte dann nach einiger Überlegung hinzu »TO COME (mit jemand anders)«.

Dann begann sie in die linke Spalte all das, was sie vermeintlich verloren hatte, aufzuzählen. Begriffe wie »Paar«, »gemeinsame Zukunft«, »Kinder«, »Haus«, »neue berufliche Perspektive« waren schnell gefunden. Es folgten Worte wie »Sicherheit«, »Vertrauen«, »Liebe«.

Val hielt inne, zögerte und fügte ein Fragezeichen hinter dem letzten Wort hinzu. Dann überflog sie die Liste und runzelte die Stirn.

Sie wollte ja nicht nur ein Paar sein, sie wollte einen echten Partner, der sie als gleichwertig betrachtete. Also war »Partnerschaft« das erste Wort rechts. Gleich darunter schrieb sie »Liebe« und dieses Mal mit einem fetten Ausrufezeichen. »Zuverlässigkeit« folgte, »Humor« und »Verlässlichkeit«. Ein kalter Schauer lief ihr über den Rücken, als sie an Michaels Stimmungsumschwünge dachte. Gerade noch lieb und lammfromm, war er innerhalb von einer Minute ausgeflippt und häufig hatte sie gar nicht genau gewusst, wieso.

Sie überlegte weiter und kaute an ihrem Stift herum. Sie wollte auch nicht einfach Kinder. Nein, sie wünschte sich eine richtige Familie. Was nützte es ihr, wenn sie dann mit einer Nachwuchsschar zu Hause hocken müsste – allein. Während er irgendwo in der Weltgeschichte den großen Rechtsbeistand mimte. Nein, wenn sie Kinder wollte, dann nur mit jemandem, der auch wirklich Vater sein wollte. Also schrieb sie auch »Familie« mit einem Ausrufezeichen auf die Liste. Ähnliches fiel ihr zu dem Begriff »Haus« ein. Ihr war es im Prinzip egal, ob sie in einer Wohnung, einem Haus oder einer Villa wohnte. Sogar dem Ort stand sie im Prinzip gleichgültig gegenüber.

Die Form ist doch egal, dachte sie, wichtig ist doch nur, dass es ein echtes Zuhause ist. Also war es das Wort, welches sie aufschrieb.

Sie wollte »gemeinsam Reisen und die Welt entdecken«, sie wünschte sich ein »Abenteuer« und »zusammen alt werden«.

»Sicherheit« und »Vertrauen« fielen ihr ins Auge. Hatte sie das mit Michael wirklich erlebt? Ja, sie hatte ihm vertraut – und war furchtbar hereingefallen dabei und ja, sie hatte sich bei ihm sicher gefühlt – bis er ihr den Boden unter den Füßen weggezogen hatte. Nein, das war ganz sicher nicht, wie sie sich das so vorstellte. Also verschob sie beide Worte mit einem Pfeil von der linken auf die rechte Seite.

Mit triumphierendem Blick überflog sie die Liste. Gut so weit.

»Neue berufliche Perspektiven« war noch übrig und Val schnaubte.

»Ja, die hab ich dann wohl jetzt mehr denn je.« Sie dachte darüber nach, was sie sich für diesen Punkt von einem neuen Partner wünschen würde. Ein Lächeln stahl sich in ihr Gesicht und sie schrieb: »etwas gemeinsam aufbauen«. Auch hier hinter machte sie ein dickes Ausrufezeichen. Genau, ihr Partner sollte sie unterstützen und an sie glauben und nicht ständig allein Pläne machen. Sie lehnte sich zufrieden zurück und betrachtete die Liste noch einmal. Und lustig sollte es mit ihm sein … plötzlich tauchte Marcs Gesicht vor ihr auf und sie schnappte nach Luft. Verwirrt übermalte sie den Gedanken. Mit dem war es nicht lustig … der piesackte sie nur … rasch besann sie sich auf die Aufgabe vor sich. Die Traurigkeit war zwar noch nicht ganz verflogen, aber im Gegensatz zu vorhin fühlte sie sich schon sehr viel besser.

Sie las die Liste ein letztes Mal, faltete das Blatt dann sorgfältig und legte es in ihr Tagebuch. Zufällig sah sie auf die Uhr. Es war fast neun. Wenn sie noch zum Amt wollte, musste sie sich langsam sputen. Und sie musste dringend mehr trinken. In ihrem Zimmer befand sich nur noch eine halbe Flasche Wasser. Sie ergriff sie zusammen mit den drei leeren und machte sich auf den Weg in den Keller. Auf der Treppe trank sie die letzten Schlucke und holte sich zwei neue Flaschen stilles Wasser.

Val war gerade in ihrem Zimmer angekommen, als das Telefon klingelte. Sie lauschte und entschied sich dann, nicht auf den AB zu warten. Schließlich wohnte sie hier und auch wenn der Anruf wohl kaum für sie wäre, sprintete sie rüber ins Schlafzimmer und nahm am Zweitapparat ab.

»Bernhard.«

»Mama?« Ihr Rückgrat verspannte sich merklich.

»Nein, hier ist Val.«

»Oh«, Laura schwieg einen Augenblick, fuhr aber fort, ehe sie unleidlich werden konnte.

»Entschuldige, hab ich dich gestört?«

Von der Höflichkeit ihrer Schwester überrumpelt, verfiel sie automatisch in den gleichen Modus.

»Nein, ist schon okay. Wolltest du Mama sprechen? Die ist noch mit Oma unterwegs zur Tagespflege.«

»Ah verstehe. Naja, ist nicht schlimm…« Sie hörte ein vernehmliches Schniefen. Ohne darüber nachzudenken, fragte sie nach:

»Was ist denn los?« Laura schniefte nochmal und klang, als würde sie die Tränen zurückhalten. »Ach nichts, ich wollte nur … Ist auch egal …« Ihre Stimme brach und sie schluchzte unterdrückt. Obwohl sie selbst auch eine Drama-Queen war, ging der erste Platz doch unbestritten an die jüngere von ihnen.

Die große Schwester in ihr regte sich und Vals Herz schmolz. Keine Ahnung ob auch das eine Folge des Fastens war, aber sie hatte unerwartet das dringende Bedürfnis, Laura in den Arm zu nehmen.

»Hey, Kleine, was ist denn los, magst du erzählen?« Als ob diese Sanftheit nun auch das letzte bisschen Zurückhaltung am anderen Ende ausgehebelt hätte, heulte Laura los.

»Ach es ist ja gar nichts … Nur eine Lappalie … Aber er und seine Thesis … Und in der Wohnung muss noch so viel gemacht werden und ich hab mir extra frei genommen und er … Er arbeitet immer nur an seiner Masterarbeit … Und ich brauche ihn doch bei all den wichtigen Entscheidungen … Jetzt muss ich mich um alles allein kümmern und als ich ihm das vorhin gesagt hab, da haben wir uns prompt gestritten.« Immer wieder verschluckte sie sich zwischen den Worten oder rang nach Luft. Val ließ sie einfach reden und konnte nicht umhin, dass sie dachte, sie würde ihrer kleinen Schwester jetzt gern über das Haar streichen und sie drücken. Miss Perfect und ihr Wonderboy. Tja, es war eben nicht alles eitel Sonnenschein und von außen war nicht immer zu erkennen, wenn unter der Oberfläche eben doch auch gewisse Macken lauerten.

Sie hörte einfach nur zu, wie Laura sich ihren Frust von der Seele heulte. Instinktiv wusste sie, dass hier nur ein kleines Drama ablief. Etwas war nicht optimal gelaufen, also heulte ihre kleine Schwester. Das hatte sie schon immer getan. Mit den Füßen aufgestampft und geheult. Sie lächelte.

Denn die Wahrheit war, im Grunde war auch ihr eigenes nur ein kleines Drama und wenn sie schon erwartete, dass alle Welt darauf Rücksicht nahm, dann musste sie eben auch die Dramen der anderen ernst nehmen.

Mit ihrer fastenindizierten Ruhe und Klarheit hörte sie sich geduldig die Wehklagen an, bis die Schluchzer etwas weniger herzzerreißend wurden.

»Du machst dir viel zu viel Druck, Süße«, sagte sie leise und spürte, wie ihre Schwester lauschte.

»Du möchtest, dass alles perfekt ist in eurem neuen Zuhause und das ist doch toll, das wird wunderschön. Und ich bin ganz sicher, Jonas weiß das auch total zu schätzen.«

»Echt? So klang er aber gerade nicht«, schnüffelte Laura, noch immer hörbar verletzt.

»Naja, er kann das halt im Moment nicht so zeigen.«

Als Antwort ertönte nur ein verächtliches Schnauben.

»Und ich bin ganz sicher, er tut sein Bestes.«

»Pah«, machte Laura, »und ich reiße mir ein Bein aus und das in meinem Urlaub.«

Val fiel gerade rechtzeitig das schlagende Argument ein:

»Aber denk doch mal, er macht doch den Master, damit er nächstes Jahr befördert werden kann. Er macht den für euch, damit ihr dann reisen und Familie planen und weiß ich nicht was alles könnt. Und wenn er da jetzt gerade so kurz vor der Abgabe ist, dann ist es doch kein Wunder, wenn er für nichts anderes einen Kopf hat. Männer sind da eher …« Sie suchte nach dem richtigen Wort, »eindimensional.« Ihre Schwester musste wider Willen lachen und zog geräuschvoll die Nase hoch.

»Ja, da hast du eindeutig recht.«

Val merkte, dass sie sich beruhigte und setzte nach:

»Und wie würde Oma sagen? Alles Arschlöcher.«

Beide Frauen lachten. Laura putzte sich geräuschvoll die Nase und entgegnete:

»Recht hat sie.«

»Ja, hat sie«, stimmte sie ihr zu. Eine Weile schwiegen beide und nur noch ein ruhiger werdendes Schniefen war zu hören. Val spielte mit einer Strähne ihres Haares und genoss ihren neuerlangten Frieden. Etwas von dem gerade Gesagten resonierte seltsam mit ihrer persönlichen Situation.

»Wie geht es denn dir eigentlich?« Diese offensichtlich ehrliche Frage traf sie unvermittelt. Sie überlegte, ehe sie ruhig antwortete:

»Noch nicht so doll, aber das wird schon.«

»Das muss echt ...«, Laura suchte nach den richtigen Worten, »ziemlich heftig für dich sein.« Sie lächelte. Ihre Schwester war noch nie so gut mit Entschuldigungen gewesen, aber das war so dicht dran, wie sie eben konnte.

»Ja, ist es und phasenweise fühle ich mich, als würde ich ertrinken und zerrissen gleichzeitig«, entgegnete sie ehrlich, »aber weißt du was?«

»Na?«

»Ich schaff das.« Die Überzeugung in ihrer Stimme überraschte sie selbst und doch fühlte es sich richtig an.

Laura stimmte sofort zu:

»Auf jeden Fall, wenn eine es schafft, dann du.« Beide Frauen schwiegen und hingen wieder ihren Gedanken nach.

»Du?«

»Hm.«

»Danke.«

»Ist okay.«

Wieder wurde es still an beiden Enden.

Schließlich war es wieder Laura, die das Schweigen brach.

»Ich glaub, ich werd dann auch mal wieder …«

»Ja, auf jeden Fall. Ich auch …«

»Val?«

»Hm?«

»Schön, dass du wieder da bist.« Dann hängte Laura auf.

Sie hielt noch eine Weile den Hörer in der Hand und hing ihren Gedanken nach. Vielleicht war es doch gar nicht so verkehrt, dass sie wieder in Hamburg war und im Moment bei ihrer Mutter wohnte.

Frau Dr. Wick hatte sich nicht besonders erfreut gezeigt, Val so schnell wiederzusehen. Auch, dass sie dieses Mal alle Papiere dabeihatte, die sie brauchte, um sich in Hamburg arbeitssuchend zu melden, schien sie nicht milder zu stimmen.

Sie selbst blieb hingegen völlig gelassen. Die Frau hatte ihre eigenen Probleme. Vielleicht mit ihrer Frisur, vielleicht mit ihrer Ordnung oder Arbeit oder einem anderen Teil ihres Lebens … es war ihr Film, nicht Vals.

Und mit ihrer neuen Fastenlässigkeit streifte sie ihr kleines Teufelchen einfach von ihrer Schulter, lächelte die Schreckschraube an und ertrug deren Kommentare stoisch.

»Melden Sie sich sofort, wenn sich etwas an Ihrer Situation ändern sollte«, ermahnte sie sie zum Abschied. Sie verkniff sich ein Lachen. Eine andere Karte hatte sie nicht mehr zu spielen, also ließ Val sie gewähren. »Das werd ich«, antworte sie im Gehen begriffen, »darauf können Sie Gift nehmen.«

Einfach weil es ihr gut ging, entschied sie am frühen Nachmittag, dass es Zeit sei, eine Runde zu laufen. Sie hatte sich gerade umgezogen und wollte die Treppe hinunter, als ihr siedend heiß einfiel, dass sie ja nicht ewig weiterfasten konnte. Und wie funktionierte das noch mit dem Fastenbrechen und dem wieder anfangen zu essen? Einen Moment lang war sie hin- und hergerissen. Sollte sie erst laufen gehen und danach darüber nachdenken? Oder machte es mehr Sinn, jetzt schnell zu googeln und einen Essensplan aufzustellen, damit sie auf dem Rückweg gleich einkaufen konnte? Sie seufzte. Die Vernunft siegte. Sie ging zurück in ihr Zimmer und fuhr den Laptop hoch. Binnen einer Viertelstunde hatte sie alles, was sie brauchte: Morgens einen reifen Apfel, mittags und abends Gemüsesuppe mit Einlage. Für den nächsten Tag dann Joghurt, Leinsamen und Dörrpflaumen und wieder Suppen.

Ein kurzer Blick in die Küche verriet ihr, dass die drei letzten Zutaten für ihr zweites Frühstück auf jeden Fall im Haus vorrätig waren. Sprich, sie musste sich nur ein bisschen Gemüse und einen Apfel kaufen. Zufrieden stopfte sie einen Zwanziger in die Tasche ihrer Jogginghose, schnappte sich ihre Schlüssel und lief los. Bei der Aussicht Marc schon so bald wieder zu begegnen, kribbelte es kurz im ganzen Körper.

Ihre Runde war ihr leicht vorgekommen und als sie zum Endspurt am Markt ansetzte, war sie zwar leicht außer Atem, aber ihre Wangen nur schön gerötet und nicht feuerrot. Die ging die Ladenzeile bis zu Herbst und lugte um die Ecke in das Schaufenster. Wie gewöhnlich stand Marc hinter dem Tresen. Allerdings war er nicht mit Bedienen beschäftigt, sondern ging einige Listen durch. Ein junges Mädchen bediente eine Kundin, die Val nicht kannte. Auch ohne den Dialog der beiden zu verstehen, konnte sie erkennen, dass die Frau nicht zufrieden war. Das Mädchen hatte ihr anscheinend nicht die richtigen Bananen eingepackt und dann versehentlich auch noch eine mit einer Druckstelle eingetütet. Sie beobachtete, wie Marc sein Klemmbrett weglegte, sein breitestes Grinsen aufsetzte und nach vorn kam. Er nahm der Kleinen die Tüte aus der Hand, überprüfte die Ware und vervollständigte sie noch mit ein paar Weintrauben und reichte der Dame alles über den Tresen. Die Kleine stand derweil nutzlos daneben und schaute ihm mit am Körper herabhängenden Armen zu.

Die Dame zahlte und ging. Nicht jedoch ohne einen missbilligenden Blick auf das junge Mädchen zu werfen, welches sich allerdings keiner Schuld bewusst schien. Marc sah auf die Uhr über der Tür und sagte daraufhin etwas zu seiner Mitarbeiterin, was Val nicht verstand.

Das Gesicht der Verkäuferin leuchtete auf, flugs zog sie die Schürze aus und war in Windeseile nach hinten verschwunden. Sie hatte wohl Feierabend. Marc hatte ihr kopfschüttelnd nachgesehen und kehrte dann zu seinem Papierkram zurück.

Val zupfte sich die Haare zurecht, strich ihren Sweater glatt und ging dann mit zügigen Schritten um die Ecke und in den Laden.

Marc blickte auf, als das altmodische Glockenspiel über der Tür erklang und sofort begann sein Gesicht zu strahlen.

»Walli, welch Glanz in meiner bescheidenen Hütte.«

Mit seiner vorlauten Art hatte er ihr schon wieder jegliche Selbstsicherheit genommen. Etwas steif antwortete sie:

»Hallo Marc-Alexander.« Dann fasste aber auch sie sich ein Herz und fügte kiebiger hinzu: »Und nenn mich nicht so.« Sie war nicht sicher, ob es an dem Temperaturunterschied zwischen draußen und dem Laden lag oder an dem Blick, den er ihr zuwarf, aber ihr wurde auf einmal ziemlich warm.

Er kam hinter dem Tresen hervor und konnte es nicht lassen, sie noch ein bisschen zu necken.

»Was machst du denn schon wieder hier? Ich denke du hast dem Essen abgeschworen?«

Mit stolz geschwellter Brust entgegnete sie:

»Schon, aber meine Fastenwoche ist fast rum. Ab Morgen fange ich wieder an aufzubauen.« Er nickte anerkennen.

»Alle Achtung.« Sie schlug die Augen nieder und errötete noch etwas mehr unter seinem Lob. Trotzdem umspielte ein Lächeln ihre Lippen.

»Naja und auf jeden Fall brauche ich frisches Gemüse für die Suppen – und einen Apfel. Einen reifen Apfel, mit dem ich morgen früh Fasten breche.« Vor lauter Aufregung hatte das etwas Schulmeisterlicher geklungen, als es sollte. Sie schielte zu Marc hinüber, der immer noch amüsiert lächelte.

»Was willst du denn für Suppen kochen? Brauchst du ein Rezept?«

Er hatte schon den Arm nach einem Aufsteller mit Rezeptzetteln zum Mitnehmen ausgestreckt, doch Val unterbrach ihn.

»Nein, nein, kochen kann ich, und ich weiß auch genau, was ich will. Gib mir bitte vier von den mehlig kochenden Kartoffeln, eine kleine Zucchini und eine große Karotte.« Sie stellte sich auf die Zehenspitzen, um besser sehen zu können. »Nein, bei der Größe lieber zwei Karotten.«

Er schaute sie erwartungsvoll an, als wolle er ihr Wissen zum Thema Suppe kochen wirklich auf die Probe stellen.

Sie stemmte die Hände in die Hüften und sagte mit gespielt strengem Ton:

»Eine Zwiebel mit etwas Butter andünsten, Kartoffeln und ein Gemüse deiner Wahl waschen oder schälen und in Scheiben mit anschwitzen, Wasser drauf, einkochen, mit Salz und Pfeffer und z. B. Muskatnuss oder bei der Karotte auch mit Curry abschmecken. Voilà.«

»Das klingt wirklich gut und ziemlich simpel«, stellte er fest und klang beeindruckt, doch natürlich musste er noch einen nachlegen: »Sonst hätte ich dir auch eine hübsche Suppe kochen können, meine Tante machte da immer einen super Gemüseeintopf.« Er zwinkerte ihr zu. Sofort wurde es Val wieder warm.

»Nein. Also der Eintopf ist sicher super, aber …«, druckste sie herum, »ich mach mal lieber die Pottage, die ist püriert, das rutscht gut und reicht auch für zwei Tage. Ist so ein Grundrezept, was ich mal im Netz gefunden habe und das sich wirklich gut mit allem möglichen macht.« Er beobachtete sie mit neuem Interesse. Nervös plapperte sie weiter.

»Man kann sogar tiefgefrorene Erbsen oder Spinat dafür verwenden.« Sie biss sich auf die Lippe und sah ihn an. Er hatte sich nicht bewegt, sondern sah sie einfach nur weiter mit der gleichen Intensität an. Nun bot sich ihr eine Chance, die Oberhand zu gewinnen.

»Und? Was ist denn nun mit meinem Gemüse?«

Einen Moment lang starrte er sie erschrocken an, als habe ihn jemand beim Schlafwandeln erwischt und aufgeweckt.

»Ach ja.« Dann begann er hastig die gewünschte Auswahl in Tüten zu verpacken und abzuwiegen.

Val blickte sich im Laden um und erblickte im Durchgang nach hinten eine zu Boden gefallene Schürze.

»Da ist was runtergefallen«, sagte sie und deutete mit dem Kinn in Richtung der Tür. Marc folgte ihrer Geste und hob die Augenbrauen.

»Hm«, machte er und trottete hinüber, hob die Schürze hoch und hängte sie im Flur auf einen Haken.

»Danke.« Er kam wieder zurück hinter den Tresen und starrte kurz vor sich hin.

»Alles okay? Hat dir die Schürze die Laune verdorben?« witzelte sie.

»Was?« Er sah sie an und grinste schon wieder. »Nein, ich glaub, ich muss bloß schon wieder eine Aushilfe feuern.«

»Oh wieso das denn?« Wie aus der Pistole geschossen antwortete er:

»Keine Arbeitsmoral dieses Pack. Gen Z.« Er rollte arg theatralisch mit den Augen. Val starrte ihn an, dann zuckte es allerdings verdächtig um seinen Mundwinkel und auch sie musste lachen.

»Aha«, entgegnete sie.

»Nein, im Ernst, in diesem Fall ist sie noch Schülerin und die meisten von denen sind echt zu dumm zum

Kopfrechnen oder ich hab irgendwelche Muttis, die hier mehr mit ihren Nachbarinnen plauschen als was zu verkaufen. Oder Polen. Die arbeiten zwar super, verstehen aber kein Wort und so kann man ein Geschäft wie dieses einfach nicht führen.« Er hatte die Arme ausgestreckt und deutete damit auf sein Reich.

»Verstehe« Sie dachte kurz nach, aber eine Lösung fiel ihr spontan auch nicht ein.

»Naja«, Marc zuckte mit den Schultern und lachte, »schalte ich halt mal wieder 'ne Anzeige.«

Sie nickte zustimmend.

»Ist das dann alles?« fragte er und wies auf die drei Papiertüten auf dem Tresen. Er kniff ein Auge zu und zeigte mit dem Finger auf sie. »Nein, sag nichts, du wolltest noch einen Apfel.« Sie lächelte ihn an und nickte.

»Was hättest du denn gern? Aus der Region hab ich momentan noch nichts, so kalt wie es dieses Jahr ist, werden sogar die frühen Sorten noch eine ganze Weile brauchen.«

Unentschlossen blickten sie die Stiegen mit Äpfeln auf und ab.

»Ich weiß auch nicht, irgendwas nicht zu saures.«

Plötzlich leuchtete Marcs Gesicht auf.

»Ich hab eine Idee. Wie wäre es, wenn ich dir morgen früh vom Großmarkt den leckersten, süßesten und reifsten Apfel mitbringe, den ich finden kann und als Belohnung für meine Mühe kommst du so um 9.30 Uhr her und wir machen zusammen Frühstückspause – also Fastenbrechen? Was meinst du?«

Auch wenn seine Begeisterung noch genauso ansteckend war wie früher, zögerte Val einen Augenblick. Da ihr aber kein vernünftiger Grund einfiel, sein Angebot abzulehnen, zuckte sie schließlich mit den Schultern und antwortete so lässig wie es nur ging.

»Okay, dann bin ich um 9.30 Uhr wieder hier. Was macht das dann?«

Einen Moment lang sahen sie sich nur an … Und währenddessen errechnete er sicher nicht die Summe ihres Einkaufs. Als erster brach er dann aber doch den Blickkontakt und kalkulierte rasch.

»4,13 €.« Sie reichte ihm ihren Zwanziger und nahm das Wechselgeld in Empfang. Dann belud sie ihre Arme, lehnte eine Tüte ab und blieb einfach mitten im Laden stehen.

»Dann bis Morgen«, sagte sie, weil ihr nichts Geistreicheres mehr einfallen wollte.

»Dann bis Morgen«, antwortete er. Quälend langsam riss sie sich los und ging. Er blickte ihr noch nach, als er sie schon lange nicht mehr durch das Glas der Eingangstür sehen konnte.

»Wie würde dir das Wochenende vom Fünfzehnten passen?«

»Wofür?«

»Na für den Umzug?«

»Ach so das, ja, ist doch super. Da bin ich ohnehin drei Tage auf einer Tagung in Frankfurt.«

»Wie bitte? Und ich soll den Umzug ganz allein machen?«

»Also ich zahl dir gern einen Wagen, von mir aus auch mit ein oder zwei Helfern. Aber ich schleppe keine Kisten mehr. Ich bin echt oft genug umgezogen.«

»Aha.«

»Na, nun mach doch nicht so ein Gesicht. Du hast doch selbst

gesagt, du hättest gar nicht mehr so viel Zeug. Das schaffst du schon.«

»Ja, sicher. Muss ich dann ja wohl. Aber es wäre schon nett, wenn mir dann jemand beim Rauftragen hilft.«

»Na klar, ich schick dir unseren Praktikanten. Der freut sich, wenn er sich was dazuverdienen kann.«

»Ich dachte mehr an jemanden, der mir auch in Hamburg beim Einladen hilft und fährt … Ach egal.«

»Genau, Süße, du machst das schon. Du bist doch mein selbständiges Mädchen.«

»Wenn du meinst …«

»Und hinterher machen wir dann Sonntag was Schönes, wenn ich wieder da bin.«

»Au ja, wie wäre es mal wieder mit einem Ballett oder wir könnten in die Miró-Ausstellung gehen, die läuft eh nicht mehr lange …«

»Nana, immer langsam, junge Dame und nicht gleich wieder über das Ziel hinausschießen. Ich dachte mehr an ein gutes Essen. Wir könnten im Medienhafen schick essen gehen.«

»Ja, sicher, wenn dir das lieber ist …«

»Ist es. Du weißt doch, als ich damals mit der Natascha, dieser Ballerina mit der unglaublichen Figur zusammen war, da hatte ich echt mehr Ballett, als ich je in meinem Leben sehen wollte.«

»Hm.«

»Na und mit den Ausstellungen ist das genauso, Yvette, diese verrückte kleine Französin, mit der ich nach dem Studium kurz zusammengewohnt habe, die hat mich wirklich jedes Wochenende in eine Ausstellung geschleppt. Davon hab ich einfach genug. Das verstehst du doch, nicht wahr.«

»Ja, natürlich. Ich dachte ja bloß …«

»Lass uns einfach schön essen gehen.«

»Okay.«

Wie konnte sich Michael nur immer wieder in ihren Kopf schleichen. Erbost schüttelte Val letzteren, um die lästige Erinnerung wieder loszuwerden. Was war Michael für eine Lusche gewesen. Nein, körperliche Arbeit hatte er weiß Gott nicht erfunden. Ganz im Gegensatz zu Marc, der hatte immer noch ein Kreuz wie ein Eishockeyprofi … hoppla. Ihr Kartoffelmesser blieb in der Luft hängen und sie versuchte irgendwie den Schmetterling von einem Gedanken zu verfolgen, der sich da so unauffällig eingeschlichen hatte. Sie gestattete sich ein kleines Lächeln. Nein, Marc hätte sie sicher nicht allein Kisten schleppen lassen. Es fühlte sich komisch an, die beiden Männer miteinander zu vergleichen, denn zwischen ihnen lagen nun wirklich Welten.

Michael hatte ihr die Welt versprochen und tatsächlich waren alles nur Luftschlösser und Lügen gewesen. Marc hingegen kannte sie noch aus ihrer Kindheit. Sie hatte unzählige Erinnerungen an ihn … die meisten harmlos, kindlich, lustig … und dann ein paar Jungmädchenschwärmereien … und nun stand sie ihm plötzlich wieder gegenüber. Als Frau … in der schlimmsten Krise ihrer Existenz in der sie je gesteckt hatte und er war irgendwie da … einfach da. Ohne große Worte, unaufdringlich, ohne falsche Versprechungen … und dann dieses Herzklopfen jedes Mal. Sie runzelte die Stirn und konzentrierte sich wieder auf ihre Kartoffel. Das war doch albern. Sie konnte sich doch nicht mitten in ihrer Trennung neu verlieben … Ach, und was war das für ein übertriebener Ausdruck … sie schalt sich innerlich – und konnte es doch nicht verhindern, dass Marcs Gesicht sich immer wieder in ihre Gedanken stahl. Er hatte immer noch diesen süßen Blick.

Ihre Mutter betrat die Küche und sah ihr über die Schulter.

»Für Morgen?«, fragte sie, und Val bestätigte ihre Vermutung mit einem Nicken.

»Kann ich dir helfen?«

»Nein«, entgegnete sie freundlich und schaltete den Topf an, in dem bereits Butter und Zwiebel auf das Andünsten warteten, »ich bin schon fast fertig.«

Ihre Mutter blieb bei ihr stehen und sah zu. Val hatte das untrügliche Gefühl, dass da eine Frage im Raum stand und wandte sich ihr zu.

»Alles okay, Mama?«

»Du siehst gut aus.«

»Oh«, entgegnete sie überrascht, »danke.«

Hannah machte einen Schritt auf ihre Große zu und legte beide Hände an ihre Oberarme. Sie drückte sie und sagte dann: »Ich bin sehr stolz auf dich.«

Sie wusste nicht, was sie sagen sollte. Sie wich dem Blick ihrer Mutter aus, denn sie wusste beim besten Willen nicht, worauf diese so stolz war. Sie befreite sich aus ihrem Griff, wandte sich ab und hüstelte verlegen.

»Ach was.«

»Doch«, fügte diese energischer hinzu, »du lässt dich nicht unterkriegen – und du lässt dir nichts gefallen.«

Nun hatte sie doch ihr Interesse geweckt. Sie drehte sich zu ihr um und sah sie auf der Unterlippe kauen. Val runzelte die Stirn.

»Im Gegensatz zu mir.« Der Satz war so leise gesprochen worden, dass Val ihn fast nicht verstanden hätte. Ihre Mutter konnte ihr nicht mehr in die Augen sehen und Val erkannte, dass sie mit den Tränen kämpfte.

Die Zwiebeln fingen an zu brutzeln und sie schob den Topf geistesgegenwärtig von der heißen Herdplatte, ehe nun sie an ihre Mutter herantrat und sie am Arm streichelte.

»Mama, was ist denn?«

»Ach, gar nichts«, murmelte die und ließ sich in den Arm nehmen, »Dieter … « Ihre Stimme brach.

Val strich ihr über den Rücken und ließ sie einen Moment lang weinen.

»Dieter ist ein Arschloch.« Ihre Mutter lachte unter Tränen auf und befreite sich aus der Umarmung.

»Ich wollte nicht …«

»Schon gut. Wenn er doof zu dir ist, dann sag nur ein Wort und ich geh los und verhaue ihn.«

Hannah hob den Kopf und eine Augenbraue, aber dann durchschaute sie den Versuch, sie zum Lächeln zu bringen. »Ach, ich weiß auch nicht … es ist so albern …«

»Nein«, widersprach sie, heftiger als es angebracht gewesen wäre, »wenn er nicht nett zu dir ist, dann schieß in ab. Du schuldest ihm gar nichts und du hast weiß Gott genug um die Ohren mit Oma … und mir.»

Hannah schniefte und sah sie an.

»Ach Schätzchen, wenn das so einfach wäre …«

»Das ist es!«, fiel sie ihr ins Wort.

»Wenn du das sagst, klingt das so leicht.«

»Oh ja, und weil es das ist, hab ich den Absprung ja auch so perfekt hinbekommen.« Sie war über die Selbsterkenntnis genauso erstaunt wie ihre Mutter und beide Frauen teilten einen langen zärtlichen Blick.

Hannah trat zu ihrer Tochter, legte ihr die Hand an die Wange und lächelte.

»Hast du. Du bist vielleicht nicht aktiv gegangen, aber schau dich an, wo du nach nur einer Woche stehst.« Stolz sprach aus ihrem Blick. Dann zwinkerte sie und kniff ihr spielerisch in die Wange. »Na, vielleicht kriege ich es ja halb so gut hin wie du, dann wäre es perfekt.«

Nachmittags klingelte ihr Telefon. Erstaunt aber auch beruhigt beobachtete Val, dass ihr Herz bei dem Geräusch nicht mehr aus dem Takt geriet und auch nur noch für eine Millisekunde Michaels Name vor ihrem geistigen Auge auftauchte, ehe das Teufelchen auf ihrer Schulter mit seinem brennenden Dreizack ihn davonjagte. Sie ließ sich Zeit auf das Display zu schauen und schließlich abzunehmen.

»Hey K«, sagte sie zur Begrüßung. »Wie war der Dienst?«

Die Antwort war ein warmes, kehliges Lachen.

»Oh hör bloß auf, du glaubst nicht, was hier diese Woche wieder abgegangen ist. Aber immerhin konnte ich gestern mal wieder eine ganze Nacht durchschlafen. Da fühlt man sich doch gleich wie ein neuer Mensch.« Sie schmunzelte. Kerstin war ein Arbeitstier und immer gut drauf.

»Aber erzähl, wie geht's dir im Hotel Mama? Gibt's schon was Neues von dem Freundschaftsterroristen?«

Val lachte auf. Den Begriff hatte sie ewig nicht gehört und sofort hatte sie ein schlechtes Gewissen, wie lange sie sie eigentlich nicht bei Kerstin gemeldet hatte. Kerstin hatte Michael diesen Spitznamen verpasst, als sie immer öfter die ohnehin schon seltenen Treffen mit ihrer Freundin zu seinen Gunsten absagen musste, weil er gerade wieder ganz spontan und ohne Rücksprache ihre sorgfältige Planung über den Haufen geworfen hatte.

»Das ist wohl durch«, erklärte sie und bemerkte erstaunt, wie schmerzfrei sie das über die Lippen brachte.

Kerstin schwieg einen Moment, konnte dann aber nicht mehr an sich halten.

»Gut so, ich glaub, der Typ war echt Gift, Süße.« Val schwieg und Kerstin fühlte sich genötigt eine Erklärung nachzuschieben.

»Weißt du, dieses dich immer zu bevormunden und uns, deiner Familie und deinen Freundinnen, so systematisch aus dem Weg zu gehen … das war doch nicht normal.«

»Ja«, gab sie leise zu, »das hab ich irgendwie nicht so mitbekommen … ich war immer so darauf fixiert, dass es funktionierte …«

»Ja, aber so funktionieren Beziehungen nun einmal nicht. Da reicht es nicht, wenn immer nur einer sich Mühe gibt.«

»Hm«, machte sie und wurde von Trauer über diese Erkenntnis erfasst.

»Aber hey, weißt du was?«

»Was denn?«

»Nächste Woche wird's wärmer. Wie wäre es, wenn du da mal rumkommst und wir schön einen Abend auf dem Balkon bei Vino und Pasta verbringen, ganz wie in alten Zeiten? Wie ist Donnerstag bei dir oder hast du da schon was vor?«

Sie war ihrer Freundin unendlich dankbar, die so ein feines Gespür dafür hatte, was sie brauchte. Das hatte ihr gefehlt.

»Total gern«, stimmte sie zu und ihr Hals war belegt. Sie musste sich räuspern, ehe sie hinzufügen konnte:

»Danke, K.«

»Wofür?«, fragte ihre Freundin überrascht zurück.

»Einfach dafür, dass es dich gibt. Ich hab dich echt vermisst.« Kerstin schwieg einen kurzen Moment. Dann erwiderte sie ebenso zärtlich:

»Ich dich auch, Val, schön, dass du wieder da bist.«

TAG 9 – ERSTER AUFBAUTAG

Der Tag begann wie der letzte … und der vorletzte und der davor … Val erwachte, beobachtete das Lichtspiel unter der Jalousie und erfreute sich daran, wie gut sie sich fühlte.

Dann fiel ihr Blick auf den Wecker: 6.35 Uhr. Und sie krauste die Stirn. Dieser reduzierte Fastenschlaf war wirklich mehr als lästig.

Sie wollte sich nochmal einrollen und presste die Lider aufeinander, aber irgendwie war sie viel zu zappelig und so war an Schlaf nicht mehr im Entferntesten zu denken.

Marcs Gesicht tauchte immer wieder vor ihrem inneren Auge auf und sie schalt sich selbst eine dumme Kuh, dass ihr Herz deshalb auch nur einen Takt schneller schlug. Das war ja nun wirklich albern. Da war gar nichts. Sie kannten sich aus der Schule. Er wollte ihr einen schönen Apfel besorgen. Trotz all des »Nichts« musste sie lächeln.

Das Haus war noch still und sie überlegte, ob sie es wagen konnte aufzustehen und zu duschen, ohne alle anderen aufzuwecken.

Sie entschied sich, das Risiko einzugehen. Leise erhob sie sich, sammelte frische Wäsche, eine Bluse und Jeans, zusammen und schlich hinüber ins Bad.

Draußen begrüßte sie ein strahlend blauer Himmel und als sie vorsichtig das Fenster öffnete, um die Temperatur zu überprüfen, war sie positiv überrascht, wie mild es bereits war. Also im Vergleich zu den letzten Tagen und angesichts der Tatsache, dass es noch frühmorgens war. Sie schloss das Fenster und schlüpfte aus ihrem Pyjama. Die Dusche tat gut. Val ließ abwechselnd heißes und kaltes Wasser über ihren Körper laufen und genoss das belebende Gefühl. Als sie fertig war, rubbelte sie sich ausführlich ab, schlug ihre Haare zum Turban in ein Handtuch und gönnte sich etwas von der teuren Körperlotion, die Laura und sie ihrer Mutter abwechselnd zu Weihnachten schenkten.

Sie hatte sich gerade fertig angezogen, als die Tür aufging – hatte sie doch vergessen abzuschließen – und Oma Lotte in der Tür stand.

»Guten Morgen, Omi«, sagte Val und sah ihre kleine Großmutter mit ihrem Bademantel an, »ich bin gleich fertig, du kannst hier rein.« Sie raffte ihre Sachen zusammen, doch Oma stand immer noch im Türrahmen, offensichtlich gar nicht erpicht darauf, sich zu bewegen.

Val trat einen Schritt auf sie zu. In einem weichen Tonfall fragte sie: »Omi, alles okay? Wolltest du auf die Toilette?«

Einen Moment lang sah Lotte sie an wie eine Traumtänzerin, dann wurde ihr Blick plötzlich klar. Sie lächelte ihre Enkelin an und erwiderte:

»Nein, da war ich schon um 4.30 Uhr. Soll ich dir die Haare kämmen?« Sie wollte schon mit dem Kopf schütteln, doch dann riet ihr etwas tief in ihrem Bauch zum Gegenteil. Sie nickte.

»Okay.« Sie sah sich im Bad um, nahm eine Bürste aus dem Korb auf dem Spülkasten und reichte sie Oma Lotte und setzte sich rittlings auf die Bank unterm Fenster.

Irgendwann in einem sehr viel früheren Leben hatte Oma Lotte mal eine Ausbildung zur Friseurin gemacht. Jahrelang hatte sie Hannah und den Mädchen die Haare gemacht, bis sie alle nach und nach befunden hatten, dass sie Strähnchen oder ähnliches wollten, was Oma sich weigerte, »ihren Haaren anzutun«. Zu dem Zeitpunkt hatte sie schon lange keinen festen Stuhl mehr irgendwo gehabt, sondern hatte einige ihrer letzten Stammkundinnen noch zu Hause mit ihren Wasserwellen und Haarschnitten versorgt. Das war endgültig vorbei gewesen, nachdem sie sich zweimal auf dem Nachhauseweg verlaufen und nicht mehr allein zurückgefunden hatte.

Oma Lotte entwirrte zunächst Vals Spitzen und kämmte dann das Haar mit erstaunlich kräftigen Bürstenstrichen durch. Sie zog ihr einen Seitenscheitel und kämmte das Haar hinter die Ohren. Auch hier widerstand sie dem Reflex, sich zu wehren.

»Soll ich es dir auch föhnen?« fragte Oma. Sie hatte nicht das Herz abzulehnen und so ließ sie es zu, dass Oma Lotte ihre Haare gefühlt in alle Richtungen auf Bürsten rollte. Zum Schluss zupfte sie noch alles in Form und zog den Fön aus der Steckdose.

»Fertig«, sagte sie und stellte auch die Bürsten beiseite.

Val stand auf und sah in den Spiegel. Oma Lotte hatte ihren Spitzen einen kessen Drall nach außen gegeben, was in Kombination mit dem braven Seitenscheitel nicht nur schick aussah, sondern ihr auch noch ausgezeichnet stand.

»Wow«, sagte die, »das sieht ja wirklich super aus.« Sie hatte sich lange nicht so hübsch gefühlt mit ihrem etwas zu langen Bob.

»Du bist mein hübsches Mädchen«, sagte Oma Lotte, lächelte sie versonnen an und fuhr ihr mit der Hand ums Kinn. Einem Impuls folgend nahm Val ihre kleine Großmutter in den Arm und drückte ihr einen Kuss auf die Stirn.

»Ich hab dich lieb, Omi.«

»Ich dich auch, Hannahlein.« Sie schluckte hart. Der Stich in die Brust ließ ihre Augen feucht werden. Plötzlich war ihre geliebte Großmutter, obwohl sie sie noch immer in den Armen hielt, meilenweit von ihr entfernt – und ging immer weiter fort.

Sie löste sich von Oma Lotte und wandte sich ab, damit diese nicht sah, dass sie weinte. Verstohlen fuhr sie sich über den Augenwinkel und versuchte sich an ihr vorbei aus der Tür zu schieben.

»Ich … Ich mach uns dann schon mal Frühstück.«

Oma sah ihr nachdenklich hinterher und plötzlich, als Val schon fast im Flur war, sagte sie:

»Ach Valentina, Kindchen, tut mir leid, dass ich immer Hannah zu dir sage. Aber du siehst deiner Mutti irgendwie von Tag zu Tag ähnlicher. Sie war auch so ein hübsches junges Mädchen.«

Vor Erleichterung machte Vals Herz einen übermütigen Hüpfer. Sie hatte sich nicht getäuscht. Sie hatten einen guten Moment geteilt.

Sie hielt inne und lehnte sich noch einmal durch die Tür ins Bad. Sie zwinkerte Oma Lotte zu.

»Wir sind eben eine ausgesprochen schöne Familie.«

Oma Lotte sah sie ernst an und hob drohend die Bürste in ihre Richtung.

»Dann vergiss das mal ja nicht wieder, denn kein Kerl ist es wert, dass man sich seinetwegen fertig macht und tagelang heult. – Oder verhungert.«

Noch vor Tagen hätte sie sich von dieser Tirade persönlich angegriffen gefühlt. Nachdem ihre Fastenwoche nun jedoch so erfolgreich hinter ihr lag, sie auch das mit dem Amt geklärt hatte und alles anfing sich langsam zu klären und zu lichten, war sie sehr viel milder gestimmt. Und sie musste ihrer Großmutter recht geben – Michael war den Ärger sicher nicht wert.

»Alles Arschlöcher«, zitierte sie ihre Großmutter und verkniff sich ein Lachen. Oma Lotte durchschaute sie sofort und grinste ihr verschmitzt zu:

»Ganz genau.« Eine Frage drängte sich ihr plötzlich auf und sie ging doch nochmal zurück ins Bad, um nicht über den Flur schreien zu müssen.

»Hat es für dich nie einen anderen außer Opa Joseph gegeben?«

Lotte blickte an ihrer Enkelin hinauf und ein zärtlicher Ausdruck trat in ihre Augen.

»Weißt du, Joseph, war einfach mein … wie sagt ihr jungen Leute … mein Seelenverwandter. Wir haben da damals nicht so große Worte drum gemacht. Wir waren einfach füreinander da. Wir haben zusammengehalten. So wie sich das gehörte für eine gute Ehe.«

»Aber du hast ihn geliebt«, setzte sie nach.

Oma Lotte sah sie an. Sie überlegte einen Moment, ehe sie erwiderte:

»Wir haben gelernt uns zu lieben – und uns immer wieder zusammen zu raufen. So war das einfach damals. Ja, ich hab ihn geliebt.« Sie sah Val eindringlich an.

»Aber eben nicht diese Liebelei, die ihr heutzutage mit Liebe verwechselt. Solche Männer wie Opa Joseph gibt es doch heute gar nicht mehr. Das sind doch alles Abziehbilder. – Alles Arschlöcher.« Val blickte Oma Lotte ernst an und musste dann bei ihrem verschmitzten Blick trotzdem lächeln. Ihre Gedanken wanderten zu Marc …

»Naja, vielleicht nicht alle …«

Das Frühstück der drei Frauen war lustig – geradezu ausgelassen – und alle hatten fröhlich gelacht. Oma Lotte und Hannah waren sehr beeindruckt, dass Vals Fastenwoche schon rum war und lobten sie für ihr Durchhaltevermögen. Sie fühlte sich ausgesprochen wohl in ihrer Haut und als Hannah ihre hübsche Frisur lobte, gab sie das Kompliment sofort weiter:

»Das war Oma Lotte.« Sie zwinkerte Oma zu und die zwinkerte munter zurück.

Hannah, der die verschwörerische Geste nicht entgangen war, lächelte.

»Und wie geht es jetzt weiter? Was darfst du denn jetzt die ersten Tage essen? Soll ich dir was Besonderes machen? Vielleicht Rindfleisch-Pilz-Topf? Den magst du doch so gern?« fragte sie an ihre Älteste gerichtet.

Wo Val noch vor wenigen Tagen ungehalten und heftig reagiert hätte, legte sie jetzt einfach den Kopf in den Nacken und lachte.

»Nein, Mama, das würde mir leider noch gar nicht bekommen, obwohl ich da sehr großen Appetit drauf hätte. Aber vielleicht können wir das nächstes Wochenende machen?« Sie deutete hinter sich auf die Papiertüten mit Gemüse, die neben dem Obstkorb auf der Anrichte lagen.

»Fürs erste koche ich mir einfach ein paar Gemüsesuppen und morgen früh haue mir den Bauch mit Buttermilch, Backpflaumen und Leinsamen voll.«

Hannah lächelte sie an und zuckte mit den Schultern.

»Na, wenn du meinst, dass das schmeckt, Kind.« Val nippte an ihrem Tee und nickte nur leicht zur Erwiderung.

Plötzlich setzte sie sich aufgeregt auf.

»Das hätte ich fast vergessen, wie spät ist es?« Alle Blicke richteten sich auf die Uhr, die an der Wand über dem Küchentisch hing.

2.10 Uhr.

Hannah runzelte die Stirn.

»Das kann ja nicht stimmen.«

»Der Sekundenzeiger steht«, bemerkte Oma Lotte und Val schloss:

»Die Uhr ist wohl stehen geblieben. Vermutlich ist die Batterie leer.«

Hannah drehte sich um und sah an die Uhr am Backofen.

»Es ist gleich 8 Uhr. Warum? Hast du noch was vor?«

Val lief rot an, was Oma Lotte mit großem Interesse kommentierte.

»Valentina hat eine Verabredung.«

Ihre Gesichtsfarbe wechselte von Scharlach zu Purpur.

»Nein! Also nicht direkt … Also nein … keine Verabredung«, stammelte sie und warf Oma einen wütenden Blick zu, »Oma, woher weißt du sowas immer?« Nun sah auch Hannah ihre Tochter höchst interessiert an, die sich nach ihrem Ausbruch schnell hinter ihrer Teetasse versteckte.

Nüchtern erklärte Oma Lotte:

»Na guck dich doch an. Puterrot. Das kann nur wegen eines Kerls sein.« Sie wurde noch etwas kleiner.

»Ich muss mir nur gleich noch einen reifen Apfel bei Marc holen.«

»Marc?« ihre Mutter hob die Augenbrauen.

»Ja, bei Herbst.«

»Ach, Marc-Alexander Herbst.« Oma und Mama warfen sich einen vielsagenden Blick zu und sie fühlte sich ungefähr so wohl wie mit 15. Ihr war warm. Sie nippte an ihren letzten Schlucken Tee und zog sie zeremoniell in die Länge, um sich weiter an der Tasse festhalten zu können.

Ihre Mutter begann den Tisch abzuräumen und bemerkte wie nebenbei, als sie die Marmeladen in den Kühlschrank räumte.

»Der ist ja nun auch schon seit zwei Jahren wieder allein. Hat ja nur ein Jahr gehalten diese sogenannte Ehe mit dieser Spanierin. Wenn ihr mich fragt, war die auch etwas überzogen.«

»Eingebildete Ziege«, gab Oma Lotte ihren Kommentar dazu. Hannah nickte und fügte in Vals Richtung hinzu: »Zusammen gepasst haben die jedenfalls nicht.«

Sie hatte zwar so getan, als würde sie das Ganze nur am Rande interessieren, in Wahrheit hatte sie sich jedoch kein Wort entgehen lassen. Sie stellte die Teller in die Geschirrspülmaschine und wischte sich die Hände am Geschirrtuch ab.

»Ähm, ja, ich mach mich dann mal fertig.« Und eilte aus der Küche nach oben.

Lotte grinste ihre Tochter an: »Vielleicht findet sie auch mal einen Netten.« Hannah nickte und seufzte.

Val saß in ihrem Zimmer und ging langsam aber sicher die Wände hoch. Es war erst 8.15 Uhr und der Minutenzeiger kroch so langsam dahin, dass sie sich schon fragte, ob ihr Teufelchen an der Uhr gedreht hatte. Sie brauchte nicht vor 9.15 Uhr loszugehen, sonst wäre sie viel zu früh am Markt. Was sollte sie also in der nächsten Stunde tun?

Sie schlug ihr Tagebuch auf und überlegte, was sie zu sagen hatte. Es fiel ihr nichts ein. Also schrieb sie erstmal das Datum oben rechts auf die Seite.

Im Grunde hab ich gerade alle Zähler auf null gedreht, dachte sie. Erleichtert stellte sie fest, dass wenn sie an Michael dachte, es zwar immer noch etwas weh tat, aber sie sich deshalb keineswegs niedergeschlagen fühlte. Triumphierend dachte sie: Neustart – ich mach einfach mal alles geiler.

Textpassagen aus verschiedenen Liedern kamen ihr in den Sinn. »Guten Tag, ich will mein Leben zurück« von Wir sind Helden oder »Alles neu« von Peter Fox. Plötzlich kam ihr eine Idee und sie schrieb als Titel in Schönschrift und Versalien auf die Seite: »Kündigung des alten Lebens«. Als ob das noch nicht reichte, unterstrich sie ihre Worte auch noch doppelt. Ein diebisches Lächeln umspielte ihre Lippen. Für einen Moment kaute sie an Ihrem Kugelschreiber herum, dann sprudelten die Idee aus ihr heraus. Sie schrieb weiter:

Sehr geehrte Damen und Herren,

Hiermit kündige ich mein derzeitiges Leben fristlos. Ich habe es nach 29 Jahren Prüfzeit für völlig unpassend, unangemessen und schlicht unzureichend befunden und mich für das Update eines Mitbewerbers entschieden.

Mit sofortiger Wirkung bin ich raus. Ab jetzt heißt es ICH 2.0!

Mein neues Super-ICH ist stärker, hübscher, cleverer und in jeder Hinsicht besser als Ihre überholte Version daher ist es wenig verwunderlich, dass ich es nicht mehr hergeben will.

Ich benötige keinerlei Bestätigung oder Zustimmung weder von Ihnen noch von sonst wem und ich gestatte mir die persönliche Freiheit, überhaupt nichts mehr von Ihnen hören zu wollen – nie mehr. Gehaben Sie sich wohl.

Mit freundlichem Gruß

ICH - in persönlicher Bestform

Sie lehnte sich zurück, las den Text noch einmal und dann begann sie zu lachen. Zunächst verhalten und glucksend, doch mit der Zeit steigerte sie sich zu einem richtigen Lachkrampf und sie krümmte sich über dem Schreibtisch und gluckste und giggelte, bis sie Tränen in den Augen hatte. Ja, ab heute startete sie ein ganz neues Kapitel.

Es war immer noch erst zwanzig Minuten nach Neun, als sie oben am Markt eintraf. Sie hatte gewartet, bis Oma Lotte und Hannah auf dem Weg zur Tagespflege waren, bevor sie wieder aus ihrem Zimmer aufgetaucht war. Echt peinlich, wie leicht sie selbst mit knapp dreißig noch zu durchschauen war. Ihr Pokerface war wirklich gleich null.

Sie drückte sich vor dem Supermarkt herum und vermied es dabei sorgfältig in das Sichtfeld des Ladens zu kommen. Auf keinen Fall wollte sie, dass es so wirkte, als habe sie es nicht abwarten können herzukommen. Sie trat nach kleinen Kieseln auf dem Bürgersteig und beobachtete die Leute, die in und aus dem Supermarkt gingen.

An der Ecke stand ein Verkäufer mit der neuesten Ausgabe von »Hinz und Kunz«, aber Val hatte sein freundliches

Angebot schon winkend abgelehnt. Sie sah noch einmal auf die Uhr 9.27 Uhr.

»So, nun wollen wir mal nicht päpstlicher sein als der Papst«, befand sie. Sie zwirbelte noch einmal eine Spitze hinter dem Ohr zurecht, lächelte sich im Schaufenster zu und machte sich auf über die Straße.

»Da bist du ja schon«, begrüßte Marc sie, kaum dass das Glöckchen über der Tür geschellt hatte, »konntest es wohl kaum erwarten, was?«

Sie errötete, konterte aber: »Genau, ich verhungere nämlich!« Er zwinkerte ihr zu und bediente noch den älteren Herrn zu Ende. Der tat sich offensichtlich schwer damit, seinen Hackenporsche zu beladen.

Val trat beherzt vor.

»Darf ich Ihnen helfen?« Mit einer Hand hielt sie die Klappe auf, mit der anderen verstaute sie seine Einkäufe schnell und ordentlich. Sie verschloss ihn sorgfältig, obwohl es weder regnete noch stürmte, und drehte ihm den Wagen sogar so, dass er direkt damit losgehen konnte. Der Herr bedankte sich herzlich und strahlte sie mit seinen Knopfaugen an, ließ sich noch die Tür aufhalten und verschwand dann Richtung Markt.

Marc hatte ihr aufmerksam zugesehen. Er lächelte.

»So, und nun zu dir.«

Zeremoniell präsentierte er ihr fünf Äpfel auf den Tresen, jeden mit seinem Namen, lateinischer Bezeichnung und der Erwähnung der ehrwürdigen Familie, aus der selbiger stammte. In aller Ausführlichkeit beschrieb er in leuchtenden Farben ihre Vorzüge, die Geschmacksrichtungen und ihre spezielle Struktur und Beschaffenheit. Ganz nebenbei bemerkte er: »Du siehst toll aus heute. Hast du was mit deinen Haaren gemacht?«

Sie lächelte verlegen und murmelte: »Meine Oma …«

Anerkennend nickte er: »Die hat's immer noch voll drauf. Aber weiter mit deinen Äpfeln.«

Sie sah ihm halb amüsiert halb fasziniert zu.

»Wow«, sagte sie, »da ist am Ende ja wenigstens ein richtiger Apfelkenner aus dir geworden.« Ihre Bemerkung sollte spöttisch klingen, trotzdem schwang Bewunderung mit. Und plötzlich war Marc gar nicht mehr so selbstsicher. Errötete er etwa? Val wollte nochmal genauer hinsehen, aber da hatte er sich schon räuspernd abgewandt und kam rasch um den Tresen, um die Vordertür zu schließen und das „bin hinten"-Schild aufzuhängen. Als er sich wieder zu ihr umdrehte war der Anflug von Unsicherheit verflogen.

»Pause«, sagte er. Sie nickte und ergriff den Jonagold.

»Ich nehm den, was kriegst du?« Er winkte ab und nahm sie an der Hand.

»Geschenkt, wäre doch'ne Schande, wenn ich dich bei unserem ersten Date fürs Essen zahlen ließe.«

Sie lief feuerrot an und wollte gerade lautstark anfangen zu protestieren, als ihr der Schalk in seinen Augen auffiel. Jede Bemerkung an dieser Stelle konnte nur gegen sie verwendet werden.

»Danke«, knirschte sie und entzog ihm zur Strafe wenigstens ihre Hand.

Das Hinterzimmer war klein und vollgestopft mit leeren Kisten, Kartons, Glaspfandflaschen, Kartoffelsäcken und jeder Menge Ordner und Papieren. Val war im Türrahmen stehen geblieben, was bedeutete, dass sie quasi auf Marcs Absätzen stand. Er blickte sich mit gekrauster Stirn im Raum um.

»Warte mal eben.« Und schon begann er schwungvoll alles Mögliche von links nach rechts und von rechts nach links umzuschichten. Am Ende waren unter dem ganzen Chaos tatsächlich ein Tisch mit einer karierten Wachstischdecke und zwei alte Küchenstühle zum Vorschein gekommen. Die ursprünglichen Sitzkissen hatten sich so weit aufgelöst, dass man sie nur noch an den verbleibenden Fetzen an einigen Nieten am Rad der Sitzfläche erkennen konnte. Als Polsterersatz lagen jetzt zwei eher schmuddelig aussehende Sofakissen mit ehemals braunkarierten Kord Bezügen auf den Stühlen.

Marc machte eine einladende Bewegung in Richtung des Tisches und ließ Val an sich vorbeitreten. Sie schob sich auf den Platz in der Ecke und wagte nicht, den Apfel abzulegen, so wenig vertrauenserweckend sah der Tisch aus. Ihm fiel ihre zurückhaltende Begeisterung auf und er schoss noch einmal aus dem Raum.

Keine Minute später war er mit einer frischen Flasche Glasreiniger und einigen Küchentüchern zurück. Energisch wischte er erst den gröbsten Schmutz systematisch vom Tisch auf den Boden und polierte dann die Wachsdecke, bis sie glänzte.

Er zwinkerte ihr zu, während er ein sauberes Küchentuch vor ihr ausbreitete und aus der Gesäßtasche seiner Jeans ein Gemüsemesser hervorzauberte. Val musste lächeln. Er warf sein Putzzeug achtlos in eine der umherumstehenden Kisten und angelte sich die Brotdose vom Fensterbrett.

Sie beobachtete ihn, während auch er sich ein Küchentuch zurechtlegte und seine belegten Brote auf dem Tuch drapierte. Er sah auf und bemerkte, dass sie ihm zugesehen hatte.

»Was?« fragte er, »stimmt was nicht mit dem Apfel?«

»Doch, doch.« Hastig begann sie den Apfel in ihren Händen zu schälen. Geduldig wartete er, bis sie fertig war und die erste Apfelspalte unter ihre Nase hielt. Das süße Aroma drang an ihre Geschmacksknospen und verursachte schon vom bloßen Riechen ein wohliges Gefühl in ihrem Körper. Sie hatte keinen Hunger, aber jede Faser ihres Körpers lechzte danach, die Süße und die frische des Apfels zu schmecken. Sie hatte die Augen geschlossen und sich versonnen dem verführerischen Geruch hingegeben. Als sie sie wieder öffnete, war es an ihr, sich ertappt vorzukommen. Sie hüstelte.

»Willst du auch ein Stück?«

Er erwachte ebenfalls aus seiner Trance, in der er sie angestarrt hatte, ergriff rasch eine Scheibe Brot und biss ein riesiges Stück davon ab.

»Noin«, mampfte er, »iss du mal.«

Val blickte die Apfelstücke an und nahm dann ihren ersten Bissen seit einer Woche.

Er war süß und gleichzeitig so saftig, dass ihr schon mit dem ersten Bissen so viel Flüssigkeit in die Kehle spritze, dass sie sich verschluckte. Tränen schossen ihr in die Augen und sie hustete nicht sehr damenhaft. Als es wieder ging, fuhr sie sich mit dem Handrücken über die Lippen. Marc hatte ihr fasziniert zugesehen. Offensichtlich amüsiert fragte er: »Geht's denn?«

»Sehr witzig«, schmollte sie, musste dann allerdings über sich selbst lachen und fügte hinzu: »Was soll ich sagen? Hab wohl das Essen verlernt.«

Marc legte seine Stulle beiseite und nahm ihr das Apfelstück und ihr Messer aus der Hand. Er schnitt ihr eine hauchdünne Scheibe ab und reichte sie ihr auf der Messerspitze hinüber.

Val wollte protestieren, nahm es dann aber und spöttelte nur: »Danke.«

Der Apfel schmeckte schlicht köstlich. Ihre Zunge und ihr Gaumen schienen gleichermaßen zu explodieren bei so viel Geschmackseindruck und sie genoss es in vollen Zügen. Mal süß, mal säuerlich, dann wieder fast herb – es war ihr noch nie aufgefallen, wieviel Aromen in einem Bissen Apfel stecken konnte. Nur das Kauen war unerwartet anstrengend. Es kam ihr vor, als ob ihr Kiefer in der Woche ohne feste Nahrung das Kauen verlernt hatte und ihr tat regelrecht die Gesichtsmuskulatur weh. Nach etwa einem Drittel winkte sie ab.

»Ich brauch 'ne Pause.« Marc sah sie schon wieder auf so seltsame Weise an.

»Nun iss du auch erstmal«, forderte sie und um nicht wieder vor Verlegenheit zu erröten, nahm sie ihm das Messer weg und legte den Rest Apfel auf ihr Küchentuch.

Er griff nach seinem Brot und biss herzhaft ab. Mit vollem Mund und ohne jegliche falsche Scham fragte er:

»Na dann erzähl mal, was verschlägt dich wieder ins beschauliche Sasel.«

Val wollte eine flapsige Antwort geben, aber auf die Schnelle fiel ihr nichts schlagfertiges oder witziges ein. Ihr Mund klappte auf und wieder zu.

Marc hatte seinen Bissen runtergeschluckt und sah sie an. Sie erwiderte seinen Blick und entschied sich für einen Taktik Wechsel.

»Das ist 'ne längere Geschichte – willst du sie hören?« Er wischte sich mit dem Handrücken den Mund ab und nickte.

»Okay«, sagte sie und richtete sich auf, »du hast es so gewollt.«

Sie überlegte.

»Wie fangen Märchen immer an? Es war einmal …«, sie lachte verlegen. Dann begann sie nach den richtigen Worten zu suchen, um die letzten zwölf Monate für ihn greifbar zu machen. Sie stammelte und verstummte immer wieder, weil ihr alles was sie sagte, unzureichend und schwammig vorkam.

Marc hatte sich nicht gerührt, sondern sah sie immer noch einfach nur an. Da war keine Bewertung in seinem Blick, nicht mal ein Drängen. Und schließlich erzählte sie ihm die ganze Geschichte einfach.

Von ihrer Begegnung in einem Internetforum, von dem ersten mehrfach verpatzten Date, vom anfänglichen Feuer, von ihrer Faszination. Sie erzählte ihm von den zahlreichen Opfern, die sie so bereitwillig gebracht hatte und gestand ihm und irgendwie auch sich selbst das erste Mal ein, wie oft sie sich selbst während dieser Zeit etwas vorgemacht hatte. Es war schmerzhaft, aber mit jedem Wort fühlte sie sich auch freier. Sie ließ nichts aus. Je länger sie sprach, desto mehr poppte an die Oberfläche ihres Bewusstseins: Jede

Demütigung, jede Lüge, alles was sie sich so zwanghaft schön geredet hatte in den letzten Wochen und Monaten, konnte sie jetzt mit Marcs stummer Unterstützung einfach enttarnen und laut aussprechen. Und es machte sie leichter. Wie ungesund die ganze Beziehung von der ersten Minute an gewesen war, wurde ihr einmal mehr schmerzlich bewusst, während sie sich selbst zuhörte.

Als sie schließlich verstummte, hatte Marc selbst die letzte Regung eingestellt und sie befürchtete schon, er hätte auch aufgehört zu atmen. Verlegen starrte sie auf ihre Hände. Plötzlich tat es ihr leid, dass sie ausgerechnet zu ihm so offen gewesen war. Sie sah ihn von unten an.

»Krass«, sagte er und schüttelte seine Trance ab, »was für ein Arschloch.« Val musste wider Willen lächeln.

»Das sagt Oma Lotte auch immer … allerdings sagt sie das echt zu jedem Kerl. Aber ja, auf ihn trifft das wohl zu.«, meinte sie und war selbst erstaunt, wie schmerzfrei sie das zugeben konnte. Sie schnitt sich noch eine Scheibe von Ihrem Apfelstück ab und genoss es, fast drei Dutzend Mal darauf herumzukauen, bis es sich endgültig in puren Geschmack in ihrem Mund aufgelöst hatte. Sie lächelte.

Marc schüttelte den Kopf. Er verdaute noch das eben gehörte.

»Und dann wohnst du jetzt echt wieder bei Muttern. Shit, das ist die Härte – weiß ich aus Erfahrung«, fügte er hinzu und grinste sie verlegen an. Sie nickte nur lächelnd.

»Ja, ich weiß, hab's gehört.« Er sah sie mit erhobenen Augenbrauen an. Val begann verlegen nach den richtigen Worten zu suchen.

»Ähm, ich meine … also meine Mutter hat erwähnt …« Sie fing seinen Blick auf und stellte fest, dass er schon wieder schelmisch grinste. Sie runzelte die Stirn. War sie ihm etwa schon wieder auf den Leim gegangen.

»Ja«, gab er freimütig zu. »Ich hatte da auch so eine Begegnung der dritten Art. Allerdings haben wir es sogar vor den Altar geschafft. Aber das war wohl auch nur für die Aufenthaltsgenehmigung.«

»Ich denke sie war Spanierin? Warum brauchte sie da eine Aufenthaltsgenehmigung?« Sie hatte gesprochen, ohne nachzudenken und biss sich auf die Zunge. Marc sah sie nur amüsiert an.

»Nein, sie ist Brasilianerin, ich hab sie auf einer Tour durch Buenos Aires kennengelernt.«

»Oh.« Val zog den Kopf zwischen die Schultern. Marc zuckte seine lässig.

»Ach, alles halb so wild. Die drei Jahre sind fast rum und dann lassen wir uns scheiden. Ich find's zwar scheiße, wie es gelaufen ist, aber ich will ihr auch keine Steine in den Weg legen, um hierbleiben zu können. Brasilien ist schon echt hart.« Er sah auf seine Hände. »Und dass es mit uns nicht geklappt hat, ist ja nicht nur ihre Schuld gewesen.«

Dieses Mal biss Val sich auf die Unterlippe, um nicht wieder ungefragte Kommentare abzugeben. Als er nicht mehr fortfuhr, wandte sie sich wieder ihrem Apfel zu und er schien dankbar für diesen stummen Themenwechsel. Eine Weile aßen sie wortlos weiter und da er offensichtlich nicht bereit war, seine Lebensgeschichte noch detaillierter vor ihr auszubreiten, drängte sie ihn auch nicht. Sie war ehrlich froh, dass er ihr zugehört hatte, wie sie sich alles von der Seele redete.

Sie spielte mit dem letzten Viertel des Apfels zwischen den Fingern, konnte sich aber nicht überwinden, noch mehr zu essen.

»Ich bin satt«, stellte sie erstaunt fest, »irgendwie ist mein Magen letzte Woche ziemlich geschrumpft.«

»Ist doch normal«, grinste er, »komm gib her, ich ess ihn auf.« Und schon hatte er ihr das letzte Stück Apfel aus der Hand genommen und es sich quer in den Mund gesteckt.

»Hey«, rief sie empört, »Vielfraß.«

Sie grinsten sich an. Er kaute auf beiden Backen. Plötzlich hielt er inne und starrte sie an. Ihm war offensichtlich eine Idee gekommen.

»Was wenn du vorübergehend hier arbeitest?« schmatzte er und war kaum zu verstehen mit dem Mund voll Apfel.

»Was?« fragte sie und starrte ihn entgeistert an.

Er schluckte schnell und wiederholte:

»Ich meine als Job, bis du was Festes hast. Wie wäre es, wenn du vorübergehend hier arbeitest? Ich kann nicht super viel zahlen, aber ein bisschen über Mindestlohn ist es allemal und du wärst zumindest das Amt los – und für‘n Zimmer irgendwo wird‘s schon auch reichen.« Die Worte waren etwas enthusiastischer aus ihm herausgesprudelt, als es ihm lieb war, aber da er nun schon einmal Fahrt aufgenommen hatte, fuhr er einfach fort:

»Ich meine, klar, du bist keine Verkäuferin, aber du hast definitiv ein Feeling für die Kunden – und das ist Gold wert. Das ist nämlich genau das, was meinen Aushilfen allen fehlt.« Er sah sie erwartungsvoll an.

»Schon vergessen? Ich hab keine Ahnung von Obst und Gemüse«, sagte sie und deutete mit dem Kinn auf die Reste ihres Apfels vor sich. Doch das Teufelchen auf der Schulter kehrte schon fleißig Einwände beiseite und ließ auch in ihrem Kopf Ideen und Möglichkeiten sich überschlagen.

»Das ist doch kein Argument, das lernt sich«, entkräftete er ihre ohnehin schon schwache Gegenwehr mühelos.

Sie schwiegen. Marc wollte schon ansetzen, um weiter auf Val einzureden, als sie die Hand hob und ihm Einhalt gebot.

»Ich mach's.«

»Ehrlich?«

»Ja.«

»Cool«, sagte er und reichte ihr die Hand über den Tisch, »willkommen im Team Herbst.« Sie ergriff die Hand und schüttelte sie.

»Willkommen in meinem neuen Leben – als Obstverkäuferin.« Sie zwinkerte ihm zu und beide lächelten. Der Händedruck währte einen sehr langen Augenblick.

Wieder zu Haus war Val wie beflügelt. Sie hatte einen Job. Sie hatte noch nicht einmal richtig angefangen, nach einem zu suchen und doch hatte sie schon einen Job. Klar, das war noch nicht die Erfüllung, aber es war ein Anfang und es würde ihr definitiv etwas Spielraum für ihre nächsten Schritte einräumen und wer weiß? Vielleicht gefiel es ihr ja sogar mit Marc zu arbeiten. Sie lächelte unbewusst und begann sogar zu pfeifen, während sie in der Küche stand und Gemüse für ihre erste konsistente warme Mahlzeit putzte.

»Wer weiß …«, sagte sie laut. Das Telefon in ihrer Hosentasche vibrierte und riss sie aus ihrer Überlegung.

Sie fischte es aus der Hosentasche und sah auf das Handy, ohne die Nummer zu erkennen.

»Ja, hallo?«

»Tina?« Val guckte zwar noch etwas verdutzt, aber es gab nur einen Menschen auf der Welt, der diesen Spitznamen verwenden würde.

»Caro?« fragte sie ungläubig nach.

»Ja«, kreischte Caro los, »ich bin's deine Carolita. Wie geht's meiner Hübschen?«

»Ganz gut«, entgegnete sie, »ich denke, du bist auf Gran Canaria – als Animateurin?«

Ihre Freundin lachte laut auf.

»Doch nicht im Winter, Süße.« Sie wurde ernst. »Und stell dir vor, ich bin auch raus aus dem Sommergeschäft.« Sie legte eine theatralische Pause ein, doch ehe Val höflich nachfragen konnte, platze Caro schon wieder los:

»Ich hab 'nen Job in Hamburg. Ich fang bei Australia-Pacific im Headoffice an.« Caro kreischte schon wieder so laut, dass Val a) den Hörer vom Ohr nehmen musste und b) ebenfalls loslachte.

»Das ist ja großartig«, sagte sie und meinte es ehrlich. Caro war eine verrückte Nudel, die sie irgendwann während des Studiums mal bei einer Kieztour kennengelernt hatte und die jahrelang eine treue Partyfreundin gewesen war. Die beiden Mädels hatten viel Spaß gehabt. Caro stammte eigentlich aus Mainz und war eine echte Frohnatur, die es sich zur Lebensaufgabe gemacht hatte, die hamburger Fischköppe ordentliche aufzumischen. Die letzten Jahre hatte sie systematisch die Sommer auf irgendeiner der kanarischen oder balearischen Insel als Animateurin gearbeitet und sich den Winter über mit Gelegenheitsjobs oder als Skilehrerin über Wasser gehalten. Val hatte sie in letzter Zeit etwas aus den Augen verloren und wusste nicht einmal mehr sicher, dass ihre Basis nach wie vor Hamburg war.

»Dann wohnst du also auch noch in Hamburg?« fragte sie.

»Ja, genau«, ertönte ein Lachen am anderen Ende, »erinnerst du dich an die geile Altbauwohnung um die Ecke vom Kiez?«

Schemenhafte Erinnerungen an eine bunt zusammengewürfelte Vierer-WG stiegen in Val auf. Ein paar Mal hatte sie Caro dort besucht.

»Ja.«

»Also da bin ich ja schon ein Jahr raus.« Sie schmunzelte. Typisch Caro, das Pferd wieder von hinten aufzuzäumen. Sie setzte sich auf den Küchenschrank und machte sich auf eine längere Ausführung gefasst.

»Dann hab ich zwischenzeitlich bei Tim gewohnt – ach, aber den kennst du ja eh nicht – na macht auch nix, ich nämlich auch nicht mehr, so ein Penner. Jedenfalls wollte ich gern wieder auf den Kiez, aber dann fragte mich meine Kollegin Nathalie, ob wir nicht zusammen in die Wohnung von ihrem Bruder ziehen wollten, weil der sich gerade getrennt hatte und seine 3-Zimmer-Wohnung aufgeben wollte – und was soll ich dir sagen? Total süß, ich war spontan verliebt und dann hab ich das gemacht.«

»Und da wohnst du jetzt?«

Val konnte Caro die Nase krausen hören, weil sie den Faden verloren hatte.

»Wo?«

»Na in der besagten süßen Wohnung von dem Bruder deiner Freundin.«

»Ach so, ja … Ja, ich wohn da immer noch … Also noch. Ach, das ist alles so kompliziert.«

Wieder musste sie schmunzeln, manche Dinge änderten sich nie und bei Caro war schon immer gern so einiges »kompliziert« gewesen. Sie ließ sie einfach weitererzählen.

»Also die Nathalie ist irgendwie total unzuverlässig. Erst hat es ewig gedauert, bis wir überhaupt einziehen konnten, dann musste ich den Mietvertrag übernehmen, weil sie wegen irgend so'ner Sache mit Vodafone einen schlechten Schufa-Eintrag hat und der Vermieter sie nicht als Hauptmieterin akzeptieren wollte und nun ist sie nach nur zwei Monaten einfach wieder ausgezogen, weil sie wieder auf Teneriffa arbeitet. Total ätzend.«

»Hm«, machte Val und überlegte, »wo ist denn die Wohnung?«

»Das ist ja sowieso noch der Knaller, so gar nicht in meinem Kiez, sondern im Komponistenviertel in Barmbek.«

»Und behältst du sie?« Caro seufzte herzzerreißend.

»Also ich würde ja, vor allem jetzt mit dem neuen Job und da will ich nicht schon wieder umziehen, aber allein ist sie mir … zu teuer.«

»Du meinst, dir ist langweilig allein?« legte sie ihr die Worte in den Mund.

»Ja«, Caro lachte, »stimmt, zu ruhig ist mir das allein auch, du weißt, ich brauch etwas Trubel im Haus. Aber sag mal stimmt das, dass du gar nicht mehr in Hamburg bist? Wo steckst du, Süße?«

»Doch, doch«, entgegnete sie hastig, »ich bin wieder in Hamburg.« Und ehe Caro dazwischen grätschen konnte, fügte sie hinzu: »Lange Geschichte, erzähl ich mal in Ruhe. Was würdest du denn für das Zimmer haben wollen?«

»Was«, fiel Caro ein, »hast du etwa einen Mitbewohner für mich?«

»Ja, mich«, erwiderte Val und nahm prophylaktisch das Telefon vom Ohr und ihre Vermutung bestätigte sich.

»Du willst bei mir einziehen – das wäre ja total supi!«, kreischte Caro so laut, dass Val sicher war, sie konnte sie von Barmbek aus auch ohne Telefonleitung hören.

»Naja«, antwortete sie zurückhaltend, »nur wenn ich es mir leisten kann, weißt du, ich hab im Moment keinen richtigen Job, ich helfe nur vorübergehend ein bisschen in einem Gemüseladen aus.«

»Ach«, rief Caro, »das ist doch egal, das Zimmer ist ja auch nicht riesig, nur 18 m2, wären 500 € für dich okay? Strom und Wasser und WLAN natürlich inklusive. Bitte, bitte sag ja! Wenn du wieder 'nen richtigen Job hast, können wir ja später halbe halbe machen.

Nun wurde auch Val langsam euphorisch.

»Wow, ja, genial. Klar, sofort, das klingt super«, rief auch sie, um dann wieder etwas zurückhaltender hinzuzufügen, »wann kann ich's mir denn mal anschauen?«

»Wie wäre es mit jetzt?«

Sie sah auf das Gemüse vor sich, an sich herunter und auf die Uhr an der Küchenwand. Dann zuckte sie mit den Schultern und antwortete grinsend: »Okay, wie lautet die Adresse?«

Die Besichtigung war schnell erledigt und hielt alles, was Caro so vollmundig anpries. Die Wohnung war gut angebunden, großzügig geschnitten, hatte einen bezaubernden kleinen Balkon zu einem ruhigen Innenhof. Ihr Zimmer war hell und die zartgelben Wände standen in einem harmonischen Kontrast zum Dielenboden. Val fühlte sich sofort wohl. Als Caro sie allerdings auf einen Kaffee verhaften wollte, vertröstete sie sie. Sie wollte einen Moment allein sein, um über die anstehenden Veränderungen nachzudenken.

Entspannt bummelte sie erst durch das Viertel, das sie nicht wirklich kannte und fuhr dann einem Impuls folgend weiter bis an die Alster. Die Sonne schien und der Himmel war weit und blau. Val lief die Runde um die Binnenalster und setzte sich gegenüber vom Jungfernstieg auf eine Bank. Hamburg hatte schon was. Wie hatte sie das so einfach vergessen können? Langsam machte sich ein Gefühl von Zufriedenheit in ihrer Brust breit. Dieses zu Hause Feeling hatte sie in Düsseldorf nie gehabt. Und hätte sie dort auch nicht erlangt, räumte sie in Gedanken ein. Noch einmal ließ sie ihren Blick über die Hamburger Skyline streifen und lächelte. Ja, sie war tatsächlich froh, wieder hier zu sein.

Am späten Nachmittag war Val mit glühenden Wangen wieder zu Hause erschienen. Das Leben war einfach unglaublich. Sie hatte einen Job. Sie hatte eine Wohnung – nun ja, ein Zimmer. Sie war zurück. Und zwar voll auf der Höhe – okay, noch nicht zu 100%, aber sie war sowas von auf dem besten Weg. Sie strahlte.

Sie stand in der Küche, schnippelte das letzte Gemüse klein und redete in einer Tour ohne Punkt und Komma.

Hannah und Oma Lotte waren nach Hause gekommen und hatten sie hier bester Stimmung vorgefunden.

Val hatte von ihrem Job erzählt – Oma Lotte und Hannah tauschten vielsagende Blicke, als die Sprache auf Marc kam, die Val geflissentlich übersah – und von dem Zimmer und von Caro und ihren ganzen Räubergeschichten. Sie hörte sich selbst dabei zu, wie sie übermütige Pläne schmiedete und so vor guter Laune sprudelte, dass sie klang wie ein Springbrunnen kurioser Ideen. War das wirklich sie? Hatte sich ihr Leben tatsächlich innerhalb von nur zehn Tagen so massiv verändert? Ach, was redete sie, das war doch quasi über Nacht geschehen … Was war denn hier bloß los?

Oma mümmelte fröhlich an Gebäck herum, das Hannah ihr zu ihrem Tee gereicht hatte, während sie selbst einen Pulver-Cappuccino genoss. Beide hörten nur stumm zu, wie Val ihren neuen wiedergefundenen Lebensmut großzügig versprühte. Zur Feier des Tages hatte sie beschlossen, dass auch die anderen beiden Frauen mit Suppe essen mussten und so hatte sie einen großen Topf aufgesetzt.

»Was?« fragte sie, als sie Hannah dabei erwischte, wie sie sie mit verklärtem Blick ansah.

»Oh nichts.« Ihre Mutter sah lächelnd in ihre Tasse und rührte seelenruhig ihren restlichen Kaffee um. Val leckte ihren Kochlöffel ab und kniff die Augen zusammen.

»Mama«, sagte sie und stemmte die Fäuste in die Hüften, »was grinst du denn so?«

»Ach«, sagte Hannah und sah ihre Tochter zärtlich an, »ich bin einfach gerade sehr stolz auf dich.«

»Ach Quatsch«, wehrte sie ab, »das hatten wir doch schon.« Sie rührte konzentriert in ihrem Suppentopf herum und war dabei zartrosa angelaufen.

»Doch«, sagte Hannah und nickte. Oma Lottes Augen wanderten zwischen ihren beiden Nachkommen hin und her.

»Und ich bin sehr stolz auf euch beide.« Hannah langte über den Tisch und streichelte die Hand ihrer Mutter. Dann stand sie auf und trat an ihre Tochter heran. Vals Augen waren feucht geworden und um das zu verbergen, rührte sie hektisch in ihrem Topf herum. Hannah nahm sie sanft an den Schultern und drehte sie zu sich um, um sie in den Arm zu nehmen.

»Meine Große, und ich hab dich lieb.«

Vals Hals war wie zugeschnürt, sodass sie nur ein »ich dich auch« krächzen konnte.

»Und ich hab euch beide lieb!« Die Frauen drehten sich um und sahen zu Oma Lotte hinüber. Ihre Äuglein funkelten und sie zwinkerte Tochter und Enkelin munter zu.

»Woran denkst du?«

»Musst du das fragen?«

»Warum? Woran denkst du denn?«

»Was für ein beschissenes Klischee.«

»Was meinst du?«

»Na diese Frage!«

»Ach komm schon, ich wollte doch nur wissen, woran du denkst?«

»Val-Schätzchen, ich hasse sowas, woran soll ich denken?«

»Naja, ich weiß ja nicht …«

»Willst du wirklich wissen, woran ich denke?«

»Ja …«

»Ich denke darüber nach, wie es wäre, nochmal von vorn anzufangen.«

»Wie meinst du, einen Neuanfang – ohne mich?«

»Siehst du, jetzt verlierst du gleich wieder die Fassung. Ich wusste es, du kannst einfach nicht über den Tellerrand blicken, das große Ganze ins Auge fassen.«

»Nein. Nein, ich meine, das war nicht ganz, was ich mir vorgestellt habe …«

»Ich weiß, aber ich wollte einfach ehrlich zu dir sein. Komm schon Val, nur weil ich drüber nachdenke nochmal ganz neu anzufangen, heißt das doch nicht, dass du den Kopf hängen lassen musst. Es ist doch nur ein Gedankenspiel.«

»Aha.«

»Nun guck nicht so, Süße. Du weißt doch, wie ich über Beziehungen denke. Ich habe halt schon immer dieses Gefühl gehabt, dass ich ein Einzelgänger bin. Und außerdem ist alles vergänglich.«

»Ja, ich weiß …«

»Nun lass den Kopf nicht hängen. Jetzt bin ich doch bei dir.«

»Hm.«

»Komm, schenk mir ein Lächeln, Herzchen. Es ist doch alles gut.«

»Manchmal sagst du einfach so komische Dinge …«

»Nicht komisch, Liebling, du verstehst sie nur nicht.«

»Na schönen Dank auch!«

»Ach, jetzt hör schon auf zu zicken. Ich weiß doch auch nicht, was Morgen einmal sein wird. Vielleicht verlässt du ja auch mich.«

»Was redest du denn bloß? Warum sollte ich dich verlassen wollen?«

»Weil vielleicht unsere Begegnung nur dazu da war, dich darauf vorzubereiten, den Richtigen zu finden.«

Hätte sie die Zeichen eher sehen müssen? Ja. Machte es Sinn, sich im Nachhinein damit fertig zu machen? Nein.

Ging es ihr gut? Und ob! Val lächelte. Ihr Telefon klingelte.

»Noch mehr gute Neuigkeiten?«, fragte sie übermütig und sah auf das Display. Laura. Val traute ihren Augen nicht und wollte sie sich reiben. Eine Millisekunde zögerte sie, das Gespräch anzunehmen. Dass das letzte so glimpflich gelaufen war, musste ja nicht heißen, dass es so weiterging und Val war nicht sicher, wie belastbar ihr neugewonnenes Selbstwertgefühl schon war. Sie schluckte und nahm das Gespräch an, bevor sie es sich anders überlegen oder die Mailbox anspringen konnte.

»Ja, hallo?«

»Hi, hier ist Laura.«

»Hey«, sagte sie so neutral wie sie konnte, »wie geht's?«

Sie hörte Laura Luft holen. »Ganz okay … und dir?« Auch ihre Schwester bemühte sich offenbar um einen neutralen Ton. Val lächelte. »Ganz ehrlich? Es geht mir großartig.«

»Oh«, machte Laura und sie spürte einen Rest ihrer alten Irritation an ihrem Geduldsfaden kratzen. Wieso konnte ihre Schwester sich nicht einfach für sie freuen? Durfte es ihr noch nicht wieder besser gehen? Sie schloss die Augen und versuchte das gute Gefühl wieder heraufzubeschwören, das sie ursprünglich gehabt hatte. Es reichte immerhin dafür, dass sie still aushielt, bis ihre Schwester auch ohne eine verbale Ermutigung weitersprach.

»Das ist ja toll«, sagte diese wenig enthusiastisch, »und ging ja auch wirklich schnell.«

Bleibe ruhig, ermahnte sich Val innerlich. Ehrlich antwortete sie: »Ja, ich hatte ein bisschen Glück, ich hab einen kleinen Job und ein Zimmer bei einer Freundin gefunden – nichts großes, aber es macht mir Mut.«

Laura schwieg eine Weile. Dann fragte sie völlig unvermittelt:

»Wie machst du das bloß immer? Bei dir klappt einfach immer alles und dann auch noch so einfach, und ich ackere und kämpfe und …« Plötzlich konnte sie nicht weitersprechen und Val hörte, wie ihre kleine Schwester am anderen Ende aufschluchzte. Sie runzelte die Stirn. Wo sie jetzt normalerweise voll von Verteidigung auf Angriff geschaltet hätte – was im Außen ohnehin den gleichen Ausdruck bekommen hätte – regte sich jetzt eine neue Emotion: Mitgefühl.

»Bist du deshalb immer so böse auf mich, weil du meinst, mir würde alles zufallen?«, fragte sie ganz ruhig. Die jüngere schniefte. Sie stammelte, wollte widersprechen und musste dann zugeben: »Ja, irgendwie sieht es so aus.«

Val lächelte.

»Na, es fühlt sich jedenfalls zum Teufel nochmal nicht so an, an diesem Ende.« Das Schluchzen war verstummt und Laura schniefte nur noch einmal vernehmlich. Sie fuhr fort, ohne eine Antwort abzuwarten:

»Weißt du eigentlich wieviel mich dieses verdammte Studium gekostet hat, an Nerven und Kraft und was ich dafür tun musste, um überhaupt mein Referendariat hier machen zu können? Und dann dieses wahnsinnige letzte Jahr und nein, ich weiß, das hab ich mir ganz allein zuzuschreiben, aber hast du eine Ahnung, wie anstrengend das war und dann jetzt dieses Fiasko, das mich fast zerbrochen hätte … nee, sorry, aber leicht ist doch irgendwie anders.« Sie war jetzt richtig in Fahrt gekommen und bei allem Mitgefühl, reichte es ihr jetzt doch. Also drehte sie den Spieß um: »Und wer beklagt sich denn da eigentlich? Du warst doch immer der Sonnenschein. Die kleine Süße, die sich nie schmutzig macht, Opas Liebling, die Mausi, die machen durfte, was sie wollte. Die großen Erwartungen durfte doch immer nur ich abarbeiten … und das soll leicht gewesen sein … also ehrlich, Laura.«

»Aber du warst immer so perfekt und um so viel Meilen besser als ich in allem … ich hatte doch nie wirklich eine Chance auch mal zu glänzen. Du konntest einfach immer alles schon vorweg und besser.«

»Mein Gott ich bin deine große Schwester, das ist doch normal. Ich wollte mich nie mit dir messen, oder dass du das mit mir tust.« Darüber musste ihre Schwester einen Moment nachdenken. Leiser gab sie zu:

»Nein, den Druck hab wohl eher ich mir ganz allein gemacht.« Dem hatte Val nichts hinzuzufügen. Sie atmete tief durch. Wieder in ihrer noch fasteninduzierten Mitte angekommen schloss sie friedfertig: »Wir hatten jede unser ganz eigenes Päckchen zu tragen. Nichts davon war einfach – und schon gar nicht vergleichbar.«

»Stimmt«, schloss auch Laura. Wieder schwiegen die Frauen einen Moment. Dann fiel Val etwas ein: »Weshalb hattest du eigentlich angerufen?« Laura druckste herum, ehe sie kleinlaut zugab: »Ach, ich habe, glaube ich, eben wieder mal ein bisschen … wie würdest du es nennen … die Prinzessin gegeben und Jonas ist einfach gegangen …«

»… und dann hast du gedacht, wen kannst du anrufen, dem es garantiert noch beschissener geht als dir, um dich wieder aufzumuntern?« Laura schwieg und weil sie sie nicht unnötig ärgern oder auf die Folter spannen wollte, brach sie in das schallende Gelächter aus, das ihr der kleine Teufel eingeflüstert hatte.

»Tja, Schwesterchen, damit ist Schluss. Ich krieg die Kurve und Michael kann mich mal. Und du hör endlich auf, Äpfel mit Birnen zu vergleichen. Dein Jonas ist ein lieber und nur, weil er dich Zicke liebt, bleibt er trotzdem ein netter Kerl. Also lass ihn in Ruhe.«

Laura zog die Nase hoch.

»Touché.« Beide Frauen schmunzelten an ihren Enden.

»Val?«

»Hm?«

»Danke.«

»Ja, hat mir auch gefehlt, dir endlich mal wieder den Kopf zu waschen.«

Nun war es an Laura herzhaft aufzulachen. Zum Schluss fragte sie noch:

»Sag mal, isst du eigentlich wieder?«

»Ja, hab gestern Fasten gebrochen, heut pass ich noch etwas auf, aber ab morgen esse ich dann ganz offiziell wieder fast normal.«

»Coole Sache.«

»Solltest du vielleicht auch mal ausprobieren.«

»Auf keinen Fall.« Wieder lachten die Schwestern und Val fühlte sich so leicht und befreit wie seit ewigen Zeiten nicht. Sie hatte ihre Schwester wirklich vermisst. Vielleicht noch ein guter Grund mehr, doch wieder in Hamburg zu sein.

Später hatte sie sich Zeit genommen und ausführlich Tagebuch geschrieben. Das tat gut, schloss den Kreis und gestattete ihr, sich mit allem, was ihr Wiederfahren war, ein letztes Mal auseinander zu setzen, ehe sie die Seite wirklich umblättern würde. Hübsche Metapher. Gefiel sogar dem Teufelchen, das sich gähnend auf ihrer Schulter zusammengerollt hatte.

Dabei fiel ihr auf, dass da noch eine Sache war, die offen geblieben war. Val lächelte in sich hinein und nahm ihr Telefon. Sie zögerte kurz, ob sie nur eine Nachricht schreiben sollte, aber dann suchte sie einfach rasch die Nummer raus und drückte, ohne zu zögern, auf Anrufen. Es wählte.

»Hallo«, vernahm sie.

»Wie siehts demnächst mit Kaffee aus?«, fragte sie anstelle einer Begrüßung. Einen Augenblick war die Leitung so still, dass Val nicht sicher war, ob ihr Gegenüber noch dran war.

»Sonntag, 10 Uhr im Herz und Zucker«, hörte sie und binnen einer Millisekunde schoss es nach, »und lass dir ja nicht einfallen, mich wieder zu versetzen.“ Val lachte herzhaft auf. Das würde ihr bei May sicher nie wieder in ihrem Leben passieren.

»Keine Chance«, erwiderte sie. Endlich hörte sich auch ihre Freundin leise lachen.

»Gut, dass du wieder da bist«, schloss letztere und Val erwiderte: »Finde ich auch.«

TAG 10 – ZWEITER AUFBAUTAG

Val wachte auf und blinzelte. Über ihr war die Täfelung mit den Astlöchern – immer noch. Die Sonne schob sich unter der Jalousie durch und ließ träge ihre Strahlen in den Raum tropfen – mal wieder. Sie lag im Bett in ihrem alten Zimmer im Hause ihrer Mutter – déjà-vue. Und gerade schlurfte ihre kleine Oma über den Flur, während von unten schon Kaffee herauf duftete – erneut. Die gleichen Eindrücke wie die letzten Wochen – aber eine ganz neue Emotion.

Sie verschränkte die Arme hinter dem Kopf und atmete tief durch. Sie hatte gut geschlafen und fühlte sich komplett ausgeruht. In Gedanken ging sie die letzten Tage durch. Rückblickend hätte man meinen können, es wären mehrere Monate vergangen, nicht nur ein paar Tage. Es war eine anstrengende Zeit gewesen. Was für ein emotionales Auf und Ab und doch, jetzt am Ende war sie völlig mit sich im Reinen – im wahrsten Sinne des Wortes. Der Gedanke ließ sie lächeln.

Der erste Tag mit Suppe war ihr gut bekommen. Sie fühlte sich fantastisch. Zufrieden lag sie einfach nur da und genoss den Moment.

Da war noch etwas anderes. Etwas Neues. Sie spürte in sich hinein. Dann schnüffelte sie und überlegte. Sie wollte schon aufgeben, als es ihr wie Schuppen von den Augen fiel: Der Kaktus blühte. Sie sprang auf und zog die Jalousie hoch. Dort stand er. Verbogen wie eine Gurke, mehr grau als grün mit spitzen Stacheln und einer langen haarigen Blüte. Sie war in der Nacht aufgegangen und der ganze Raum war gefüllt mit dem Parfum von frischer Ananas. Vals

Augen strahlten. Der Kaktus war ein Ableger gewesen, den sie als Kind von Oma Lotte geschenkt bekommen hatte. Seither hatte er jedes Jahr geblüht – nur nicht im letzten, als sie mit Michael zusammen gewesen war. Das Teufelchen flüsterte in ihrem Hinterkopf. Nein, sie würde nie wieder an diesen Mann denken. Ab sofort würde sie ihn einfach aus ihren Gedanken verbannen. Wie in der Tradition bei den Aborigines, über die sie mal einen Artikel in der National Geographic gelesen hatte. Wenn dort jemand starb, wurde der Name nie wieder ausgesprochen. Genauso würde sie es auch handhaben. Sie zog einfach einen Schlussstrich – endgültig.

Es klopfte an der Tür. Sie ließ das Rollo fallen und sprang zurück ins Bett. Als habe sie etwas absolut Verbotenes getan. Übermütig kichernd rollte sie sich auf die Seite und rief dann laut und deutlich: »Herein.«

Hannah steckte den Kopf durch die Tür und lächelte ihrer Tochter zu.

»Na, Langschläfer, kommst du zum Frühstück runter?«

»Ja, gern.«

»Was frühstückst du denn?«

»Die Pflaumen, die ich gestern Abend ins Wasserbad gelegt habe und ein bisschen Quark mit Leinsamen.«

»Ist gut, ich mach das für dich fertig, Engelchen.«

Val rollte mit den Augen und zog sich die Decke über den Kopf.

»Mama«, sie zerrte an den Silben, »du sollst mich doch nicht so nennen.« Sie kicherte und als sie wieder unter der Decke auftauchte, sah sie gerade noch, wie Hannah sich immer noch lächelnd zurückzog.

Einige Minuten später hörte sie wie ihre Mutter Oma Lotte wieder in ihr Zimmer diskutierte, um ihr beim Anziehen zu helfen. Sie warf mit Schwung die Decke zurück und ging hinüber ins Bad, um sich ebenfalls fertig zu machen.

Als sie schließlich in die Küche kam, fiel ihr sofort auf, dass für vier Personen gedeckt war.

Verdammt, dachte sie, nicht Dieter an so einem perfekten Tag.

Doch als es an der Tür klingelte und sie in Ermangelung anderer Möglichkeiten selbst öffnen musste, erlebte sie eine Überraschung. Der Frühstücksgast war Laura.

»Hey, guten Morgen.«

»Guten Morgen.« Ihre Schwester stand verlegen vor ihr und trat von einem Bein auf das andere.

»Willst du nicht reinkommen?«

»Doch, ja«, Lauras Wangen waren gerötet.

Val beobachtete ihre Schwester aufmerksam.

»Du siehst so … ich weiß nicht. Du siehst aus, wie eine Katze, die an der Sahne genascht hat. Was ist denn los?«

Laura hatte ihren Mantel aufgehängt und drehte sich zu ihrer Schwester um. »Alles gut und wie geht‘s dir so?«

Val sah sie immer noch skeptisch an, ging aber erstmal auf die Frage ein.

»Mir geht es sehr gut, danke und wie geht es dir, liebe Schwester?«

Die sah aus, als würde sie jeden Moment platzen.

»Hervorragend.« Sie schob sich grinsend an ihrer Schwester vorbei und ging in die Küche.

Mittlerweile waren auch Oma Lotte und Hannah heruntergekommen und Mama war dabei Oma auf ihren Platz zu verfrachten.

Laura begrüßte die beiden und begann sofort damit, eilig Kaffee auszuschenken. Val behielt sie im Auge, während sie sich einen Tee aufgoss.

Als alle vier am Tisch saßen, konnte ihre Schwester nicht mehr an sich halten. »Ich hab eine Überraschung!«

Alle Augen richteten sich auf sie.

Sie wandte sich Val zu. Die sah sie misstrauisch an. Total aufgekratzt, rang Laura mit den Händen und ihre Augen strahlten mit dem Rest ihres Gesichts um die Wette.

»Und zwar für dich – also genau genommen für uns.«

»Ja?«

»Ich hab gewonnen.«

Hannah langte über den Tisch und tätschelte die Hand ihrer Jüngsten.

»Mein kleines Glückskind, das ist ja großartig, was hast du denn gewonnen?«

»Eine Reise – Teneriffa für zwei Personen!«

»Wundervoll«, freute sich Mama und klatschte in die Hände, »das ist ja wirklich fantastisch. Wird das eure Hochzeitsreise?«

Jetzt war es an Laura irritiert auszusehen. Doch schon nach wenigen Sekunden glänzten ihre Augen wieder.

»Nein. Wir heiraten doch nicht … Also nicht so bald jedenfalls … Vielleicht irgendwann … Nein, die Reise ist für jetzt!«

»Und was hat das mit mir zu tun?« fragte Val und verstand nur Bahnhof.

»Na, ich will mit dir fliegen«, platzte Laura schließlich heraus.

Val fiel die Kinnlade herunter und sie starrte ihre Schwester mit offenem Mund an.

»Jonas hat doch so viel zu tun mit seiner Masterarbeit, und ich hab noch ein paar Tage Resturlaub, den ich bis Juni endgültig genommen haben muss und Teneriffa …«, sie ließ den Satz unvollendet und warf ihr einen verschwörerischen Blick zu.

Sie war immer noch zu überrascht, um zu reagieren.

»Teneriffa«, wiederholte Laura bedeutungsschwanger, »da waren wir doch nach meinem Abi, weißt du nicht mehr?«

Bilder von zwei jungen, gebräunten und strohblonden Frauen tauchten vor Vals innerem Auge auf. Wie sie in täglich wechselnden Bikinimodellen am Strand von Las Ingles gelegen und die Nächte zum Tag gemacht hatten. Was hatten sie für eine lustige Zeit gehabt – damals. Sie hatte Laura die Reise zum Abitur geschenkt. Natürlich hätte sie das von ihrem Aushilfsjob an der Uni nie allein bezahlen können, sondern Oma Lotte und Hannah hatten sie dabei unterstützt, aber trotzdem war es irgendwie ihr Geschenk an ihre kleine Schwester gewesen.

Es war auch das letzte Mal, dass die beiden so einträchtig ein Abenteuer gemeinsam begangen hatten. Es schien ihr, dass seitdem hundert Jahre vergangen waren und sie und ihre jüngere Schwester sich in dieser Zeit immer weiter voneinander entfernt hatten.

Laura, die nichts von diesem inneren Film mitbekommen hatte, strahlte sie über den Frühstückstisch hinweg an.

»Weißt du nicht mehr, Arnaud …?« fragte Laura und ließ die vielsagende Frage unvollendet im Raum stehen.

Arnaud. Nun musste auch Val lächeln. Dieser seltsame Franzose mit seinem Motorboot. Süß war er gewesen und wie er um sie geworben hatte … sie streifte den Gedanken ab und wandte sich ihrer Schwester zu.

»Und das ist dein Ernst, du willst wirklich, dass ich mit dir fliege?«

Das Grinsen ihrer Schwester bekam eine wärmere Nuance. Sie nickte lächelnd, als habe sie nun doch ihre Gedanken gelesen. »Ja, genau«, antwortete sie, »ich möchte diese Reise mit dir machen.«

Val erwiderte ihr Lächeln und für einen langen Moment sahen die beiden sich an, als sähen sie sich gerade zum ersten Mal in ihrem Leben. Dann sprach Laura aus, was sich auch in Vals Kopf bereits geformt hatte: »Ich möchte das mit dir machen, für dich. Willkommen in deinem neuen Leben.«

Ihr schossen Tränen in die Augen. Das waren vor über zehn Jahren ihre genauen Worte gewesen, als Laura ihr Abi-Geschenk aufgemacht hatte. Sie nickte stumm und streckte die Hand über den Tisch. Ihre Schwester ergriff sie zwischen Marmelade und Butterdose und drückte sie fest.

»Und gibt‘s heut auch was zu essen, oder dauert das hier noch lange mit euch Mädchen?« grummelte Oma Lotte.

Die Mädchen sahen sie an und als Oma ihnen zuzwinkerte, lachten beide erlöst auf. Sie drückten noch einmal ihre Hände und ließen sich dann los.

Hannah wischte sich verstohlen eine Träne aus dem Augenwinkel.

»Wer möchte einen Toast?«

Val hatte den Tag damit zugebracht, ihren Neustart in Hamburg unter Dach und Fach zu bringen. Sie war noch einmal bei Caro in der Wohnung gewesen und hatte sich vom Vermieter, der glücklicherweise im gleichen Haus wohnte und ein zwar etwas eigenbrötlerischer, aber netter Zeitgenosse war, die schriftliche Genehmigung eingeholt, dass sie zur Untermiete einziehen durfte.

Dann hatte sie noch kurz bei Marc reingeschaut und sich einen Arbeitsvertrag aushändigen lassen. Mit diesen beiden Schriftstücken bewaffnet war sie dann schnurstracks zum Arbeitsamt gelaufen, wo mittlerweile nicht mehr die unfreundliche Frau Dr. Wick, sondern eine neue junge Sachbearbeiterin mit Namen Schröder für sie zuständig war, die sofort alle Änderungen aufnahm. Sie wünschte Val alles Gute zurück in Hamburg und die beiden verabschiedeten sich lächelnd voneinander. Ja, der Neustart in Hamburg war ein guter.

Zu Hause hatte sie ihre Taschen soweit gepackt und sie hatte noch einmal für den Abend Suppe gekocht, ehe es am nächsten Tag in ihr neues Zimmer gehen würde. Dort gab es noch keine Möbel und sie würde für den Anfang nur eine Matratze haben, aber sie hatte schon begonnen, eine Email mit einer Liste zu schreiben. Der Mann in Düsseldorf – Val hielt sich wie ein Schelm daran, seinen Namen nicht einmal mehr zu denken – hatte ihr nicht bei ihrem Einzug geholfen, dann konnte er jetzt wenigstens ihren Auszug für sie organisieren. Das Teufelchen auf ihrer Schulter frohlockte. Was würde er sie verfluchen.

Nun stand sie in ihrem alten Zimmer, aufgeräumt und zur Abwechslung sogar mit gemachtem Bett und sah sich um. Ihr Blick fiel auf das Buch, das der Mann aus Düsseldorf ihr nachgeschickt hatte, und das sie achtlos auf den Nachttisch gelegt hatte. Sie konnte sich gar nicht mehr daran erinnern, wann sie zuletzt darin gelesen hatte, so viel war in der Zwischenzeit passiert. Sie nahm das Taschenbuch auf und blätterte darin. Es schlug sich auf, wo das Lesezeichen ruhte und er sah sie an.

Es war eines der ersten Bilder gewesen, das sie von ihm gemacht hatte. Sie waren in Düsseldorf spazieren gewesen und hatten in einem Café gesessen und Unterschlupf vor einem Regenguss gesucht. Er lachte in die Kamera, charmant und adrett, wie er war.

Ihr Herz zog sich ein bisschen zusammen. Sie betrachtete das Bild weiter. Sein voller Mund lächelte, aber wenn man genau hinsah, konnte man erkennen, dass seine Augen es nicht taten. Es war kein herzliches Lächeln gewesen, das er ihr geschenkt hatte für dieses Bild. Sie runzelte die Stirn. Irgendwie war das eines ihrer Kernprobleme gewesen. Er hatte sich nie rückhaltlos auf sie eingelassen. Im Nachhinein fühlte es sich so an, als habe er sie von Anfang an immer etwas auf Distanz gehalten. Egal wie sehr sie sich bemüht hatte, ihm alles recht zu machen, er hatte ihr gegenüber stets so verhalten als habe er von Anfang an seinen Abgang geplant.

Ernüchtert betrachtete sie das Bild noch einmal. Dieses Mal gab es kein Stechen im Herz mehr. Ja, er war ein gutaussehender Mann und sie hatten eine schöne Zeit gehabt – überwiegend … naja, manchmal. Aber sie hatte etwas Besseres verdient. Val begann zu lächeln. Sie hatte nichts verloren, was sie nicht in viel besserer Form wiederfinden konnte. Bei dem Gedanken wurde ihr Lächeln noch eine Spur breiter. Genau! Ihr Wunsch nach einer echten Beziehung und Familie war ja nicht falsch, nur weil er ihn partout nicht mit ihr teilen wollte. Im Gegenteil.

Sie hob den Kopf. Er war der Verlierer, denn er war einfach weggelaufen, ohne eigentlich zu wissen wohin. Sie war auf ihrem Weg einfach nur etwas ins Straucheln geraten. Nun würde sie sich fangen und einfach weitergehen.

Zufrieden sah sie ihm ein letztes Mal ins Gesicht.

»Und was mache ich jetzt mit dir?«

Hannah hatte zur Feier des Tages im Wohnzimmer gedeckt. Sie hatte Vals Suppe mit einem Salat und einem indischen Gemüsecurry ergänzt und nachdem Laura von der Arbeit wieder da war, hatten die vier es sich im Wohnzimmer gemütlich gemacht.

Vals Buch lag auf dem Wohnzimmertisch und das Lesezeichen war halb aus den Seiten gerutscht.

»Was ist das?« fragte Laura, während sie schon das Buch heranangelte und das Bild herauszog. Val zuckte mit den Schultern.

»Mein Lesezeichen.« ihre Schwester zog die Augenbrauen hoch.

»Das musst du dringend loswerden.«

Sie hielt es so, dass Mama und Oma Lotte es sehen konnten und die nickten zustimmend.

»Wirf es weg, ich geb dir ein anderes.« Sie stand auf und ging zum Bücherregal hinüber, um Val ein anderes Lesezeichen herauszusuchen.

Oma Lotte kniff ihre Äuglein zusammen, betrachtete kurz das Bild und brummelte: »Alles Arschlöcher.« Die

Mädchen schmunzelten und waren sich sicher, dass Oma gar nicht erkannt hatte, wer auf dem Bild war – aber passen tat ihr Einwand dennoch.

Hannah kam zurück und reichte Val ein hellbraunes Lederband mit einer Möwe am unteren Ende. Sie betrachtete es und strich sanft mit den Fingern darüber.

»Das habe ich dir mal geschenkt.«

Ihre Mutter nickte. »Du hattest es mir von deiner ersten Klassenreise am Gymnasium mitgebracht. Von Sylt.«

Laura lehnte sich zu Val und schnappte ihr das Lesezeichen aus der Hand. Sie legte es sorgfältig in das Buch und beides zurück auf den Tisch. Dann hob sie mit spitzen Fingern das Bild hoch und setzte an, es zu zerreißen.

»Dann brauchst du das ja wohl nicht mehr.«

»Nein«, rief Val und war erschrocken über ihre eigene Heftigkeit. »Nicht, bitte«, fügte sie sanfter hinzu.

Enttäuscht sah Laura zu ihr herüber und reichte ihr das Bild.

»Schade«, sagte sie, »ich dachte mit dem seist du fertig.«

Val sah noch einmal auf das Bild und spürte – nichts. Sie sah ihre Schwester an und ihr kam ein Gedanke. Sie zwinkerte Laura zu.

»Ich hab eine Idee.« Sie stand auf, holte sich Schuhe und öffnete die Terrassentür. Laura hatte ihr nachgesehen und kaum, dass sie eine einladende Kopfbewegung machte, sprang sie auf und folgte ihr neugierig. Auch Hannah trat ans Fenster und sogar Oma Lotte stand auf und watschelte zu ihnen hinüber.

Val war auf die Terrasse getreten und hatte sich die Schale genommen, die Dieter heimlich als Aschenbecher benutzte. Auch wenn er angeblich ja gar nicht mehr rauchte, fanden sich hier doch immer wieder frische Kippenreste und Streichhölzer.

Val hockte sich auf den Boden und entzündete ein Streichholz. Die Flamme züngelte an dem Holzspan empor und Val hielt das Foto an einer Ecke baumelnd darüber. Sofort erfasste es das Papier und fraß sich von der Kante über das Zelluloid. Schon nach wenigen Sekunden musste sie loslassen, um sich nicht die Finger zu verbrennen.

Sie richtete sich auf und sah zufrieden zu, wie sich das Foto zunächst schwarz färbte, zusammenrollte, Blasen schlug und schließlich zu Asche verbrannte. Sie blickte von den verkohlten Resten ihre Familie an und verkündete stolz:

»Hiermit beende ich offiziell meine Fastenzeit. Und ich werde weder seinen Namen je wieder aussprechen noch einen weiteren Gedanken an diesen Schwachkopf verschwenden. Ab heute ist ein Mutausbruch angesagt.«

Laura applaudierte spontan und auch Hannah und Oma Lotte stimmten ein.

Val fühlte sich wie eine Olympiagewinnerin – sie hatte es geschafft.

3 MONATE SPÄTER – EPILOG

»Möchtest du einen Aperitif?«

Val blickte kurz von der Karte auf und wechselte dann auf die Rückseite. Sie zwirbelte an ihrer Haarsträhne und kaute gleichzeitig an ihrer Unterlippe und wie so oft in letzter Zeit konnte Marc nicht den Blick von ihr abwenden.

»Nimmst du einen?« fragte sie zurück und erwischte ihn, wie er sie ansah. Was sie vor ein paar Wochen noch in Rage gebracht und dann für lange Zeit verwirrt hatte, entlockte ihr jetzt nur noch ein Lächeln und dann ein gespielt strenges:

»Du starrst mich schon wieder an.« Ohne den Blickkontakt zu unterbrechen, entgegnete er ernst:

»Tut mir leid.« Sie lachte, schüttelte den Kopf und sah wieder in die Karte.

»Nein, ich nehme eine Weißweinschorle und die Sushi-Combo Nummer 2.« Zufrieden schlug sie die Karte zu und legte sie neben ihre Serviette.

Da er keine Anstalten machte, selbst in die Karte zu sehen, beugte sie sich vor und neckte ihn:

»Und für dich? Currywurst mit Pommes rot-weiß?«

»Genau.« Als sie in schallendes Gelächter ausbrach wurde ihm doch klar, dass er es vielleicht etwas übertrieben hatte. Er räusperte sich, warf ebenfalls einen raschen Blick in die Karte und entgegnete:

»Ich nehme das Pad Thai mit Huhn in grün und ein Alsterwasser dazu. Zufrieden?« Sie nickte und strahlte ihn an. Er fuhr sich mit der Hand durch das mittlerweile gut frisierte Haar. Wie sie zugegeben musste, sah er hervorragend aus. Aber auch ihr hatte die letzte Zeit gutgetan. Ihre Haare waren länger, ihre Arme und ihr Gesicht noch immer leicht gebräunt von den vielen Samstagen auf dem Markt und insgesamt strahlte sie Zufriedenheit aus.

Eine Weile saßen sie schweigend da. Marc zu froh, dass sie nach gefühlten 100 Versuchen – real waren wohl eher fünf – endlich eingewilligt hatte, mit ihm essen zu gehen und Val, weil ihr etwas auf der Seele brannte. Schließlich brach sie das Schweigen und räusperte sich.

»Hör mal, ich muss was mit dir besprechen.« Er blickte sie aufmerksam an, doch als er sah, wie ernst sie war, wich auch sein Lächeln langsam von seinen Lippen.

»Was ist denn los?« Hastig sagte sie: »Nichts schlimmes.« Sie lachte nervös. »Also nichts wirklich schlimmes.« Er beobachtete sie wie sie nach den richtigen Worten suchte.

»Also erstmal möchte ich mich bei dir bedanken.«

»Okay … wofür?« fragte er und sah zunehmend verwirrt aus.

»Dafür, dass du mir in einer echt bescheidenen Phase nicht nur gut zugeredet, sondern echt geholfen hast.« Er sah immer noch aus als verstünde er nur Bahnhof. Sie knuffte ihn unter dem Tisch mit dem Knie.

»Na, du hast mir einen Job gegeben, sonst hätte ich mir nie eine eigene Wohnung suchen können, nachdem Caros Neuer eingezogen war, und du hast sogar für meine Kaution gebürgt.«

»Ach so«, meinte er und fuhr sich verlegen durchs Haar, »hab ich doch gern gemacht.«

Sie lächelte ihn kurz an, wurde aber gleich wieder ernst. »Ich weiß und deshalb fällt mir das ja jetzt auch so schwer.«

Sie rutschte auf ihrem Stuhl hin und her. »Marc, ich will nicht undankbar erscheinen … Denn ich bin dir wirklich dankbar … und es war total toll von dir … und du weißt, wie viel Spaß mir die Arbeit im Laden gemacht hat … und auf dem Markt natürlich auch … und so mit den Kunden … und mit dir …« sie hatte so lange rumgestammelt, dass sie nun vergessen zu haben schien, was sie eigentlich hatte sagen wollen. Also war es an Marc, sie wieder anzulächeln.

»Na komm, Walli, so schlimm wird's schon nicht sein, spuck's doch einfach aus.« Sie sah ihn an und holte tief Luft.

»Ich möchte was anderes machen.« Er sagte nichts und sah sie nur weiter erwartungsvoll an. Sie hatte die Luft angehalten, doch da überhaupt keine negative Reaktion kam, fasste sie sich ein Herz und sprach weiter. »Also wie gesagt, die Arbeit im Laden und mit den Kunden und so hat mir wirklich gut gefallen, und ich bin mir sicherer denn je, dass ich nicht wieder in eine Kanzlei oder so will. Das mit der Juristerei war irgendwie so eine Trotzreaktion gegen meinen Vater, weil er damals bei der Scheidung so mies zu Mama war, aber meins war das nie so richtig. Im Gegenteil! Ich möchte was viel Positiveres machen. Vielleicht ein Café oder so. Irgendwas mit viel Kundenkontakt, wo ich meine neuentdeckten Qualitäten als Köchin ausprobieren kann … Ich weiß auch nicht genau, es ist einfach mal Zeit für eine echte Herausforderung. Meine eigene Selbstständigkeit.«

Er sagte immer noch nichts, sondern hatte ihr nur mit einem verschmitzten Lächeln um die Lippen zugehört. Die Ideen sprudelten weiter aus Val.

»Ich hab irgendwie immer den »einfachen«, den »logischen« Weg gewählt. Studium statt Auslandsjahr, von der Schule quasi direkt in den Job ... Ich hab mich nie so richtig getraut, mal was zu riskieren. Und jetzt«, sie sah ihn an, »jetzt hab ich zum ersten Mal in meinem Leben den Mut, was anders zu machen. Und obwohl ich voll Schiss hab und keine Ahnung, wie ich das alles hinkriegen soll, hab ich doch das Gefühl, dass ich es jetzt, genau JETZT einfach machen muss. Ich muss mich trauen. Wie würdest du sagen? Ich muss springen. Einen Mutausbruch eben.« Ihre Augen leuchteten und von ihrem eigenen Elan beflügelt hatte sie seine Hand ergriffen. »Und überhaupt ist das alles eigentlich nur wegen dir. Du machst, dass ich mich mutig fühle. Zum ersten Mal in meinem Leben will ich das Abenteuer!«

Sie strahlte ihn an. Er betrachtete versonnen ihre Hand in seiner. Sobald sie sich dessen bewusst wurde, zog sie ihre rasch zurück und verbarg die Hände unter dem Tisch. Er musste über ihr erschrockenes Gesicht lachen.

»Walli, du bist einfach klasse. Nun guck doch nicht so. Ich find das voll gut, was du da vorhast. Und weißt du was, ich wusste immer, dass das nicht für die Ewigkeit ist mit dir hinter meinem Tresen. Dafür bist du viel zu clever.«

Sie errötete. Er fuhr ungerührt fort.

»Und das passt total gut. Der alte Herr Shamra von nebenan gibt nämlich seinen Trödelladen auf. Die Fläche wird frei und die Eigentümergemeinschaft hat mich schon gefragt, ob ich sie zum Laden dazu nehmen will, um mich zu vergrößern.« Sie hörte ihm aufmerksam zu, verstand aber noch nicht, worauf er hinauswollte.

»Na ja, das wäre doch ideal. Ein Bistro mit frischen Salaten, frisch gepressten Säften, Obst- und Quarkspeisen – und die Zutaten beziehst du natürlich über mich – zu

Großhandelspreisen versteht sich.« Marc grinste sie an und sie war überwältigt von der Vision, die sich vor ihren Augen zu formen begann.

Stopp, sprang ihr innerer Zensor an.

»Das geht doch nicht«, stotterte sie, »wie sollte ich mir denn die Miete leisten können … Ganz zu schweigen von der Kaution … Und allein die Umbau- und Einrichtungskosten müssen astronomisch sein … Und ich hab doch gar keine Ahnung von Einkauf und Buchhaltung …« Ihre Schultern sackten nach vorn und Enttäuschung trat in ihren Blick, als sie den Traum in unerreichbare Ferne rücken sah.

Marc lehnte sich vor und sah ihr tief in die Augen.

»Walli?«

»Hm?«

»Und wie wolltest du das in deinem Café machen?«

Die Ironie in seiner Frage entging ihr nicht. Sie musste schlucken. Nun hatte sie doch noch Schiss vor der eigenen Courage bekommen. Sie nestelte an ihren Fingern.

»Du kannst das.«

»Aber …«

»Nein, kein aber. Du kannst das.«

»Aber ich …«

»Na!« Er hob den Finger, sodass sie verstummte. »Du kannst das.«

»Ich kann das?«

»Ja.« Er lächelte sie an. »Und nur um das auch mal am Rande zu erwähnen: Du musst das ja auch nicht ganz allein stemmen. Ich finde ein Bistro wäre eine großartige Ergänzung für den Laden. Aber a) hab ich genug mit ihm zu tun und b) du weißt ja, ich kann nicht kochen.«

Er zwinkerte ihr zu. Sie sah ihn ungläubig an, denn es dämmerte ihr, worauf er hinauswollte.

»Ich kenn da einen Unternehmensberater, der ist fit in so Gründungsfragen und was man mit KfW-Krediten machen kann und so. Sprich einfach mal mit ihm.«

Sie nickte langsam, immer noch sprachlos, während er fortfuhr: »Und natürlich unterstütze ich dich beim Umbau, schließlich erwarte ich ja auch, dass du dein Zeug bei mir kaufst.«

Sie legte den Kopf schräg und begann verträumt zu lächeln. Das hatte er sich ja wirklich schon alles perfekt zurechtgelegt. Als hätte er ihre Gedanken gelesen, hob er abwehrend die Hände.

»Aber das Bistro wird ganz dein Ding. Ich misch mich da nicht ein. Mach einfach, ich vertraue dir. Nur wenn du Hilfe brauchst, bin ich natürlich da. Buchstäblich der »Typ von nebenan«. Jederzeit.«

Er sah sie an und legte seine Hand mit der Handfläche nach oben offen auf den Tisch.

»Für immer, wenn du willst.«

Dieses Mal verrutschte ihr Lächeln nicht. Dafür schlug ihr Herz schneller.

Trau dich, dachte sie, trau dich, Val, sag »ja« und spring. Aber sie brachte kein Wort heraus.

Stattdessen legte sie ihre Hand in seine und lächelte ihm zu.

– ENDE –

Danke an das Universum und an …

… Sunny, für 150 Jahre und immer noch mehr Abenteuer.

… meine treuen Leser_innen, die mich jetzt schon seit einiger Zeit begleiten und mit denen jede Leserunde zum Freund_innentreffen wird.

… meine Blogger_innenschätze, die mich auf so vielfältige wie einmalige Art und Weise unterstützen und mit denen wir so viele tolle Aktionen feiern dürfen.

… besonders an Nicole als Valentinas Namenspatron.

… an Maike für das Zügeln des Fehlerteufelchens.

… und an Laura für das zauberhafte Cover, du bewirkst Wunder!

Über die Autorin

Seit 1976 gebürtig und lebhaft in Hamburg nenne ich liebevoll die Welt mein Zuhause.

Als Autorin startete ich 2004 mit zwei Bänden Prosalyrik.

Seit 2013 schreibe ich humorvolle Romane mit Herz und Raum für persönliche Entwicklung.

Mein persönliches Motto lautet:
My babies, my books, my business.
Denn als Expertin für Vereinbarkeit von Beruf und privaten Prioritäten habe ich „K3 – Kind, Kegel und Karriere" gegründet und arbeite seit 2012 als Business-Mentorin, Trainerin, Speakerin und Autorin.
Ich bin eine Hybridautorin – meine Romane erscheinen im Selfpublishing, davon wurden diverse Hörbücher bei SAGA Egmont verlegt.

Mehr über mich liest du unter:
www.melanieamelieopalka.de
und abonnier doch meine mao-News, dann verpasst du keine Neuigkeiten mehr!

Du willst mehr von mir lesen?

Herz in Acryl

Eigentlich will die 29-jährige Anne nur malen – doch nun muss sie unfreiwillig als Maltherapeutin für den 17-jährigen Leo herhalten.
Der will eigentlich nur Tennis spielen – und steckt Anne mit seiner jugendlichen Leidenschaft gnadenlos an.

Gefangen zwischen ihrer künstlerischen Blockade und der finanziellen Abhängigkeit von ihrem Mann muss Anne sich entscheiden, was sie von ihrem Leben wirklich will – trautes Familienleben oder künstlerische Freiheit.

Aber kann das gut gehen – und was macht sie mit Leos Herz aus Acryl?

Überall als Taschenbuch und bald auch als Hörbuch erhältlich und als eBook bei Amazon.

Die komplette Papa–Reihe über das Leben und Werden eines modernen Papas.

Mach mir'n Kind
Papa – 1. Lehrjahr
Papa 2.0 – Nestbau inklusive

Alle Bücher sind einzeln bei Amazon als eBooks und Taschenbücher und überall als Hörbücher erhältlich.

Das Komplettpaket ist ausschließlich als eBook zu kaufen.

Viel Spaß beim Lesen und Verschenken – und vergiss die Sterne nicht!